Ein Winterbuch

Machado de Assis

Tagebuch des Abschieds

Roman

Aus dem Portugiesischen
übersetzt und herausgegeben von
Berthold Zilly

Friedenauer Presse Berlin

Vorbemerkung

Wer mein Buch *Esau und Jakob* gelesen hat, wird vielleicht folgenden Satz aus dem Vorwort wiedererkennen: »In den Mußezeiten, die ihm das Berufsleben ließ, schrieb er an dem *Tagebuch*, das selbst ohne seine toten oder dunklen Passagen kaum geeignet wäre – oder etwa doch? – jemandem, der die Fähre nach Petrópolis nimmt, die Zeit zu vertreiben«.

Ich meinte den Geheimrat Aires. Was sein jetzt in Druck gehendes *Tagebuch* betrifft, so hat sich herausgestellt, daß der Teil des Manuskripts, der sich auf einen etwa zweijährigen Zeitraum (1888–89) bezieht – um einige Nebenumstände, Anekdoten, Beschreibungen und Betrachtungen gestutzt – eine fortlaufende Erzählung zu ergeben vermag, die trotz der Form einer Tageschronik vielleicht auf Interesse stößt. Ich hatte nicht die Geduld, die Erzählung nach Art jener anderen abzufassen, weder Geduld noch Geschick. Sie bleibt, wie sie war, doch beschnitten und gerafft und nur das bewahrend, was derselbe Gegenstand verbindet. Das Übrige wird eines Tages erscheinen, falls es eines Tages erscheint.

M. de A.

Em Lixboa, sobre lo mar,
Barcas novas mandey lavrar…

Zu Lissabon, über dem Meer,
Neue Schiffe befahl ich her…

Cantiga von JOHAM ZORRO

Para veer meu amigo
Que talhou preyto comigo,
Alá vou, madre
Para veer meu amado,
Que mig'a preyto talhado,
Alá vou, madre.

Daß meinen Freund ich sehe
Der mir gelobt die Ehe
Dorthin geh ich, Mutter
Meinem Liebsten entgegen
Treue gelobt' er zu pflegen,
Dorthin geh ich, Mutter.

Cantiga des Königs DOM DENIS

1888

9. Januar

Nun wohl, heute jährt sich der Tag meiner endgültigen Rückkehr aus Europa. An dieses Datum hat mich, es war beim Morgenkaffee, der Ruf eines Besen- und Staubwedelverkäufers erinnert: »Besen feil, Staubwedel feil!« Ich höre ihn auch an anderen Vormittagen, doch diesmal hat er mir den Tag meiner Landung in Erinnerung gerufen, als ich, in den Ruhestand versetzt, in meiner Heimat ankam, in meinem Catete, in meiner Sprache. Es war derselbe Ruf wie vor einem Jahr, 1887, vielleicht derselbe Mund.

In meinen dreißig und mehr Diplomatenjahren habe ich mich mehrmals beurlauben lassen, um nach Brasilien zu kommen. Die meiste Zeit habe ich draußen zugebracht, an verschiedenen Orten, es waren nicht wenige Jahre. Ich meinte, mich nie wieder an dies andere Leben hier gewöhnen zu können. Nun, ich konnte. Gewiß kommen mir noch immer Dinge und Menschen aus der Ferne in den Sinn, Vergnügungen, Landschaften, Sitten, doch es gibt nichts, das mich vor lauter Sehnsucht sterben ließe. Hier bin ich, hier lebe ich, hier werde ich sterben.

Fünf Uhr nachmittags

Soeben erhalte ich ein Billett von Schwesterherz Rita, das ich hier anfüge:

»*9. Januar*

Bruderherz,

erst jetzt fällt mir ein, daß Du heute vor einem Jahr, in den Ruhestand versetzt, aus Europa zurückgekommen bist. Es ist schon zu spät, um das Familiengrab auf dem Friedhof São João Batista aufzusuchen und für Deine Heimkehr Dank zu sagen; ich gehe morgen früh dorthin und bitte Dich, auf mich zu warten, um mit mir zu gehen.

Alles Liebe von
Deinem alten Schwesterherz
Rita.«

Ich sehe darin keine Notwendigkeit, habe jedoch zugesagt.

10. Januar

Wir sind zum Friedhof gefahren. Dem freudigen Anlaß zum Trotz konnte Rita nicht umhin, einige alte Wehmutstränen um ihren Ehemann zu vergießen, der dort zusammen mit meinem Vater und meiner Mutter im Grabe ruht. Sie liebt ihn noch immer wie an dem Tage, als sie ihn verlor, vor so vielen Jahren. Im Sarg des Verstorbenen hatte sie eine Haarlocke, damals schwarz, einschließen lassen, während ihr übriges Haar hier draußen immer weißer wurde.

Unsere Grabstätte ist keineswegs häßlich; sie könnte ein wenig schlichter sein – Inschrift und Kreuz –, doch was da ist, ist gediegen. Ich fand sie allzu neu, das ja. Rita läßt sie jeden Monat abwaschen, und dies verhindert das Altern. Nun meine ich, daß ein altes Grab einen besseren Eindruck von seinem Beruf vermittelt, wenn es von der allesverzehrenden Zeit geschwärzt ist. Andernfalls wirkt es stets frisch wie vom Vortag.

Rita betete einige Minuten vor dem Grab, während ich meine Blicke über die benachbarten Grabmäler kreisen ließ. Auf allen stand, wie auf dem unsrigen, die gleiche altüberlieferte Mahnung: »Betet für ihn! Betet für sie!« Später, auf dem Rückweg, sagte mir Rita, sie pflege diese Bitte der anderen zu beherzigen und ein Gebet für alle zu sprechen, die dort ruhen. Vielleicht ist sie die einzige, die es tut. Meine Schwester ist eine gute Seele, nicht weniger gut als fröhlich.

Der Eindruck, den der Friedhof insgesamt auf mich machte, war derselbe, den Friedhöfe immer schon auf mich gemacht haben; alles stand still. Die Gebärden der Figuren, seien es Engel oder andere Wesen, waren mannigfaltig, doch regungslos. Nur ein paar Vögel gaben ein Lebenszeichen, suchten einander und ließen sich auf den Zweigen nieder, piepten und zwitscherten. Die Sträucher, grünend und blühend, schwiegen immerfort.

Schon fast am Tor, beim Hinausgehen, sprach ich mein Schwesterherz auf eine Dame an, die ich, während Rita betete, bei einem anderen Grabmal, links neben dem großen Kreuz gesehen hatte. Sie war jung, trug schwarz und schien, die gesenkten Hände gefaltet, ebenfalls zu beten. Ihr Gesicht war mir nicht unbekannt, ohne daß ich darauf kam, wer sie sei. Schön und allerliebenswürdigst wie einige Damen in Rom, von denen ich habe reden hören.

»Wo ist sie?«

Ich sagte es ihr. Sie wollte sehen, wer es war. Rita ist nicht nur gutherzig, sie ist auch neugierig, ohne allerdings den römischen Superlativ zu erreichen. Wir sollten, regte ich an, ebendort am Friedhofstor warten.

»Nein, vielleicht kommt sie nicht so bald, wir wollen von weitem nach ihr ausschauen. Ist sie wirklich so schön?«

»So erschien sie mir.«

Wir betraten den Friedhof aufs neue und bogen wie von ungefähr in einen Weg zwischen Gräbern ein. In einiger Entfernung blieb Rita stehen.

»Doch, du kennst sie. Du hast sie kürzlich bei mir gesehen.«

»Wer ist sie?«

»Die Witwe Noronha. Laß uns gehen, bevor sie uns sieht.«

Da erinnerte ich mich, wenn auch undeutlich, an eine Dame, mit der Rita mich in Andaraí bekannt gemacht und mit der ich ein paar Minuten geredet hatte.

»Witwe eines Arztes, nicht wahr?«

»Ja, Tochter eines Gutsbesitzers aus Paraíba do Sul, des Barons von Santa-Pia.«

In diesem Augenblick löste die Witwe ihre Hände und schickte sich zu gehen an. Sie ließ zunächst ihre Augen schweifen, wie um zu sehen, ob sie allein sei. Womöglich wollte sie das Grabmal, ja den Namen ihres Ehemanns küssen, doch es waren Leute in der Nähe, außerdem zwei Totengräber mit Gießkanne und Hacke, die von einer Beerdigung an demselben Vormittag sprachen. Sie sprachen laut, und mit derber Stimme neckte einer den andern: »Würdst du das schaffen, so ein Ding da den Hügel hoch zu tragen? Da müßten schon viere von deiner Sorte kommen.« Sie meinten natürlich einen schweren Sarg, ich aber wandte mein Augenmerk wieder der Witwe zu, die sich langsam entfernte, ohne zurückzublicken. Hinter einem Mausoleum verborgen, konnte ich sie nicht vollständiger oder besser sehen als zu Anfang. Sie schritt zum Friedhofstor hinab, wo eben eine Tram vorüberkam, stieg ein und entschwand. Wir gingen ebenfalls hinab und nahmen die nächste Bahn, die uns nach Catete brachte.

Da erzählte mir Rita manches aus dem Leben der jungen Frau und von dem großen Glück, das sie mit ihrem Ehemann gefunden habe, der dort seit mehr als zwei Jahren ruhe. Ihr Zusammenleben sei kurz gewesen. Ich riskierte, aus wer weiß welch boshafter Laune, folgende Überlegung:

»Das heißt aber nicht, daß sie nicht wieder heiraten wird.«

»Die heiratet nicht.«

»Woher willst du das wissen?«

»Sie heiratet nicht; man braucht nur die Umstände ihrer Heirat zu kennen, das Leben, das die beiden führten, und den Schmerz, den sie empfand, als sie Witwe wurde.«

»Das will nichts heißen, warum soll sie nicht heiraten; um zu heiraten, genügt es, daß sie Witwe ist.«

»Ich habe aber nicht geheiratet.«

»Du bist anders, du bist einzig.«

Rita lächelte, warf mir tadelnde Blicke zu und schüttelte den Kopf, als wollte sie mich einen Spaßvogel nennen. Sogleich wurde sie ernst, denn der Gedanke an ihren Ehemann stimmte sie wirklich traurig. Ich zog die Sache ins Scherzhafte; sie, nachdem sie sich auf frohere Gedanken hatte bringen lassen, forderte mich auf, mein Glück bei der Witwe Noronha zu versuchen, und wettete dagegen.

»Ich mit meinen zweiundsechzig Jahren?«

»Oh, die sieht man dir nicht an; du bist taufrisch wie einer in den Dreißigern.«

Wenig später langten wir zuhause an, wo meine Schwester mit mir zu Mittag aß. Vor dem Essen hatten wir wiederum von der Witwe und ihrer Ehe gesprochen und sie hatte die Wette wiederholt. Mir kam Goethe in den Sinn, und ich sagte zu ihr:

»Schwesterherz, du möchtest wohl mit mir die Wette zwischen Gott und Mephisto abschließen, kennst du sie?«

»Nein«.

Ich trat an mein kleines Bücherregal, zog den Band mit dem *Faust* hervor, schlug den Prolog im Himmel auf und – so gut ich konnte, ihn zusammenfassend – las ihr daraus vor. Rita hörte sich das Streitgespräch aufmerksam an, das Gott und der Teufel über den alten Faust führen, den Knecht des *Herrn*, und über das Verderben, in das der Abgefeimte ihn unfehlbar zu stürzen gedenkt. Rita ist nicht kultiviert, aber raffiniert, und was sie damals vor allem hatte, war Hunger. Lachend entgegnete sie:

»Gehen wir zu Tisch. Verschone mich mit diesen oder auch anderen Prologen; ich bleibe bei dem, was ich gesagt habe, und du magst zusehen, ob du wieder zusammenbringst, was doch längst auseinander ist. Gehen wir zu Tisch.«

Wir gingen zu Tisch; um zwei Uhr ist Rita nach Andaraí zurückgekehrt, ich habe diese Zeilen hier aufgeschrieben und werde nun einen Stadtbummel machen.

12. Januar

Beim Gespräch, das ich vorgestern mit Rita führte, habe ich den Teil zu notieren vergessen, der meine drüben in Wien begrabene Frau betrifft. Zum zweiten Mal sprach meine Schwester davon, sie in unser Familiengrab zu überführen. Und wiederum sagte ich ihr, sehr gern wolle ich neben ihr liegen, doch die Toten lägen meines Erachtens ganz gut dort, wo sie gestorben seien; sie entgegnete mir, sie befänden sich weit besser bei den Ihren.

»Wenn ich sterbe, werde ich zu ihr gehen, wo immer sie im Jenseits weilen mag, und sie wird mir entgegenkommen«, sagte ich.

Sie lächelte und führte als Beispiel die Witwe Noronha an, die ihren Ehemann aus Lissabon, wo er starb, nach Rio de Janeiro habe überführen lassen, wo sie ihre Tage zu beschließen gedenke. Weiter sagte sie dazu nichts, doch vermutlich wird sie darauf zurückkommen, bis sie durchsetzt, was sie für richtig hält. Schon mein Schwager pflegte zu sagen, so mache sie es immer, wenn sie etwas wolle.

Was ich ebenfalls ungeschrieben ließ, war ihre Anspielung auf die Aguiars, ein Ehepaar, das ich bei meiner letzten Beurlaubung in Rio de Janeiro kennengelernt hatte, und das ich nunmehr wiedertraf. Sie sind mit Rita und der Witwe befreundet, und in zehn oder vierzehn Tagen feiern sie ihre silberne Hochzeit. Ich habe die beiden schon zwei Mal besucht und der Ehemann mich. Rita sprach voll Sympathie von ihnen und riet mir, sie zu diesem Jubiläum zu beglückwünschen.

»Dort wirst du Fidélia treffen.«

»Welche Fidélia?«

»Die Witwe Noronha«

»Sie heißt Fidélia?«

»Ja, so heißt sie«.

»Der Name reicht nicht aus, um nicht zu heiraten«.

»Um so besser für dich, wenn du den Menschen und den Namen besiegst und die Witwe am Ende heiratest. Ich aber bleibe dabei, daß sie nicht heiratet.«

14. Januar

Das einzig Besondere an Fidélias Biographie besteht darin, daß ihr Vater und ihr Schwiegervater, Parteiobere in Paraíba do Sul, politisch verfeindet waren. Familienfehden haben junge Leute bis heute nicht davon abgehalten, sich zu lieben, doch dafür muß man nach Verona oder sonstwohin gehen. Und selbst im

Falle derer von Verona, so behaupten Gelehrte, seien die Familien von Romeo und Julia vormals befreundet und derselben Parteiung zugehörig gewesen; und sie behaupten ferner, jene hätten nie gelebt, außer in der Sage oder in Shakespeares Kopf.

In unseren Munizipien, im Norden, im Süden, in der Mitte, ist meines Wissens ein solcher Fall unbekannt. Hierzulande setzen die Schößlinge die Gegnerschaft der Wurzeln fort, und jeder Baum sprießt für sich allein, ohne Zweige zu einem andern auszusenden, und saugt dessen Boden aus, soweit er kann. Ich würde, wäre ich zu hassen imstande, ebenso hassen; doch ich hasse nichts und niemanden – *perdono a tutti*, wie in der Oper.

Nun, wie sie sich lieben lernten, die Liebesleute aus Paraíba do Sul, das erzählte Rita mir nicht, und ebendies zu erfahren wäre reizvoll. Romeo und Julia hier in Rio, zwischen Agrikultur und Advokatur – denn der Vater unseres Romeo war Advokat in der Stadt Paraíba – das ist eine dieser Begegnungen, die man kennen müßte, um sie zu erklären. Rita ging auf diese Einzelheiten nicht ein; ich werde, falls ich daran denke, sie darum bitten. Vielleicht wird sie sich sträuben, weil sie wähnt, ich sei wahrhaftig im Begriff, vor Sehnsucht nach dieser Dame zu sterben.

16. Januar

Soeben kam ich aus der Banco do Sul, da traf ich Aguiar, den Vorsteher dieser Bank, der dorthin unterwegs war. Er begrüßte mich herzlich, erkundigte sich nach Rita, und wir plauderten ein paar Minuten über dies und jenes.

Das war gestern. Heute morgen schickte mir Aguiar ein Billett, worin er mich im Namen seiner Frau und seiner selbst für den 24. zum Abendessen einlädt. Zur Silberhochzeit. »Ein schlichtes Essen mit wenigen Freunden«, schrieb er. Später erfuhr ich, daß es tatsächlich ein Fest im kleinen Kreis wird. Auch Rita geht hin. Ich beschloß, die Einladung anzunehmen, und gehe hin.

20. Januar

Drei Tage zu Hause festgehalten, einer Erkältung mit leichtem Fieber wegen. Heute bin ich wohlauf, und nach Auskunft des Arztes kann ich schon morgen das Haus verlassen. Ob ich aber zur Silberhochzeit der alten Aguiars werde gehen können? Als vorsichtiger Fachmann riet Dr. Silva mir davon ab; meine Schwester Rita, die mich zwei Tage lang gepflegt hat, meint das gleiche. Ich bin nicht gegenteiliger Ansicht, doch sollte ich gut aufgelegt sein und mich bei Kräften fühlen, was ja möglich ist, würde es mich hart ankommen, nicht hinzugehen. Wir werden sehen; drei Tage sind schnell vorbei.

Sechs Uhr nachmittags

Ich habe den ganzen Tag in Büchern geblättert, und insbesondere wieder einiges von Shelley und auch von Thackeray gelesen. Der eine hat mich für den anderen entschädigt und dieser mich von den Illusionen über jenen befreit; so ergänzt der Genius den Genius, und der Geist erlernt die Sprachen des Geistes.

Neun Uhr abends

Rita ist zum Abendessen gekommen; ich sagte ihr, ich sei gesund wie ein Fisch im Wasser und genügend bei Kräften, zur Silberhochzeit zu gehen. Sie mahnte mich zur Vorsicht, war aber dann ebenfalls der Ansicht, ich könne gehen, wenn mir nichts weiter fehle und ich maßvoll äße, und dies um so mehr, als meine Augen dort auf absolute Diät gesetzt würden.

»Ich glaube, Fidélia kommt nicht«, erläuterte sie.

»Kommt nicht?«

»Ich habe heute den Obergerichtsrat Campos getroffen, der mir sagte, als er das Haus verließ, habe seine Nichte wieder einmal eine Neuralgie gehabt. Sie leidet nämlich an Neuralgien. Wenn sie kommen, dann für mehrere Tage, und sie gehen nicht ohne viel Arznei und viel Geduld. Vielleicht besuche ich sie morgen oder übermorgen.«

Rita ergänzte, für die Gastgeber sei dies ein halbes Unglück; sie zählten auf Fidélia als einen Hauptreiz des Festes. Sie mögen sich sehr, das Ehepaar sie, sie das Ehepaar, und alle sind einander wert, so die Auffassung Ritas, und es mag auch die meinige werden.

»Das glaube ich gern. Jetzt bin ich übrigens sicher, wenn nichts dazwischen kommt, gehe ich auf jeden Fall. Auch mir scheint es ein gutes Paar, das Paar Aguiar. Hatten sie niemals Kinder?«

»Nein. Sie sind sehr warmherzig, Dona Carmo noch mehr als ihr Mann. Du kannst Dir nicht vorstellen, wie liebevoll sie zueinander sind. Ich sehe sie nicht häufig, denn ich lebe für mich, doch meine wenigen Besuche reichen mir, um ihren Charakter zu ermessen, vor allem den der Frau. Der Obergerichtsrat Campos, der sie seit vielen Jahren kennt, kann dir sagen, was für Menschen es sind.«

»Sind viele zum Essen eingeladen?«

»Nein, nur wenige, glaube ich. Die meisten kommen danach, am späteren Abend. Die Gastgeber sind bescheidene Leute; das Essen ist nur für die engsten Freunde, und so zeigt die Einladung an dich, wie sympathisch du ihnen bist.«

»Das spürte ich schon, als ich ihnen vor sieben Jahren vorgestellt wurde, doch damals nahm ich an, dies gelte mehr dem Diplomaten als dem Menschen. Als sie mich jetzt empfingen, geschah dies mit großem Vergnügen. Ich gehe also am 24. zu den Aguiars, Fidélia hin, Fidélia her.«

25. Januar

Da bin ich also gestern zur Silberhochzeit gegangen. Schauen wir, ob ich imstande bin, meine Eindrücke von dem Abend zu resümieren.

Sie hätten nicht besser sein können. Da war zunächst die Eintracht des Paares. Ich weiß, daß ein Fest von mehreren Stunden keine zuverlässige Grundlage ist, die Seelenbeziehung zweier Menschen einzuschätzen. Natürlich belebt ein solches Ereignis das Andenken an frühere Zeiten, und die Zuneigung der anderen verdoppelt gewissermaßen die zueinander. Doch das ist nicht das Entscheidende. In ihnen beiden ist etwas, das über diesen Anlaß hinausgeht und verschieden ist von der Freude der anderen. Ich spürte, daß die Jahre ihr Naturell gestärkt und geformt haben, und daß beide Menschen letztendlich ein einziger geworden sind. Ich spürte es nicht gleich, konnte es nicht spüren, als ich eintrat, doch dies war mein Eindruck von dem Abend insgesamt.

Aguiar kam mir am Eingang des Wohnzimmers entgegen – ich würde sagen, mich zu umarmen, wenn eine solche Absicht zwischen uns und bei solcher Gelegenheit denkbar wäre; doch diesen Dienst übernahm seine Hand, die die meine überschwenglich schüttelte. Er ist ein Mann von gut sechzig Jahren – sie ist fünfzig –, von eher fülligem als schlankem Wuchs, gewandt, gelöst und heiter. Er führte mich zu seiner Frau, die auf der anderen Seite des Zimmers mit zwei Freundinnen plauderte. Die Anmut der alten Dame war mir nichts Neues, doch diesmal verliehen der Grund des Besuches und die Art meines Glückwunschs ihrem Gesicht einen Ausdruck, der sehr wohl die Bezeichnung strahlend duldet. Sie reichte mir die Hand, hörte mich an und verneigte sich mit einem Seitenblick auf ihren Mann.

Von beiden fühlte ich mich zuvorkommend empfangen. Rita traf kurz nach mir ein; allmählich kamen weitere Herren und Damen, mir alle bekannt, und ich sah, daß sie enge Freunde des Hauses waren. Inmitten der Konversation vernahm ich unverhofft, wie eine Dame zu einer anderen sagte:

»Wenn es Fidélia nur nicht schlechter geht!«

»Ob sie wohl kommt?«, fragte die andere.

»Sie hat ausrichten lassen, daß ja, es gehe ihr besser, aber wenn sie kommt, tut ihr das vielleicht nicht gut.«

Was die beiden sonst noch über die Witwe sagten, war freundlich. Was mir ein anderer Gast zu sagen versuchte, vernahm ich mit gerade soviel Aufmerksamkeit, wie das Thema verlangte, ohne es mir anmerken zu lassen. Als die Stunde des Abendessens herangerückt war, vermutete ich, daß Fidélia nicht mehr kommen würde. Ich hatte falsch vermutet. Fidélia und ihr Onkel kamen als letzte, aber sie kamen. Die Aufwallung, mit der Dona Carmo sie empfing, offenbarte, wie sehr sie sich freute, Fidélia dort zu sehen, wiewohl sie kaum genesen war und sich nachher auf dem Heimweg der kalten Nachtluft aussetzen würde. Beide Damen empfanden großes Vergnügen.

Fidélia hatte die Trauer nicht ganz abgelegt; sie trug Korallenohrringe und das Medaillon aus Gold mit dem Bild ihres Mannes auf der Brust. Ansonsten waren Kleidung und Zierden dunkel gehalten. Ein Reis Vergißmeinnicht an der Taille und den Schmuck trug sie vielleicht der Freundin zu Ehren. Schon am Morgen hatte sie ein Glückwunschbillett geschickt, zusammen mit der zierlichen Vase aus Porzellan, die mit anderen kleinen Jubiläumsgeschenken auf einer Kommode stand.

Als ich sie nunmehr sah, fand ich sie nicht weniger appetitlich als auf dem Friedhof oder zuvor im Hause meiner Schwester Rita, und keine geringere Augenweide. Ihre Figur scheint gedrechselt, ohne den leisesten Anflug von Starrheit, woran man bei dieser Vokabel vielleicht denken könnte; ganz im Gegenteil, sie ist geschmeidig. Damit meine ich nur die Makellosigkeit der Linien, der sichtbaren Linien wohlgemerkt, die übrigen errät und beschwört man. Ihre Haut ist weich und hell, mit Rottönen auf den Wangen, die nicht übel zu ihrem Witwenstand passen. Dies sah ich gleich, als sie kam, ebenso ihre schwarzen Augen und Haare; alles Übrige ergab sich nach und nach im Laufe des Abends, bis sie ging.

Mehr brauchte es nicht, um eine Erscheinung von anziehender Gestik und Konversation zu vollenden. Ich aber dachte, nach einigen prüfenden Augenblicken, über diesen Menschen folgendes: Nicht an Prosa dachte ich zunächst, sondern an Poesie, just an einen Vers von Shelley, den ich, wie oben gesagt, vor Tagen zu Hause wiedergelesen hatte, aus einer seiner Stanzen von 1821:

I can give not what men call love.

So sprach ich bei mir selbst auf englisch, doch gleich darauf wiederholte ich das Bekenntnis des Dichters in unserer Prosa, mit einem selbstverfaßten Schluß: »Ich kann nicht geben, was die Menschen Liebe nennen… und das ist schade!«

Dies Bekenntnis tat meiner fröhlichen Stimmung keinen Abbruch. Als daher Dona Carmo kam und meinen Arm ergriff, folgte ich ihr wie zu einem Hochzeitsmahl. Aguiar reichte Fidélia den Arm und nahm zwischen ihr und seiner Ehefrau Platz. Ich erwähne diese Einzelheiten aus keinem anderen Bedürfnis als dem, zu sagen, daß die beiden Gatten von ihrer Freundin Fidélia und von mir flankiert wurden. So konnten wir ihren Herzschlag hören – eine statthafte Hyperbel, um auszudrücken, daß in uns beiden, zumindest in mir, das Eheglück jener fünfundzwanzig Jahre des Friedens und Trostes widerhallte.

Die Dame des Hauses, freundlich, lieblich, entzückend zu allen, schien an jenem Festtag wahrhaft glücklich, nicht weniger als ihr Mann. Vielleicht war er selbst noch glücklicher als sie, doch würde er es weniger zeigen. Dona Carmo besitzt die Gabe, mit ihrer gesamten Erscheinung zu sprechen und zu leben, sowie das Vermögen, Menschen anzuziehen, wie ich es wohl bei wenigen, seltenen Frauen beobachtet habe. Ihr weißes Haar, kunst- und geschmackvoll gebunden, gibt ihrer Bejahrtheit eine eigentümliche Größe und läßt alle Lebensalter sich darin vermählen. Ich weiß nicht, ob ich mich verständlich ausdrücke, man muß es auch nicht besser sagen für das Feuer, in das ich diese Einsiedlerblätter eines Tages schleudern werde.

Hin und wieder tauschten sie und ihr Mann ihre Eindrücke mit den Augen aus, und vielleicht auch mit Worten. Ein einziges Mal wirkten sie melancholisch. Später erklärte es mir mein Schwesterherz Rita. Einer der Gäste – taktlose Menschen gibt es überall – habe in einem Trinkspruch auf die fehlenden Kinder angespielt und gesagt, »Gott hat sie ihnen versagt, damit sie einander um so inniger lieben«. Er sprach nicht in Versen, doch zu diesem Gedanken hätten Reim und Metrum gepaßt, die der Urheber vielleicht als junger Mann tatsächlich benutzte; nun war er um die Fünfzig, und er war Vater. Bei dieser Anspielung blickten die beiden sich traurig an, suchten aber sogleich zu lachen, und sie lächelten. Meine Schwester sagte mir hernach, dies sei die einzige Wunde des Paares. Ich glaube, auch Fidélia bemerkte ihren Ausdruck von Traurigkeit, denn ich sah sie mit erhobenem Kelchglas sich Dona Carmo zuneigen und ihr voll Anmut und Zärtlichkeit einen Trinkspruch ausbringen:

»Auf Ihr Glück.«

Vor lauter Rührung konnte die Gattin Aguiars zunächst nur mit einer Geste antworten; erst Augenblicke, nachdem sie das Glas zum Mund geführt hatte, ergänzte sie mit ein wenig belegter Stimme, als müsse sie ihrem überwältigten Herzen dies Dankeswort abringen:

»Danke.«

Dies alles wurde leise, fast tonlos gesprochen. Der Ehemann nahm seinen Teil des Trinkspruchs ein wenig lebhafter entgegen, und das Abendessen ging ohne einen weiteren Anflug von Melancholie zu Ende.

Später kam weiterer Besuch; man musizierte, drei oder vier Gäste spielten Karten. Ich überließ mich im Wohnzimmer dem Anblick jener Gesellschaft frohgestimmter Männer sowie blühender und reifer Frauen, alle im Banne der eigentümlichen Altersgestalt Dona Carmos und der verführerischen Anmut von Fidélias Jugend; doch lag in ihrer Anmut noch der Zug von junger, übrigens zweijähriger Witwenschaft. Shelley raunte mir ständig ins Ohr, damit ich es mir selbst wiederholte: *I can give not what men call love.*

Als ich mit Rita über diesen Eindruck sprach, sagte sie, das seien Ausflüchte eines schlechten Verlierers, das heißt, daß ich aus Furcht, den Widerstand der jungen Frau nicht überwinden zu können, mich von vornherein für liebesunfähig erklärte. Und dies nahm sie zum Anlaß, um erneut Fidélias leidenschaftliche Gattenliebe zu preisen.

»Alle hüben und drüben, die sie gesehen haben«, fuhr sie fort, »können dir bezeugen, was für ein Paar sie waren. Man braucht nur daran zu erinnern, daß sie ihren Bund, wie schon gesagt, gegen den Willen beider Väter schlossen, von beiden verflucht. Dona Carmo, seither Vertraute ihrer Freundin, erzählt aus Taktgefühl nicht alles weiter, was sie von ihr hört; nur, was sie mitteilen darf, resümiert sie mit bekräftigenden und bewundernden Worten. Und diese habe ich oft vernommen. Manches teilt Fidélia mir selbst mit. Sprich mit ihrem Onkel... Und noch etwas, er soll dir auch von dem Paar Aguiar erzählen...«

An dieser Stelle unterbrach ich sie:

»Wie ich höre, ist Brasilien zu Abrahams Schoß geworden, während ich dort draußen damit beschäftigt war, Brasilien zu repräsentieren. Du, das Ehepaar Aguiar, das Ehepaar Noronha, kurz alle Paare, wurden zum Inbegriff immerwährenden Glücks.«

»Dann bitte doch den Obergerichtsrat, er möge dir alles erzählen.«

»Ein anderer Eindruck, den ich von diesem Haus und diesem Abend mitnehme ist der, daß beide Damen, die Ehefrau und die Witwe, sich wie Mutter und Tochter lieben, nicht wahr?«

»Ich glaube ja.«

»Ist die Witwe ebenfalls kinderlos?«

»Das ist sie. Das haben sie gemeinsam.«

»In einem Punkt weichen sie voneinander ab, das ist Fidélias Witwenstand.«

»Durchaus nicht; Fidélias Witwenstand paßt zu Dona Carmos Alter; doch wenn du das für eine Abweichung hältst, so liegt es in deiner Hand, sie zu korrigieren, nämlich die Witwe dem Witwenstand zu entreißen, wenn Du kannst; aber, ich wiederhole, du kannst es nicht.«

Meine Schwester scherzt nicht oft, aber wenn, dann mit Biß. Das sagte ich ihr auch, als ich sie zur Kutsche brachte, die sie nach Andaraí beförderte, während ich zu Fuß nach Catete ging. Ich habe mitzuteilen versäumt, daß das Haus Aguiar an der Straße Praia do Flamengo liegt, im hinteren Teil eines kleinen Gartens, ein altes, aber gediegenes Haus.

Samstag

Gestern traf ich einen alten Bekannten vom Diplomatischen Korps und versprach ihm, mit ihm morgen in Petrópolis zu Abend zu essen. Heute fahre ich hinauf und komme Montag zurück. Das Schlimmste ist, daß ich mit übler Laune aufgewacht bin und eigentlich lieber hier bleiben als hinauffahren würde. Mag sein, daß der Luft- und Szenenwechsel mich auf andere Gedanken bringt. Das Leben, vornehmlich für die Alten, ist ein beschwerlicher Beruf.

Montag

Heute von Petrópolis zurück. Am Samstag, als die Fähre eben von Prainha ablegte, traf ich den Obergerichtsrat Campos, eine gute Begegnung, denn von da an wich allmählich meine üble Laune, und beim Anlegen in Mauá war ich schon halb genesen. Am Bahnhof von Petrópolis war ich ganz wiederhergestellt.

Ich weiß nicht mehr, ob ich in diesem Tagebuch schon notiert habe, daß Campos und ich in São Paulo Kommilitonen desselben Jahrgangs waren. Mit der Zeit und der Entfernung haben wir den vertrauten Umgang verloren, und als wir uns letztes Jahr wiedersahen, waren wir trotz der akademischen Erinnerungen, die in uns aufstiegen, einander fremd. Wir sahen uns mehrfach und verbrachten beide einen Abend in Flamengo; doch die Unterschiede des Lebens hatten die der Zeit und der Entfernung vertieft.

Jetzt auf der Fähre begannen wir, besser als das vorige Mal, die alten Bande neu zu knüpfen. Die Reise über Meer und Land bot reichlich Gelegenheit, einiges vom früheren Studentenleben aufzufrischen. Genug, um das Alter schließlich von uns abzuwaschen.

Als der Zug das Gebirge erklomm, gingen unsere Eindrücke um einiges auseinander. Campos fand großen Gefallen an unserer Fahrt mit der Eisenbahn. Ich bekannte ihm, ich hätte früher, als man dort in maultierbespannten, dicht aufeinanderfolgenden Kaleschen hinauffuhr, größeres Vergnügen empfunden, nicht wegen des Verkehrsmittels selbst, sondern weil ich nach und nach in der Ferne das Meer und die Stadt mit so vielen malerischen Ansichten aufscheinen sah. Die Eisenbahn befördere die Leute eilig, hastig, überstürzt zum Bahnhof von Petrópolis. Weiter erinnerte ich an die Zwischenhalte, da, um Kaffee zu trinken, dort, um an dem berühmten Brunnen Wasser zu trinken, und schließlich an die Aussicht von der Paßhöhe Alto da Serra, wo die elegante Welt von Petrópolis auf die Reisenden wartete, um sie mit ihren Kutschen und Pferden zur Stadt zu geleiten; etliche der Heraufkommenden stiegen dort in die Kutschen ihrer sie abholenden Angehörigen um.

Campos zählte unentwegt all das Gute auf, das die Eisenbahn gewähre, Vergnügen wie Nutzen. Allein schon die eingesparte Zeit! Hätte ich im Gegenzug das Gute aufgezählt, das die verlorene Zeit besitze, hätte ich so etwas wie eine Debatte ausgelöst, wodurch die Reise noch atemloser und kürzer geworden wäre. Lieber wechselte ich das Thema und nutzte die letzten Reiseminuten, ich sprach vom Fortschritt, er desgleichen, und zufrieden trafen wir in der Gebirgsstadt ein.

Beide stiegen wir in demselben Hotel ab, dem Bragança. Nach dem Abendessen machten wir am Flußufer einen Verdauungsspaziergang. Da, beim Erinnern vergangener Zeiten, kam ich auf die Aguiars zu sprechen und auf die Kenntnis, die Campos nach Ritas Worten vom Leben und von der Jugend der beiden Gatten habe. Ich bekannte, für mich sei das Paar ein treffliches Vorbild der Geborgenheit und Einigkeit. Meine insgeheime Absicht mochte sein, zu seiner Nichte und ihrer Ehe überzuleiten, zu deren Voraussetzungen und Umständen, eine heikle Sache wegen der Neugier, die ich damit bekunden könnte und die im übrigen nicht zu meinen Gepflogenheiten gehört, doch ließ er mir weder Gelegenheit noch Zeit. Diese, so lang sie war, reichte kaum, von den Aguiars zu erzählen. Ich hörte geduldig zu, denn nach seinen ersten Worten begann mich der Gegenstand zu fesseln, auch deshalb, weil der Obergerichtsrat sehr angenehm zu sprechen versteht. Doch ist die Stunde zu weit vorgerückt, um wiederzugeben, was er sagte; dies bleibt eine Aufgabe für später, für einen Tag, wenn der frische Eindruck vorüber ist und mir nur das Bewahrenswerte im Gedächtnis bleibt.

4. Februar

Nun wohl, resümieren wir heute, was ich vom Obergerichtsrat in Petrópolis über die Eheleute Aguiar gehört habe. Nebenumstände übergehe ich ebenso wie nichtssagende Histörchen und lasse auch solche Adjektive beiseite, denen seine Lippen größeren Reiz verliehen, als es meiner Feder möglich wäre; hier kommen nur jene vor, die fürs Verständnis von Dingen und Menschen erforderlich sind.

Der Grund, aus dem ich dies hier aufschreibe, hat mit der Sinnesart der beiden zu tun und hängt ein wenig mit der Witwe Fidélia zusammen. Zum Lebensweg des Paares hier ein dürrer, knapper biographischer Abriß: Aguiar, als er heiratete, war Buchhalter. Dona Carmo lebte damals bei ihrer Mutter, die aus Nova Friburgo stammte, und ihrem Vater, einem Schweizer Uhrmacher ebenfalls aus jener Stadt. Eine allseits begrüßte Heirat. Aguiar blieb als Buchhalter tätig; von seiner Firma wechselte er zu einer anderen und wieder zu einer anderen, deren Teilhaber er wurde, bis er zum Vorsteher einer Bank aufstieg; und das Ehepaar wurde immer älter, ohne daß Kinder kamen. Das ist alles, weiter nichts. Bis zum heutigen Tage ein Leben ohne Streit und ohne Lärm.

Sie liebten sich, sie haben sich immer sehr geliebt, der beiderseitigen Eifersucht zum Trotz, oder ebendarum. Seitdem sie seine Liebste war, hatte sie auf ihn den Einfluß aller Liebsten dieser und vielleicht auch jener anderen Welt, falls sie in solcher Ferne existieren. Aguiar hatte dem Obergerichtsrat einst von den bitteren Zeiten erzählt, als die Hochzeit schon anberaumt war und er durch Konkurs seines Dienstherrn die Stellung verlor. Er mußte sich eine andere suchen, was nicht lange dauerte, doch die neue Stelle erlaubte ihm keine baldige Heirat, er war genötigt, sich einzuarbeiten, Vertrauen zu gewinnen, der Zeit ihre Zeit zu lassen. Nun, wenn seine Seele aus losen Steinen bestand, so war die Stärke seiner Braut der Zement und der Kalk, die sie in jenen Krisentagen zusammenhielten. Dieses Bild übernehme ich von Campos, der mir sagte, es stamme von Aguiar selbst. Kalk und Zement gaben ihm jedesmal Halt, wenn die Steine aus den Fugen gerieten. Er sah die Dinge mit seinen eigenen Augen, wenn aber diese krank oder müde wurden, dann war sie es, die für sein Körper- oder Seelenleiden Abhilfe wußte.

Das Los ihrer ersten Ehejahre war die Armut. Aguiar übernahm verschiedene Arbeiten, um seine kargen Einkünfte aufzubessern. Beim Führen des Haushalts ging Dona Carmo dem Personal zur Hand und sorgte für eine häusliche Behaglichkeit, die nicht durch Geld zu erlangen war. Bei aller Schlichtheit wußte sie für Auskömmlichkeit zu sorgen; so wohlgeordnet aber waren die Dinge, so vollkommen dank der eigenhändigen Arbeit der Hausfrau, daß sie Ehemann und Gästen ins Auge fielen. In allem wohnte eine Seele, keine geringere als ihre eigene, die, sich bruchlos und höchst geschmackvoll entfaltend, das Stilvolle mit dem Notwendigen paarte. Tischdecken, Teppiche, Fenstervorhänge und andere Arbeiten, die mit den Jahren kamen, alles trug ihre Handschrift, das Gepräge ihres innersten Wesens. Sie hätte, wenn nötig, die elegante Armut erfunden.

Sie schufen sich einen mannigfaltigen Bekanntenkreis, bescheiden wie sie selbst und von freundlicher Geselligkeit. Dona Carmo hat daran größeren Anteil als Aguiar. Sie war schon als Kind, was sie später wurde. Im Lyzeum von Engenho Velho galt sie schließlich als die beste Schülerin der Anstalt, die nicht nur bei keiner der Mitschülerinnen Ablehnung weckte, sei sie verborgen oder offen, vielmehr bei allen, bei neuen wie alten, sich offenkundig großer Beliebtheit erfreute. Jeder der Schülerinnen schien es, als gehe es ihr besonders um sie. Ein wundersames Talent? Nein, das nicht; sie war von feinsinniger Klugheit, den meisten andern überlegen, doch ohne sie zu beschämen.

Alles ging aus der warmherzigen Gemütsart jenes Geschöpfes hervor.

Diese gab ihr die Kraft, Menschen anzuziehen und an sich zu binden. Campos sagte mir etwas, was ich an jenem Abend der Silberhochzeit auch schon beobachtet hatte, nämlich daß Dona Carmo gleichermaßen alte wie junge Frauen für sich einnimmt. Es gibt alte Frauen, die sich jungen nicht verständlich machen können, wie auch junge, die sich alten verschließen. Zu allen findet die Gattin Aguiars Zugang, und allen gewährt sie Zugang; so war sie in ihrer Jugend, so ist sie als reife Frau.

Nicht immer hat Campos beider Lebensweg begleitet, zumal nicht in ihren ersten Zeiten; doch als er den Umgang mit ihnen aufnahm, sah er in Dona Carmo die Entfaltung der Braut und der Jungvermählten und begriff, warum ihr Mann sie verehrte. Dieser war glücklich; und um die außerhäuslichen Sorgen und Verdrießlichkeiten zu lindern, um Atem zu schöpfen, fand er kein besseres Mittel als das Gespräch mit seiner Frau und keine süßere Belehrung als die ihrer Augen. Sie beherrschte die zarte Kunst, ihm das Gleichgewicht und den Frieden zurückzugeben.

Eines Tages, als er in ihrer Wohnung einen italienischen Gedichtband aufschlug, fand Campos zwischen den Blättern einen alten Zettel mit handgeschriebenen Strophen. Sie stammten aus ebendiesem Buch, von ihr in den Brauttagen abgeschrieben, wie beide ihm verlegen erzählten; er legte den Zettel wieder zwischen die Seiten und stellte den Band zurück ins Regal. Sie beide liebten Gedichte, und vielleicht hatte sie sogar einige angefertigt, die sie später mit ihren letzten Jugendtorheiten verwarf. Beide trugen in sich, wie es schien, den Keim poetischer Begabung, der ein angemessener Ausdruck fehlte, um hervorzutreten.

Letztgenannte Überlegung stammt von mir, nicht vom Obergerichtsrat Campos, und soll nur das Porträt dieses Paares vollenden. Nicht, daß die Poesie für die Sitten notwendig wäre, doch sie kann ihnen Anmut verleihen. Bei dieser Gelegenheit fragte ich den Obergerichtsrat, ob diese Geschöpfe irgendeine

Bitternis in ihrem Leben erfahren hätten. »Ja«, erwiderte er, »eine einzige, eine große: sie sind kinderlos geblieben.«

»Das hat mir meine Schwester Rita auch schon gesagt.«

»Sie sind kinderlos geblieben«, wiederholte Campos.

Beide hätten ein Kind gewollt, und wenn es nur ein einziges wäre, sie noch mehr als er. Dona Carmo besitze alle Arten der Zärtlichkeit, die eheliche, die töchterliche, die mütterliche. Campos hatte noch ihre Mutter gekannt, deren Bildnis, eingerahmt zusammen mit dem ihres Vaters, im Wohnzimmer hänge, und von beiden spreche sie mit wehmütigen Seufzern. Sie habe keine Geschwister, doch ihre Geschwisterliebe sei in der Freundesliebe aufgehoben, die gleichfalls zu ihrer Zärtlichkeit gehöre. Wenn Kinder ihr versagt geblieben seien, so stehe fest, daß sie viel Mütterliches in ihre Gefühle als Freundin und Gattin lege. Und nicht weniger stehe fest, daß es für diese Art von umgekehrter Waisenschaft jetzt ein Linderungsmittel gebe.

»Dona Fidélia?«

»Ja, Dona Fidélia; und einstmals gab es sogar ein weiteres, das verschwunden ist.«

Hier erzählte er mir eine Geschichte, die nur ein Halbdutzend Zeilen beanspruchen wird, und in Anbetracht der einfallenden Dämmerung ist das nicht wenig; teilen wir sie rasch mit.

Eine ihrer Freundinnen bekam ein Kind, als Dona Carmo etwas über zwanzig war. Ereignisse, die der Obergerichtsrat nur streifte und die des Nachfragens nicht wert waren, führten Mutter und Kind für einige Zeit in das Haus der Aguiars. Am Ende der ersten Woche hatte der Kleine zwei Mütter. Als die eigentliche Mutter genötigt war, sich nach Minas zu begeben, wo der Ehemann weilte, eine Reise von wenigen Tagen, erreichte Dona Carmo, daß ihre Freundin Sohn und Amme bei ihr ließ. So knüpften sich die ersten Bande einer Neigung, die mit der Zeit und der Gewöhnung wuchs. Der Vater war Kaffeeaufkäufer – Kommissionär – und damals in Minas geschäftlich unterwegs; die Mutter, die aus Taubaté in der Provinz São Paulo stammte, reiste gern zu Pferd. Als der Kleine getauft werden sollte, bat Luísa Guimarães ihre Freundin, Patin zu werden.

Ebendies war Dona Carmos Wunsch; beide Gatten sagten zu, sie ganz aufgeregt, ihr Mann erfreut; und so wurde die Taufe gewissermaßen zu einem Fest der Familie Aguiar.

Die Kinderzeit des kleinen Tristão – so der Name des Patensohns – gehörte gleichermaßen beiden Müttern, beiden Häusern. Die Jahre kamen, der Knabe wuchs heran, Dona Carmos Hoffnung auf eigene Mutterschaft schmolz dahin. Dies sei das Kind, mit dem der Zufall sie gesegnet habe, sagte eines Tages ihr Mann, und seine Frau, katholisch auch in der Wortwahl, verbesserte: die göttliche Vorsehung, und war ganz Hingabe für ihr Patenkind. Von einigen Leuten hörte der Obergerichtsrat die vermutlich zutreffende Ansicht, Dona Carmo scheine mütterlicher als die eigentliche Mutter. Der Junge teilte sich gut zwischen beiden auf, nur daß er der Zweitmutter einen leisen Vorzug gab. Dies lag vermutlich an ihren größeren, stetigeren Zärtlichkeiten, den häufigeren Wunscherfüllungen und schließlich den Süßigkeiten, die auch für die Kleinen Beweggründe sind, nicht anders als für die Großen. Es kam die Zeit, die Schule zu besuchen, und da diese dem Haus der Aguiars näher lag, ging der Knabe nach dem Unterricht zu ihnen, wo er seine Mahlzeit bekam, und darauf nach Laranjeiras, wo die Familie Guimarães wohnte. Gelegentlich brachte ihn die Patin selbst dorthin.

Die zwei oder drei Unpäßlichkeiten, die der Kleine bekam, stürzten Dona Carmo in unendliche Bekümmerung. Ich verwende dieses Adjektiv, das ich von Campos vernommen habe, wiewohl es mir hochtrabend vorkommt, und alles Hochtrabende widerstrebt mir. Ich muß hier etwas bezeugen. Dona Carmo gehört zu den wenigen Menschen, die ich nie habe sagen hören, sie seien »verrückt nach Erdbeeren«, oder sie könnten dafür »sterben, um Mozart zu hören«. Stark ist bei ihr anscheinend eher das Gefühl als dessen Ausdruck. Immerhin hat der Obergerichtsrat die letzte der Unpäßlichkeiten des Knaben im Hause der Patin miterlebt und Dona Carmos Kummer mitangesehen, ihre Liebkosungen und Bestürzungen, Minuten der Verzweiflung und der Tränen, und schließlich die Freude über die Genesung. Die Mutter war Mutter und fühlte gewiß als solche, und zwar tief, doch, wie er sagt, nicht ganz so tief; denn es muß wohl gehemmte oder auch verhaltene Arten von Zärtlichkeit geben, die nicht für jedermann sichtbar sind.

Krankheiten, Freuden, Hoffnungen, das ganze Repertoire jenes ersten Abschnitts von Tristãos Leben sahen, hörten und fühlten die Pateneltern, besonders die Patin, als wäre er Blut von ihrem Blut. Da hatten sie nun einen Sohn, der zehn wurde, elf wurde, zwölf wurde, der an Größe und Wohlgefälligkeit zunahm. Als er dreizehn war und erfuhr, sein Vater wolle ihn zum Kaufmann bestimmen, suchte er seine Patin auf und vertraute ihr an, eine solche Laufbahn sei nicht nach seinem Geschmack.

»Warum nicht, mein Sohn?«

Dona Carmo benutzte diese Anrede, die das Alter und die ideelle Verwandtschaft ihr erlaubten, ohne sich irgendjemandes Rechte anzumaßen. Tristão bekannte ihr, er sei zu anderem berufen. Er wolle Jurist werden. Die Patin plädierte für die Pläne des Vaters, doch bei ihr war Tristão noch eigenwilliger als bei ihm und seiner Mutter und versteifte sich darauf, Jura studieren und Doktor werden zu wollen. Wenn es keine echte Berufung war, so war es der Titel, der ihn lockte.

»Ich will Doktor werden! Ich will Doktor werden!«

Am Ende befand die Patin dies für gut und begann, für die Sache ihres Patensohns zu plädieren. Sein Vater sträubte sich lange. Ob der Kaufmannsberuf denn etwas Unehrenhaftes an sich habe, ganz abgesehen davon, daß er einträglich sei? Im übrigen werde Tristão nicht von vorne anfangen müssen, wie so viele andere und wie auch sein eigener Vater, vielmehr könne er auf väterliche Unterstützung zählen. Er führte weitere Gründe ins Feld, die Dona Carmo anhörte, ohne sie zu bestreiten, und denen sie immer wieder entgegenhielt, entscheidend sei doch die Neigung, und wenn dem Jungen die Neigung fehle, sei es besser, ihm seinen Wunsch zu lassen. Einige Tage später lenkte der Vater ein, und Dona Carmo wollte, daß der Junge die frohe Botschaft zuerst von ihr erführe. Sie selbst fühlte sich glücklich.

Fünf oder sechs Monate später beschloß Tristãos Vater, mit seiner Frau eine ursprünglich fürs folgende Jahr vereinbarte Reise anzutreten, um seine Familie zu besuchen; Guimarães' Mutter war krank. Tristão, der sich aufs Studium vorbereitete, wollte, kaum hatte er von der vorgezogenen Abreise der Eltern erfahren, mit ihnen reisen. Da war der Reiz des Neuen, die Neugier auf Europa, eine Abwechslung von den so oft gesehenen und so langweilig gewordenen Straßen von Rio de Janeiro. Vater und Mutter weigerten sich, ihn mitzunehmen; er blieb hartnäckig. Dona Carmo, die er aufs neue um Hilfe anging, weigerte sich diesmal, denn das hieße ihn von ihr entfernen, wenn auch nur vorübergehend; sie schloß sich den Eltern an, um den Knaben hier zu halten. Aguiar griff diesmal in die Auseinandersetzung ein; doch alle Auseinandersetzung blieb vergeblich. Tristão wollte um jeden Preis nach Lissabon.

»Papa kommt in sechs Monaten zurück, und ich komme mit. Was sind schon sechs Monate?«

»Und der Unterricht?« sagte Aguiar. »Du wirst ein Jahr verlieren…«

»Dann verliere ich eben ein Jahr. Was ist schon ein Jahr gegen das Vergnügen, Europa zu sehen?«

Da hatte Dona Carmo eine Idee; sie versprach ihm, sobald er das Studium beendet habe, werde sie mit ihm nach Europa reisen, nicht sechs Monate lang, sondern ein Jahr oder länger, dann habe er Zeit genug, sich alles anzusehen, Altes und Neues, Landschaften, Meere, Sitten und Bräuche… Erst einmal solle er studieren. Tristão wollte nichts davon wissen. Die Reise wurde angetreten, ungeachtet der Tränen, die sie kostete.

Ich übergehe hier die besagten Tränen, die gemachten Versprechungen, die mitgegebenen Andenken, die ausgetauschten Photos. Alles wurde beiderseits beteuert, doch nicht alles wurde eingehalten; und wenn von drüben Briefe, Nachrichten und sehnsuchtsvolle Grüße kamen – er selbst kam nicht. Seine Eltern blieben weitaus länger als vorgesehen, und Tristão nahm das Studium an der Medizinischen Hochschule Lissabon auf. Weder die kaufmännische noch die juristische Laufbahn.

Aguiar verheimlichte, so gut er konnte, die Nachricht vor seiner Gattin und hielt nach einer Möglichkeit Ausschau, das Schicksal irgendwie zu wenden und den Jüngling nach Brasilien zurückzuholen; er erreichte nichts und konnte seine eigene Traurigkeit schon nicht mehr verbergen. Die bittere Kunde überbrachte er seiner Frau, ohne Abhilfe oder Tröstung beizufügen; sie weinte lange. Tristão schickte einen Brief, worin er die Änderung seines Berufsziels mitteilte und versprach, sobald er sein Studium abgeschlossen habe, nach Brasilien zu kommen. Was nach einer Weile spärlicher wurde und schließlich ganz ausblieb, waren die Briefe, sie und die Photos und die herzlichen Grüße; wahrscheinlich war drüben die Sehnsucht geschwunden. Guimarães kam nach Rio, allein, lediglich um seine Geschäfte abzuwickeln, und schiffte sich wieder ein, für immer.

5. Februar

Wenn ich nachlese, was ich gestern geschrieben habe, wird mir klar, ich hätte mich noch kürzer fassen und vor allem nicht so viele Tränen einfließen lassen können. Ich mag sie nicht und weiß auch nicht, ob ich sie jemals vergossen habe, außer um die Brust zu bekommen, als Säugling, doch da mögen sie nun bleiben. Auch die von gestern mögen bleiben, wo sie sind, ebenso wie die Gestalt Tristãos, der ich ein Halbdutzend Zeilen zu widmen gedachte und die dann den größten Teil von allen, die ich schrieb, beansprucht hat. Nichts Schlimmeres als Müßiggänger – oder Ruheständler, was das gleiche ist; Zeit ist immer mehr und reichlich vorhanden, und fängt einer erst zu schreiben an, gibt es nie genug Papier.

Indessen, ich habe nicht alles gesagt. Ich stelle fest, daß ein Detail aus Campos' Erzählung fehlt. Nicht erwähnt habe ich die Aktien der Banco do Sul, nicht die Staatspapiere, noch die Häuser, die Aguiar besitzt, abgesehen von seinen Einkünften als Bankvorsteher; er wird wohl etwas über zweihundert Contos besitzen. Dies versicherte Campos, als wir am Fluß in Petrópolis spazieren gingen. Campos ist ein bemerkenswerter Mann, wenn auch ohne geistige Vielseitigkeit, aber das macht nichts, weiß er doch gut zu wirtschaften mit dem, was er hat. Würde man daraus allerdings eine Regel machen, müßten wir die ganze Zunft der Witzlosen annehmbar finden. Zu denen gehört er nicht.

6. Februar

Hier noch etwas, das im Eintrag vom 4. Februar fehlt, allerdings in Campos' eigentlicher Erzählung nicht vorkam. Es war bei unserem Abschied in Petrópolis, wo er drei oder vier Tage länger blieb. Als ich ihm Grüße an seine Nichte auftrug, erwiderte er:

»Sie ist bei dem Paar Aguiar; dort war sie gestern nachmittag und abend und dort gedenkt sie zu bleiben, bis ich wieder unten bin.«

6. Februar, abends

Die Berufungen sind verschieden: das Ehepaar Aguiar stirbt vor Sehnsucht nach Kindern; ich habe niemals an sie gedacht und vermisse sie nicht, obwohl ich allein bin. Und es gibt Paare, die Kinder wollten, sie bekamen und sie nicht zu halten wußten.

10. Februar

Gestern, beim Abendessen in Andaraí, erzählte ich Rita, was ich vom Obergerichtsrat vernommen hatte.

»Und über seine Nichte kein Wort?«

»All die Stunden haben nicht einmal gereicht, über die Aguiars zu reden.«

»Nun, ich habe über Fidélia Dinge erfahren, die ich noch nicht wußte. Dona Carmo hat sie mir selbst erzählt.«

»Wenn die Geschichte bei dir genau so lange dauert, wie bei ihr…«

»Nein, viel kürzer, in fünf Minuten ist alles gesagt«.

Ich zückte die Uhr, um die genaue Uhrzeit und die Erzähldauer abzulesen. Rita fing an und brauchte zehn Minuten. Genau doppelt so lang. Doch der Gegenstand lohnte die Neugier, es ging um Fidélias Ehe, und die Witwe interessiert mich.

»Kennengelernt haben sich die beiden hier in der Residenz,« sagte Rita; »auf dem Lande hatten sie sich nie gesehen. Fidélia wohnte eine Zeitlang im Haus des Obergerichtsrats, ihre Tante lebte noch, und der Jüngling, Eduardo, studierte an der Medizinischen Fakultät. Das erste Mal sah er sie vom *Olymp* in der Oper, wo er mit anderen Studenten saß; er sah sie zusammen mit ihrer Tante vorn in einer Loge sitzen. Er sah sie wieder, wurde von ihr gesehen, und schließlich verliebten sie sich ineinander. Als ihnen klar wurde, wer sie waren, war das Unglück schon geschehen, doch wahrscheinlich wäre es auch dann geschehen, wenn sie es von Anbeginn gewußt hätten, so plötzlich war die Leidenschaft. Fidélias Vater, als er in die Residenz kam, erfuhr von der Romanze durch seinen eigenen Bruder, der ihm seine Vermutungen vorsichtig nahe brachte und zu verstehen gab, dies sei für beide Familien eine gute Gelegenheit, Frieden zu schließen. Der Baron wurde wütend, packte das Mädchen und brachte sie zur Fazenda. Du kannst dir gar nicht vorstellen, was sich dort abgespielt hat.«

»Kann ich, kann ich.«

»Nein, das kannst du nicht«

»Wurde sie etwa mit den Füßen in den Block geschlossen?«

»Das nicht«, wehrte Rita ab; »er bedrohte sie nur mit Worten, aber mit heftigen Worten, er werde sie aus dem Haus werfen, wenn sie weiterhin so etwas Unverschämtes vorhabe. Fidélia schwor einmal und immer wieder, sie trage einen Verlobten im Herzen und werde ihn heiraten, koste es was es wolle. Die Mutter hielt zu ihrem Mann und war ebenfalls dagegen. Fidélia blieb standhaft, zog sich ins Schweigen zurück und verbrachte die Tage weinend in ihrem Zimmer. Die Zofen sahen die Tränen und ihre Spuren und vermuteten eine Liebschaft, ahnten gar, um wen es sich handelte, sofern sie den Namen nicht von ihrer Herrschaft selbst gehört hatten. Schließlich wollte das Mädchen nichts mehr essen. Als die Mutter das sah und den Ausbruch einer Krankheit fürchtete, wurde sie zu ihrer Fürsprecherin, doch ihr Mann erklärte, es würde ihm nichts ausmachen, seine Tochter tot oder gar irrsinnig zu sehen; lieber das, als einwilligen, daß sein Blut sich mit dem der Noronhas mische. Bei den Noronhas war der Widerstand keineswegs geringer. Als Eduardos Vater von der Leidenschaft seines Sohnes zur Tochter des Fazendeiro erfuhr, ließ er ihm ausrichten, er würde ihn auf die Straße setzen, sollte er auf einer solchen Schande beharren.«

»Als Feinde standen sie einander in nichts nach«, bemerkte ich.

»Genau so war es«, stimmte Rita zu. »Der Obergerichtsrat erfuhr von diesen Vorgängen und begab sich zur Fazenda, wo er alles bestätigt fand und seinem Bruder riet, es sei zwecklos, sich der Heirat zu widersetzen, denn seine Tochter könne, sobald sie volljährig sei, die Familie ohnehin verlassen. Und niemand zwinge ihn, sich vor den Noronhas zu demütigen oder auch nur Frieden mit ihnen zu schließen; die Kinder brauchten ja bloß zu heiraten und zu gehen, wohin sie wollten. Der Baron lehnte dies rundweg ab, und der Obergerichtsrat schickte sich an, zur Residenz zurückzukehren, ohne den selbsterteilten Auftrag weiter zu verfolgen, als Fidélia wirklich erkrankte. Die Krankheit war schlimm, die Heilung schwierig, weil die Patientin Arznei und Nahrung verweigerte... Was lächelst du? Glaubst du mir etwa nicht?«

»Doch, doch; mir kommt das romanhaft vor. Jedenfalls interessiert mich die junge Frau. Die Heilung, sagtest du, war schwierig?«

»Das war sie; die Mutter bat ihren Mann, einzulenken, der stimmte schließlich unter der Bedingung zu, die Tochter niemals mehr zu empfangen oder mit ihr zu reden; der Hochzeit werde er fernbleiben, er wolle nichts mehr von ihr wissen. Als

Fidélia wiederhergestellt war, kam sie zu ihrem Onkel nach Rio und ging im Jahr darauf die Ehe ein. Der Vater des Bräutigams erklärte ebenfalls, er wolle die beiden nicht sehen.«

»Soviel Streit für ein so wenig dauerhaftes Glück.«

»Das stimmt. Ihr Glück war groß, aber kurz. Eines Tages beschlossen sie nach Europa zu reisen, und sie reisten, bis unerwartet der Tod den Ehemann ereilte, in Lissabon, von wo Fidélia seinen Leichnam hierher überführen ließ. Du hast sie ja dort am Grab gesehen, sie geht oft dorthin. Nun, nicht einmal jetzt wollte der Vater, inzwischen gleichfalls verwitwet, nicht einmal jetzt wollte er die Tochter empfangen. Als er zum ersten Mal in die Residenzstadt kam, suchte Fidélia ihn auf, erst allein, dann mit ihrem Onkel; alles umsonst. Niemals mehr hat der Vater sie gesehen oder mit ihr gesprochen. Im großen und ganzen habe ich dir das schon erzählt; nur die Einzelheiten seiner Ablehnung auf der Fazenda kannte ich noch nicht, da sind sie. Sag nun selbst, ob sie eine Witwe ist, die heiraten wird.«

»Nicht irgendwen, das nicht, schwerlich jedenfalls; aber so ein taufrisches Mannsbild…«, fuhr ich mich scherzhaft aufplusternd fort.

»Denkst du immer noch…?«

»Ich, Schwesterherz? Ich denke an dein Abendessen, das sicher köstlich wird. Mich beeindruckt an dieser Geschichte, daß diese junge Frau nicht nur schön, sondern auch eigensinnig ist; doch deine Suppe ist mir mehr wert als alle ästhetischen und moralischen Begriffe dieser und der anderen Welt.«

Beim Abendessen erzählte ich Rita, was ich vom Obergerichtsrat wußte, nämlich daß seine Nichte einige Tage in Flamengo verbringt, und ich fragte sie, ob Fidélia und die Aguiars denn so vertraut miteinander seien.

»Aber sicher. Als Fidélia einmal in Flamengo war und erkrankte, wurde sie dort gesund gepflegt. Nachdem die Aguiars die Hoffnung auf die Rückkehr ihres Ersatzsohns Tristão verloren hatten, schlossen sie die Witwe immer mehr ins Herz. Dona Carmo ist ganz Zärtlichkeit für sie. Du erinnerst dich doch an die Silberhochzeit? Aguiar nennt sie nicht Tochter, damit es nicht so aussieht, als wolle er diesen Titel dem echten Vater streitig machen; seine Frau aber gibt Fidélia, die ja keine Mutter mehr hat, durchaus diesen Namen. Und Fidélia will offensichtlich keine andere Mutter.«

11. Februar

Früher, als kleiner Junge, hörte ich, Kinder bekämen immer nur Namen von Heiligen. Aber Fidélia...? Ich kenne keine Heilige dieses Namens, und nicht einmal eine Heidin. Ob die Tochter des Barons ihren Namen zu Ehren Beethovens erhielt, als weibliche Form von *Fidelio*? Mag sein; ich weiß aber nicht, ob diese künstlerischen Eingebungen und Anspielungen ihrem Vater zuzutrauen sind. Fest steht, daß ich den mit dem Adelstitel geschmückten Familiennamen, Santa-Pia, ebenfalls nicht auf der Liste der kanonisierten Heiligen finden kann, und die einzige mir bekannte Person, die so heißt, kommt bei Dante vor: *Ricorditi di me, che son la Pia.*

Offenbar wollen wir keine Annas mehr, und keine Marias, Catarinas oder Johannas, und wir treten allmählich in eine andere Onomastik ein, um ins Erscheinungsbild der Menschen Abwechslung zu bringen. Alles wird offenbar Mode in dieser Welt, außer den Sternen und mir, der ich – abgesehen vom Verfassen diplomatischer Noten, das nunmehr entfällt – derselbe wie früher geblieben bin.

18. Februar

Wie Campos mir heute sagte, hat sein Bruder ihm vertraulich geschrieben, er habe auf dem Lande gerüchteweise von einem bevorstehenden Gesetz zur Abschaffung der Sklaverei gehört. Er, Campos, glaubt nicht, daß dieses Kabinett sie vollziehen werde, und ein anderes sei nicht in Sicht.

24. Februar

Das heutige Datum – die Revolution von 1848 – erinnert mich an das Fest, das wir als junge Burschen in São Paulo feierten, und an einen Trinkspruch, den ich auf den großen Lamartine ausbrachte. O Zeiten voll Saft und Kraft! Ich war im ersten Jahr meines Jurastudiums. Als ich dem Obergerichtsrat davon erzählte, sagte der: »Mein Bruder glaubt, daß auch hier die Revolution bevorsteht, und somit die Republik.«

2. März

Ich komme von den Aguiars. Dort traf ich Fidélia, einen Vetter von ihr, Sohn des Obergerichtsrats, Kadett der Marineschule, 16 Jahre alt, sowie einen Angestellten der Banco do Brasil. Ich blieb dort eine gute Stunde oder länger. Die alte Dame war bezaubernd, die junge ebenfalls, und die Konversation vermied alles, was beiden den jeweiligen Verlust in Erinnerung hätte rufen können, der einen den des Gatten, der anderen den des Ziehsohns. Man erzählte sich Geschichten aus der Gesellschaft, die ich lächelnd anhörte, wo nötig, oder betroffen, wo schicklich. Auch ich erzählte eine Geschichte aus einer fremden, fernen Gesellschaft, doch die Furcht, ich könnte die Witwe Noronha an irgendein Land erinnern, das sie mit ihrem Ehemann bereist haben mochte, ließ mich die Erzählung abkürzen und keine zweite beginnen. Sie aber erwähnte zwei oder drei Reminiszenzen an ihre Reisen, Eindrücke von Museumsbesuchen in Italien und Deutschland. Über unser Land bemerkten wir Freundlichkeiten und waren uns immer einig. Selbst der Turm der Gloria-Pfarrkirche, den einige als eine Notwendigkeit verteidigten, fand uns, sie und mich, einig in der Uneinigkeit, übrigens ohne daß ich irgendjemanden angegriffen hätte. Das Ehepaar Aguiar hörte uns lächelnd zu; der Bursche von der Marineschule versuchte vergeblich die Militärfrage aufzuwerfen.

Mit diesen und anderen Dingen verbrachten wir den Abend. Niemand bat Fidélia ans Piano, obwohl sie, wie man mir sagte, wunderbar spielt. Zum Ausgleich hörten wir sie über berühmte Meister und Kompositionen reden, doch auch darin unterbrach sie sich bald, womöglich kam ihr der Verstorbene in den Sinn. Ich ging vor ihr. Von Aguiar erfuhr ich, seine wöchentlichen Abendgesellschaften würden in zwei Monaten anfangen.

10. März

Regierungsumbildungen hat es schließlich immer schon gegeben. Heute hat der Geheimrat João Alfredo ein neues Kabinett gebildet. In zwei oder drei Tagen werde ich dem neuen Außenminister meine Glückwünsche überbringen.

20. März

Der Obergerichtsrat Campos hat den Eindruck, in Sachen Sklavenbefreiung bahne sich etwas an, zumindest ein Schritt nach vorn. Aguiar, der zugegen war, sagte, in den Geschäftskreisen von Rio sei davon nicht die Rede, und auch in der Banco do Sul sei ihm nichts zu Ohren gekommen.

27. März

Santa-Pia ist von der Fazenda gekommen und wohnt nicht im Haus seines Bruders, er wohnt im Hotel América. Es liegt auf der Hand, daß er seine Tochter nicht sehen will. Nichts ist zäher als ein anständiger Haß. Grund seiner Reise ist, wie es scheint, das in Paraíba do Sul kursierende Gerücht über die Sklavenbefreiung.

4. April

Wie ich gehört habe, ist der Baron erkrankt, und seinem Bruder ist es gelungen, ihn zu sich zu holen. Und das ging so: Die Einladung äußerte Campos nicht sogleich; er fand Gelegenheit, ihn wissen zu lassen, Fidélia halte sich bei ihrer Freundin auf, von wo sie nicht so bald zurückkommen werde, und schlug ihm endlich vor, sich bei ihm zu Hause pflegen zu lassen; Santa-Pia lehnte ab, dann willigte er ein. Dies alles wurde zusammen mit Fidélia eingefädelt. Sie wohnt tatsächlich zur Zeit in Flamengo bei dem Paar Aguiar. So wurde Campos' Haus für den erzürnten und leidenden Vater frei. Campos und Aguiar sind der Ansicht, der Gutsbesitzer werde über kurz oder lang seiner Tochter verzeihen. Wie dem auch sei, im Augenblick kommt es zu keiner Begegnung zwischen den beiden, zum Leidwesen Fidélias.

Nun, so frage ich, war der Streit mit dem Vater einen Ehemann wert, der kaum, daß er die Liebeslektion begonnen hatte, sich im Tod zur Ruhe setzte? Sicher nicht. Wenn ich ihr vorschlüge, den Lehrgang zu vollenden, würde der Vater Frieden mit ihr schließen; oh, ich hätte nicht vergessen dürfen, was ich gelernt und dennoch – ganz oder beinahe ganz – vergessen hatte: *I can not*, etc. (Shelley).

7. April

Die Zerstreutheit geht ihre eigenen Wege. Heute, als ich aus der Stadt kam und nach Hause wollte, fuhr ich über meine Haltestelle hinaus und gewahrte es erst, als die Tram beim Largo do Machado hielt. Ich stieg aus, und bevor ich den Rückweg zu Fuß antrat, hielt ich einen Augenblick inne, tauchte in den Park ein und ging auf die Glória-Pfarrkirche zu, um die Fassade des Gotteshauses mit dem hochragenden Turm zu betrachten. Das tat ich, weil mir die Konversation von neulich abend in Flamengo durch den Kopf ging.

Wenige Schritte entfernt schienen zwei Damen ein Gleiches

zu tun. Sie wandten sich um, es war niemand anders als Fidélia und Dona Carmo; sie trugen keinen Hut und waren zu Fuß von zuhause gekommen. Sie erblickten mich, ich trat auf sie zu. Wir sprachen wenig, Neuigkeiten vom Baron, dem es besser geht, und von Aguiar, dem es gut geht, dann verabschiedeten wir uns.

Ich wandte mich heimwärts nach Catete, sie gingen zur Pfarrkirche weiter. Nach einigen Schritten kam mir der Gedanke, zurückzublicken. Hätte ich anders handeln können? Gerne hätte ich mir hierzu alles einverleibt, was die Philosophie über den freien Willen gesagt und immer wieder gesagt hat, um ihn erneut zu leugnen, anstatt in eine Situation zu tappen, wo er sogar den Schein von Wirklichkeit verliert; dann würde ich diese Seite anders zu Ende schreiben. Doch ich kann es nicht; ich sage hier nur soviel, daß ich weder Kopf noch Augen bezähmen konnte, und so sah ich die beiden Damen ruhig dahinwandeln, sich um die Taille fassend und sichtlich einander zugetan.

8. April

Papier, mein liebes Papier, nimm nicht alles auf, was diese müßiggängerische Feder schreibt. In dem Wunsch, mir zu dienen, erweist du mir vielleicht am Ende einen Bärendienst, denn wenn es mir widerfährt, aus diesem Leben zu gehen, ohne Zeit zu finden, dich in Asche zu verwandeln, so werden diejenigen, die mich lesen – sei es nach, sei es noch vor der Messe des siebenten Tages oder sogar vor der Beerdigung –, vielleicht denken, ich vertraue dir Liebesgedanken an.

Nein, Papier. Wenn du spürst, daß ich dieses Motiv zu beharrlich betone, stiehl dich von meinem Tisch und suche das Weite. Das offene Fenster wird dir ein wenig Dach zwischen Straße und Himmel zeigen, und da und dort wirst du einen Ruheplatz finden. Bei mir findest du höchstens Vergessen, was schon viel ist, aber nicht alles; ihm voraus geht der Spott der Böswilligen oder ganz einfach der Müßiggänger.

Hör zu, Papier. Was mich an dieser Dame Fidélia anzieht, ist vor allem eine gewisse Sinnesart, etwas wie das flüchtige Lächeln, das ich schon öfter an ihr beobachtet habe. Ich will sie studieren, wenn sich Gelegenheit bietet. Zeit habe ich reichlich, doch, wie du weißt, kaum genug für mich selbst, für meinen Diener José, und für dich, wenn mich Muße anwandelt, und ein gewisses Etwas – und wenig mehr.

10. April

Große Neuigkeit! Der Grund für das Kommen des Barons ist sein Wunsch, sich von seinem Bruder wegen der sofortigen Freilassung sämtlicher Sklaven von Santa-Pia beraten zu lassen. Das habe ich soeben erfahren und darüber hinaus, daß die Beratung in erster Linie ganz einfach den Zweck hat, die entsprechende Urkunde abzufassen. Da dieser Schritt dem Obergerichtsrat nicht sehr verständig schien, fragte er seinen Bruder, was ihn dazu getrieben habe, schließlich verurteile er doch die der Regierung unterstellte Absicht, die Sklavenbefreiung anzuordnen; und er bekam die folgende Antwort, von der ich nicht weiß, ob sie scharf- oder tiefsinnig war, oder beides zugleich oder nichts von alledem:

»Ich will damit bekunden, daß ich das Vorgehen der Regierung als einen Akt der Beraubung ansehe, da sie in die Ausübung eines Rechtes eingreift, das nur dem Eigentümer zusteht und das ich selbst zu meinem eigenen Nachteil gebrauche, weil ich dies so will und kann.«

Ob es die Gewißheit der bevorstehenden Sklavenbefreiung ist, die Santa-Pia dazu treibt, diesen Schritt ein paar Wochen oder Monate vor demjenigen der Regierung zu vollziehen? Als ihm jemand diese Frage stellte, gab Campos eine verneinende Antwort. »Nein«, sagte er, »mein Bruder glaubt an die Absicht der Regierung, aber nicht an das Ergebnis, ausgenommen die Zerschlagung der Landgüter. Der Schritt, den er beschlossen hat, zeigt nur die Ehrlichkeit seiner Gesinnung und das Ungestüm seiner Wesensart. Er ist imstande, allen Herren die Freilassung ihrer Sklaven vorzuschlagen – und tags darauf den Sturz der Regierung, die ebendies per Gesetz herbeiführen will.«

Campos hatte eine Idee. Er erinnerte seinen Bruder daran, daß er mit der sofortigen Sklavenbefreiung seine Tochter als künftige Erbin schädige. Santa-Pia runzelte die Stirn. Nicht daß er seiner Tochter das etwaige Recht an den Sklaven abzusprechen gedachte; es mochte ihn vielmehr ärgern, daß ihm auch in einer solchen Lage und bei all seiner Verfügungsmacht über sein Eigentum Fidélia in die Quere kam. Nach einigen Augenblicken atmete er tief durch und entgegnete, daß bis zu seinem Tode alles, was ihm gehöre, ihm allein gehöre. Da der Obergerichtsrat seinen Bruder nicht umzustimmen vermochte, tat er ihm den Gefallen, und zusammen verfaßten sie den Freibrief.

Das Schriftstück noch in der Hand, sagte Santa-Pia:

»Ich bin sicher, daß nur wenige von ihnen die Fazenda verlassen werden; die meisten werden bei mir bleiben und den Lohn bekommen, den ich ihnen zumessen werde, und einige auch gar nichts – weil es ihr Wunsch ist, dort zu sterben, wo sie geboren sind.«

11. April

Fidélia wollte, als sie von dem Schritt ihres Vaters erfuhr, sich mit ihm treffen, nicht um ihn zu schelten, sondern um ihn zu umarmen; künftige Nachteile kümmern sie nicht. Der Onkel aber riet ihr ab, der Baron sei ihr immer noch sehr böse.

12. April

Santa-Pia ist kein unansehnlicher Alter, er ist gar nicht sehr alt, vermutlich weniger als ich. Bisweilen keucht er ein wenig, aber das kann von der Bronchitis kommen. Er hat eine halbe Glatze, breite Schultern, rauhe Hände und einen fülligen Körperbau.

Wir haben uns wiedererkannt, ich eher ihn als er mich, vielleicht weil Europa mich stärker verändert hat. Er entsinnt sich der Zeit, als ich, Kommilitone seines Bruders, ihn hier in der Residenz zum Abendessen traf. Sein Bruder hatte ihm schon von mir erzählt und an die alte Bekanntschaft erinnert. In drei Tagen, sagte er mir, werde er aufs Landgut zurückkehren, wo er mir seine Gastfreundschaft biete, wenn ich ihm die Ehre meines Besuches erweisen wolle. Ich dankte und versprach es, ohne Zeitangabe und ohne Absicht hinzufahren. Es fällt mir schwer, Catete zu verlassen. Schon Petrópolis ist mir zu weit.

Selbstverständlich habe ich mit ihm nicht über seine Tochter gesprochen, doch ich gestehe, wenn ich könnte, würde ich schlecht von ihr sprechen, mit dem Hintergedanken, seinen Haß zu schüren und eine Versöhnung unmöglich zu machen. Folglich würde sie nicht auf die Fazenda gehen und ich den Gegenstand meiner Studien nicht verlieren. Jawohl, dies, mein liebes Papier, dies magst du festhalten, weil es die tiefinnere, reine Wahrheit ist und niemand uns liest. Läse uns jemand, hielte er mich für böse, und eigentlich verliert man nichts, wenn man böse scheint; man gewinnt fast ebenso viel, wie wenn man es wäre.

13. April

Gestern mit dem Vater, heute mit der Tochter. In ihrer Gegenwart bekam ich Lust, schlecht von ihm zu sprechen – soviel Gutes sprach sie von ihm der freigelassenen Sklaven wegen. Lust ohne Tat, pure Anwandlung; vielmehr sah ich mich genötigt, ihn ebenfalls zu preisen, was ihr Gelegenheit bot, ihre Lobrede zu verlängern. Er sei ein guter Herr, sie gute Sklaven, sie erzählte mir Anekdoten aus ihrer Kinder- und Jungmädchenzeit mit solcher Großherzigkeit und Wärme, daß ich Lust bekam, ihre Hand zu ergreifen und sie zum Zeichen des Beifalls zu küssen. Lust ohne Tat. Alles ohne Tat in diesen Nachmittagsstunden.

19. April

Da ist der Baron nun fort mit der Freilassung im Koffer. Er mochte etwas vom Entschluß der Regierung vernommen haben; es hieß, sobald die beiden Kammern einberufen seien, werde man eine Gesetzesvorlage einbringen. Hoffentlich, denn es ist Zeit. Ich weiß noch gut, was ich dort draußen über uns las, als die berühmte Proklamation von Lincoln bekannt geworden war: »Ich, Abraham Lincoln, Präsident der Vereinigten Staaten von Amerika...«. Mehr als eine Zeitung nannte Brasilien beim Namen und bemerkte, jetzt gebe es nur noch ein einziges christliches Volk, das jenem andern nacheifern und ebenfalls Schluß mit der Sklaverei machen müsse. Ich hoffe, daß man uns heute lobt. Kommt sie auch spät, sie ist da – wie die Verschwörer um Tiradentes die ihrige wollten –, die Freiheit.

7. Mai

Heute hat die Regierung die Gesetzesvorlage in die Abgeordnetenkammer eingebracht. Es geht um die Abschaffung der Sklaverei, schlicht und einfach. Es heißt, in wenigen Tagen werde sie Gesetz sein.

13. Mai

Endlich Gesetz. Niemals war ich – was mir mein Amt auch gar nicht erlaubte – ein Wortführer der Sklavenbefreiung, doch ich bekenne, ich fühlte große Genugtuung, als ich von der endgültigen Abstimmung im Senat und von der Bestätigung durch die

Prinzregentin erfuhr. Ich befand mich in der Rua do Ouvidor, wo großer Trubel und allgemeine Freude herrschten.

Ein Bekannter von mir, ein Pressemann, der mich dort sah, bot mir Platz in seiner Kutsche, die in der Rua Nova bereitstand, sich in den Festzug einzureihen, der den Stadtpalast umrunden und der Prinzregentin zujubeln sollte. Beinahe, ja beinahe hätte ich die Einladung angenommen, so groß war meine Betäubung, doch meine ruhige Lebensweise, die diplomatischen Gepflogenheiten, mein eigenes Naturell und das Alter hielten mich wirksamer zurück als die Zügel des Kutschers die Pferde, und ich lehnte ab. Lehnte ab und bedauerte es. Ich ließ sie ziehen, ihn und die anderen, die sich in der Rua Primeiro de Março sammelten und sich von dort in Bewegung setzten. Man sagte mir später, die Teilnehmer an der Kundgebung hätten, in den offenen Wagen stehend, vor dem Palast, in dem auch alle Minister versammelt waren, stürmischen Beifall gespendet. Wäre ich hingegangen, hätte ich vermutlich das gleiche getan und mich auch jetzt noch nicht verstanden. Nein, ich hätte nichts getan, ich hätte den Kopf zwischen die Knie gesteckt.

Gut, daß wir damit Schluß gemacht haben. Es war Zeit. Auch wenn wir alle Gesetze, Dekrete und Bekanntmachungen verbrennen, können wir weder mit den privaten Akten, Urkunden und Inventaren Schluß machen, noch die Institution aus der Historie oder gar aus der Dichtung löschen. Die Dichtung wird davon reden, besonders in jenen Versen von Heine, in denen unser Name verewigt ist. Darin erzählt der Kapitän des Sklavenschiffes, daß er dreihundert Neger in Rio de Janeiro entladen und von dem »Haus Gonçalves Pereira« hundert Dukaten pro Stück als Bezahlung bekommen habe. Es tut nichts zur Sache, daß der Dichter den Namen des Käufers zu Gonzales Perreiro verballhornt, wozu der Reim oder seine schlechte Aussprache ihn bewogen. Auch haben wir keine Dukaten, doch es war der Verkäufer, der das Geld des Aufkäufers in seiner Sprache wechselte.

Keine öffentliche Freude, die einer guten privaten Freude gleichkäme. Mit dieser Betrachtung habe ich soeben das Haus in Flamengo verlassen und bin gekommen, sie und was sie auslöste, aufzuschreiben.

Es war die erste der wöchentlichen Abendgesellschaften Aguiars; die Zahl der Gäste war beachtlich und die Stimmung recht munter. Rita war nicht gekommen; ihr sei der Weg zu weit und sie passe nicht dorthin, ließ sie mich wissen. Die Freude der Gastgeber war so lebhaft, daß ich sie nicht nur dem Beisammensein mit den Freunden, sondern auch der großen Begebenheit des Tages zuschrieb. Dies sagte ich mit dem einzigen Wort, das mir Brasilianern gegenüber als der angemessene Ausdruck erschien: »Ich beglückwünsche Sie.« »Sie wissen es schon?«, fragten beide.

Ich begriff nicht, wußte nicht, was ich antworten sollte. Was hätte ich schon wissen können, um sie zu beglückwünschen, wenn nicht das öffentliche Ereignis? Ich bemühte mein allerbestes Zustimmungs- und Gefälligkeitslächeln, es kam, es breitete sich aus, ich wartete ab. Da sagten er und sie mir eilig, sich die Sätze teilend, der Brief habe sie sehr erfreut. Da ich nicht wußte, um welchen Brief noch um welchen Absender es sich handelte, beschränkte ich mich auf eine zustimmende Bemerkung:

»Natürlich«.

»Tristão ist jetzt in Lissabon«, schloß Aguiar, »soeben von einer Italienreise zurückgekehrt; es geht ihm gut, sehr gut.«

Ich begriff. So kann inmitten der allgemeinen Hochstimmung eine private aufkommen und die Oberhand gewinnen. Mich ärgerte das nicht; im Gegenteil, ich gab den beiden recht und ihre Offenheit gefiel mir. Schließlich wußte ich es zu würdigen, daß nach Jahren des Schweigens der Brief des Ersatzsohnes eintraf, um ihnen die Traurigkeit zu entgelten, die er hier zurückgelassen hatte. Der Brief war ihnen geschuldet; und kommt er auch spät, wie die Freiheit der Sklaven, er ist willkommen. Ich beglückwünschte die beiden aufs neue, mit der Miene von jemand, der Bescheid wußte.

16. Mai

Fidélia ist heimgekehrt, und was sie mitgebracht und zurückgelassen hat, war Sehnsucht. Die drei sind eng befreundet, und die Eheleute wirken wie echte Eltern; und gleichermaßen wirkt sie wie eine echte Tochter. Der Obergerichtsrat, der es mir erzählte, zitierte einige Worte der Nichte über das Paar Aguiar, vor allem über die alte Dame, und fügte hinzu:

»Das ist keine dieser Neigungen, die man Strohfeuer nennt; bei Fidélia wie auch bei den Aguiars ist alles langsam und gründlich vor sich gegangen. Sie sind imstande, mir die Nichte zu rauben, und diese, sich von ihnen rauben zu lassen. Und tun sie es nicht, dann tut es ihr Vater. Ich glaube, mein Bruder wird sich allmählich besänftigen. In dem letzten Brief, den er mir schrieb, versäumte er nicht, nachdem er gegen den Kaiser und die Prinzessin Isabel gewettert hatte, ‚Dank für Fidélias Grüße' zu bestellen. Fidélia hatte ihm gar keine Grüße geschickt, sie wohnte damals noch in Flamengo; ich selbst hatte die Grüße in meinem Brief erfunden, um zu sehen, welche Wirkung sie auf ihn machen würden. Er wird sich besänftigen; mit Kindern, das können Sie sich gar nicht vorstellen, Geheimrat, ist das so eine verteufelte Sache; was mich betrifft, wenn mein Carlos nicht mehr wäre, ich glaube, ich könnte nicht einen Augenblick länger leben.«

17. Mai

Ich werde vier oder fünf Tage zuhause bleiben, nicht um auszuruhen, denn ich tue ja nichts, sondern um niemanden zu sehen oder zu hören außer meinem Diener José. Selbst diesen werde ich, wenn es sich ergibt, zum Sandkörnerzählen an den Strand schicken. Schon finde ich mehr Menschen, die mir lästig, als solche, die mir angenehm sind, und ich glaube, diese Proportion liegt nicht an den andern, sondern einzig und allein an mir selbst. Das Alter zermürbt.

18. Mai

Rita hat mir geschrieben, um sich bei mir nach einem Auktionator zu erkundigen. Das kommt mir vor wie ein Scherz. Was weiß ich denn von Auktionatoren oder Auktionen? Wenn ich sterbe, mag man das wenige, das ich hinterlasse, privat verkaufen, mit oder ohne Abschläge, und meine Haut dazu; sie ist nicht neu, ist nicht schön, ist nicht geschmeidig, doch für irgendeine grobe Art von Trommel oder Tamburin wird sie allemal reichen. Einen Auktionator braucht es nicht.

Genau das werde ich Schwesterherz Rita antworten und einige Neuigkeiten beifügen, die ich von meinen Ausgängen mitgebracht habe – Tristãos Brief zum Beispiel, die Dankesworte des Barons an seine Tochter und eine große Flunkerei: die Witwe habe mich zu heiraten beschlossen… Doch nein; wenn ich das behaupte, glaubt sie mir nicht, lacht und kommt herbeigeeilt. Genau das, was ich nicht möchte. Ich muß das Zusammensein mit den anderen von mir abwaschen, selbst das mit Rita, obwohl ich sie gern habe. Ich werde ihr ganz einfach schreiben, der Auktionator sei gestorben; wahrscheinlich lebt er noch, aber eines Tages muß er ja sterben.

21. Mai

Gestern habe ich Schwesterherz Rita geschrieben und ihr den Tod des Mannes mitgeteilt; heute morgen schlage ich die Zeitungen auf und stoße auf die Nachricht, der Auktionator Fernandes sei gestern verstorben. Fernandes, so hieß er. Er ist irgendeinem dieser griechischen oder lateinischen Gebrechen erlegen. Offensichtlich war er ein gutes Familienoberhaupt, redlich und arbeitsam, und ein ausgezeichneter Staatsbürger; die *Vida Nova* nennt ihn einen großen Menschen, aber womöglich stimmte er für die Liberalen.

Schwesterherz Rita – sei es auf meinen Brief, sei es auf die Zeitungsmeldung hin – ist herbeigeeilt. Damen sollten keine Briefe schreiben, wenige wissen die Dinge klar und vollständig auszudrücken; viele verwenden eine verknappte oder verdunkelte Sprache. Rita hatte mich um Auskunft über den Auktionator gebeten, weil man ihr sagte, er wohne in Catete und sei vor einigen Tagen schwer erkrankt. Da er mein Nachbar war, hätte ich etwas über ihn wissen können, und das war der Hintergrund ihrer Frage, doch sie vergaß es mir zu sagen.

Ich war unschlüssig, ob ich ihr meine Erfindung gestehen oder, den Zufall nutzend, verschweigen solle, doch das währte nur eine Minute, nein, nur einen Lidschlag. Rita ist meine Schwester, sie würde mir nicht lange grollen und würde am Ende mitlachen. Sie hörte sich meine Wahrheit an, ohne böse zu werden, aber auch ohne zu lachen. Das liegt an einem Umstand, den es nicht lohnt, im einzelnen darzulegen, oder nur soweit nötig, um ihren Brief und die Ernsthaftigkeit ihrer Bitte zu erklären. Es geht um Rechnungen zwischen ihr und dem Verstorbenen, um Gegenstände, mit deren Verkauf sie ihn betraut hatte und von denen sie weder weiß, ob er sie verkauft hat oder nicht, noch, auf welche Weise sie an diese Dinge oder an das Geld gelangen kann; vielleicht genügt ein Gang zu seinem Kontor. Dort muß es eine Buchführung geben, wo alles eingetragen ist; ich versprach ihr, sie morgen dorthin zu begleiten. Sie war's zufrieden, begann zu lächeln, dann sagte sie mir, um welche Gegenstände es sich handelte, alte Bilder, ausgelesene Romane.

Sie blieb zum Abendessen. Bevor wir zu Tisch gingen, sahen wir das Trauergefolge des Fernandes vorüberziehen. Sie hatte die Geduld, die Wagen zu zählen; ach, auch ich, als ich klein war, pflegte die Wagen zu zählen; Rita jedenfalls schien diese statistische Gepflogenheit nicht verloren zu haben. Fernandes kam auf siebenunddreißig oder achtunddreißig Wagen.

Ich lasse diese Seite, wie sie ist, mit dem alleinigen Ziel, mir in Erinnerung zu rufen, daß der Zufall auch Gerichtsherr über Lügen ist. Jemand, der als heimlicher oder schamloser Lügner beginnt, erweist sich am Ende oft als verläßlicher und ehrlicher Mensch.

22. Mai

Unterwegs erzählte mir Rita, was sie bereits von Tristãos Brief und Dona Carmos Antwort weiß. Sie weiß mehr als ich. Dona Carmo hat ihr beide Briefe vorgelesen. Tristão bittet tausendmal um Verzeihung für sein jahrelanges Schweigen und erklärt es mit Obliegenheiten und Zerstreuungen. In der letzten Zeit, nach Abschluß des Medizinstudiums, habe er verschiedene Länder bereist und dort viel gesehen und gelernt. Da er von diesen Reisen jetzt nicht schreiben könne, werde er, falls er nach Rio komme, den Pateneltern eines Tages davon erzählen. Er bittet um Nachricht über Dona Carmo und den Paten, bittet um ihre Photos und schickt mit der Post ein paar Stiche; desgleichen Grüße von Vater und Mutter, die in Lissabon leben. Ein langer Brief, voller Zartgefühl und Sehnsucht. Die Antwort, sagte mir Rita, sei in einem wahrhaft mütterlichen Ton gehalten. Dona Carmo bringt es nicht fertig, sich gekränkt zu zeigen; sie ist ganz Verzeihung und Innigkeit. Nur eines wirft sie ihm vor, nämlich daß, als er ihr und ihres Gatten Photo erbat, er das seinige nicht gleich mitgeschickt habe, das neueste, denn die alten hätten sie ja noch hier. Ausführlich schreibt sie von vielerlei, erinnert an die Zeiten der Kindheit und Schule, und regt endlich an, er möge kommen und ihr von seinen Reisen erzählen. Die Stiche sind von der Firma Goupil.

Rita traf sich mit Dona Carmo am 15. Mai, zwischen ein und zwei Uhr mittags, nachdem die Witwe vom Haus der Aguiars in das ihres Onkels, des Obergerichtsrats, zurückgekehrt war. Obgleich sie Fidélia vermißte, war Dona Carmo voll Freude über die wachsende Neigung zwischen ihnen beiden und ebenso über die Wiederauferstehung des Patensohns. Sie nennt es Wiederauferstehung, da sie vorher wähnte, der junge Mann habe sie und Aguiar vollständig vergessen. Sie konnte nun sehen, daß dem nicht so war, und in seinem Innersten schien er ihr derselbe wie beim Abschied. Gleichviel, ob sie sprach oder schwieg, Dona Carmo wurde bisweilen von Schwermut befallen, und einmal, so glaubt mein Schwesterherz Rita gesehen zu haben, kam ihr eine Träne, eine winzige, ein Nichts von einer Träne...

23. Mai

Les morts vont vite. Kaum war der Auktionator unter der Erde, da hatte ich ihn schon vergessen. Und so habe ich, als ich den gestrigen Tag notierte, mitzuteilen versäumt, daß wir im Kontor des Fernandes alle Gegenstände von Schwesterherz Rita veräußert und den Erlös der Besitzerin gutgeschrieben fanden. Ein geringfügiger Betrag, sie wird ihn bei Gelegenheit abholen. Dies zu notieren war vielleicht nicht nötig; dem Ruf des Hingegangenen mag es förderlich sein.

Noch etwas, das mir beinahe entfallen wäre, etwas weit Bedeutenderes, denn das Versteigern ist ein Beruf, der eines Tages verschwinden mag, doch das Lieben ist einer, der weder langweilt noch ausstirbt. Schuld war Rita, die, statt ihre Erzählung mit dieser Neuigkeit zu beginnen, sie mir erst am Largo de São Francisco mitteilte, als sie gerade die Tram nehmen wollte. Es scheint, daß Fidélia jemanden gebissen hat, so Ritas eigene Worte.

»Gebissen?«, fragte ich begriffsstutzig.

»Jawohl, es gibt einen, der von ihr gebissen ist.«

»Davon wird es wohl viele geben«, entgegnete ich.

Sie hatte keine Zeit, mir noch etwas zu sagen, bestieg die anruckende Tram, drückte mir lächelnd die Hand und sagte mir mit den Fingern auf Wiedersehen.

24. Mai, zwölf Uhr mittags

Heute morgen, als ich überlegte, wer wohl der von der Witwe Gebissene sei, suchte die Witwe selbst mich auf, um meinen Rat einzuholen, ob sie ihn heilen solle oder nicht. Ich fand sie im

Wohnzimmer angetan mit ihrem üblichen schwarzen Kleid und weißen Zierat, bat sie auf dem Kanapee Platz zu nehmen, setzte mich neben sie auf einen Stuhl und wartete auf ihre Worte.

»Geheimrat«, sagte sie zwischen Scherz und Ernst, »was soll ich tun? Heiraten oder verwitwet bleiben?«

»Weder das eine noch das andere.«

»Spotten Sie nicht, Geheimrat.«

»Ich spotte nicht, meine Dame. Der Witwenstand paßt nicht zu Ihnen, blühend wie Sie sind; der Ehestand schon, aber mit wem, wenn nicht mit mir?«

»Eben an Sie hatte ich gedacht«.

Ich ergriff ihre Hände, und wir tauchten die Blicke ineinander, die meinen so tief, daß sie ihr die Stirn aufrissen, den Nacken, die Rückenlehne des Kanapees, die Wand, und auf dem Gesicht meines Dieners zum Stillstand kamen, des einzigen Menschen in dem Zimmer, wo ich im Bett lag. Auf der Straße rief die Stimme wie fast jeden Morgen: »Besen feil! Staubwedel feil!«.

Ich begriff, ich hatte geträumt, und fand das belustigend. Die Rufe des Straßenverkäufers verhallten, während mein José um Entschuldigung für sein Hereinkommen bat, es sei aber schon weit nach neun, beinahe zehn. Ich machte mich an meine Morgenwaschung, meinen Kaffee, meine Zeitungen. Einige von ihnen feiern den Jahrestag der Schlacht von Tuyutí. Das erinnert mich an einen Tag in meiner diplomatischen Laufbahn, als die Nachricht von diesem unserm Siege eintraf und ich ein paar wahrheitsdurstige ausländische Journalisten darüber aufzuklären hatte. In zwanzig Jahren werde ich nicht mehr da sein, um mich erneut daran zu erinnern; in noch einmal zwanzig Jahren werden unter Journalisten wie Diplomaten keine Überlebenden sein, allenfalls wenige, sehr wenige; weitere zwanzig Jahre darauf: niemand. Und die Erde wird weiter um die Sonne kreisen, mit derselben Treue zu den Gesetzen, die über ihnen walten; und die Schlacht von Tuyutí, wie die an den Thermopylen, wie die von Jena, wird aus der Tiefe des Abgrunds jenes Wort aus Renans Gebet auf der Akropolis heraufschreien: »O Abgrund! Du bist der einzige Gott!«.

Zurück bleibt Verstörung, die am Ende in Verzweiflung umschlägt – und dies alles, um kaum mehr als ein Nichts zu notieren. Mit Dom Francisco Manuel kann ich sagen: »Ich von Natur bin übergenau und weitschweifig; das Alleinsein und die Melancholie, die von sich aus zur Sorgfalt neigt…« Da hinterlasse ich nun eine Tagebuchseite, die aus zweien besteht, beide entgegengesetzt und Töchter derselben Seele, der eines ernüchterten und gierigen Sechzigers. Im Grunde gar nicht so gierig und gar nicht so ernüchtert. Gespräche vom Papier und fürs Papier.

26. Mai

Hier die Kennzeichen des von der Witwe Noronha Gebissenen. Achtundzwanzig Jahre alt, ledig, Advokat der Banco do Sul, was seine Beziehungen zum Vorsteher Aguiar erklärt; gutes Aussehen, gute Umgangsformen, vielleicht ein wenig schüchtern. Er ist Sohn eines früheren Grundbesitzers aus dem Norden, der heute in Recife lebt. Man sagt ihm eine hohe Begabung nach und eine große Zukunft voraus. Sein Name lautet Osório.

Am Abend des 14. Mai war er in Flamengo, bei der ersten der wöchentlichen Abendgesellschaften Aguiars. Ich sah nichts, was auf die ihm zugeschriebene Neigung schließen ließe, doch anscheinend war er damals schon verliebt, und die Leidenschaft wächst. Er sieht sie ständig im Hause des Obergerichtsrats, wo er sie kennengelernt hat. Wer weiß, ob dort nicht eines Tages ein Verlobter herauskommt und Schwesterherz Rita die Wette verliert, die sie mit mir eingegangen ist? Fidélia kann sehr wohl heiraten, ohne den ersten Ehemann zu vergessen und ohne das Gefühl zu verleugnen, das sie einst für ihn hatte.

29. Mai

Gestern, bei der Abendgesellschaft Aguiars, konnte ich feststellen, daß der junge Advokat von der Witwe gebissen ist. Wie anders wären die Blicke zu erklären, die er auf sie heftet und die von denen sind, die niemals enden? Er ist wirklich schüchtern, von einer Schüchternheit aber, die mit Achtung und Verehrung verschmilzt. Würde getanzt, bäte er sie nur zur Quadrille; ich bezweifle, daß er sie zum Walzer auffordern würde. Sie plauderten ein paar lange Minuten, zweimal, doch wer überwiegend sprach, war sie. Osório brachte die meiste Zeit damit zu, sie anzublicken, und tat gut daran, denn der Ausdruck dieser Dame war voller Anmut, ohne ihren Trauerstand zu verleugnen.

Auch ich erzählte ihr mein Bißchen, am Fenster. Beide waren wir uns einig, daß keine Bucht der Welt die unseres Rio de Janeiro überbiete.

»Ich habe nicht viele gesehen«, sagte sie, »doch ich habe keine gefunden, die an diese heranreicht.« Darüber sagten wir uns manch Reizvolles, sie zumindest, aber auch ich, wie ich meine. Ich wollte sie fragen, ob sie in den Meeren, die sie kreuzte, je einen Fisch gesehen habe wie den, der sie jetzt umkreise, doch dafür fehlt uns die Vertrautheit und dagegen sprach die Höflichkeit. Wir plauderten über die Stadt und ihre Lustbarkeiten. Sie geht in kein Theater, welcher Art auch immer, weiß weder etwas von Dramen noch von Opern; ich beharrte nicht auf dem Thema, hielt mich an den zweiten, den musikalischen Teil, um mit ihr über ihre Talente als Pianistin zu plaudern, die ich sehr hätte rühmen hören.

»Das sind Eindrücke von Freunden«, erwiderte sie lächelnd.

Danach gestand sie mir, sie spiele schon lange nicht mehr und werde wohl ihr Können vergessen haben. Vielleicht war sie mit dieser Vermutung nicht ganz aufrichtig, doch dem Dienst an der Bescheidenheit sei alles verziehen, und sie wirkt bescheiden. Ich führte die Konversation derart, daß ich mehr zuhörte als sprach, und Fidélia hatte gegen diese Rollenverteilung nichts einzuwenden. Sie sagte wenig über sich und viel über das Paar Aguiar. Über dieses Thema sprach sie mit Wärme, ohne mir etwas Neues mitzuteilen, doch was sie über ihre Gefühle für die beiden sagte, kam aus der Seele. Sie erzählte mir sogar, sie finde zwischen Dona Carmo und ihrer eigenen Mutter Ähnlichkeiten, die sie zuweilen an die Verstorbene erinnerten, was auch schlicht an der

Zuneigung liegen könne, die Dona Carmo für sie hege. Als wir schließlich auseinandergingen, waren wir beinahe Freunde.

Den Aguiars erzählte ich nicht, was ich über sie beide von der Witwe Noronha gehört hatte; zu Dona Carmo gewandt kam ich auf die musikalischen Talente der jungen Frau zu sprechen, und sie bestätigte mir, die Witwe habe beschlossen, nicht mehr zu spielen. Andernfalls würde sie sie bitten, uns etwas vorzutragen. Worauf ich erwiderte:

»Die Kunst höchstselbst wird sie eines Tages bitten, zuhause für sich allein zu spielen.«

»Mag sein; jedenfalls werde ich sie heute nicht auffordern; der Beifall könnte ihre Wehmut erneuern, oder er würde, sollte er sie davon ablenken, ihr den Genuß des Schmerzes um den Ehemann mindern. Finden Sie nicht, daß sie ein Engel ist?«

Das fand ich durchaus und würde noch mehr finden, wenn man mich fragte. Dona Carmo glaubt an Fidélias Versöhnung mit dem Vater und befürchtet keineswegs, sie deshalb zu verlieren. Fidélia werde zwiefach Tochter zu sein verstehen, so der Inhalt dessen, was sie mir sagte, ohne auf Einzelheiten oder auf die Art der Zuneigung, die sie ihr entgegenbringt, einzugehen. Aus dem, was sie mir über den »Genuß des Schmerzes um den Ehemann« sagte, folgere ich, daß die Gattin Aguiars zu jenen Menschen gehört, für die das Leiden etwas Göttliches ist.

Ende Mai

Heute geht der Monat zu Ende. Auch unsere Poesie besingt den Mai als Monat der Blumen – denen im übrigen, so darf man wohl sagen, das ganze Jahr gehört. Mir fiel es recht schwer, mich mit jenem Wechsel der Jahreszeiten, den ich in fremden Landen kennenlernte, anzufreunden.

Die Witwe Noronha dagegen fand, nach allem, was sie mir neulich abend in Flamengo sagte, diese Eindrücke dort draußen entzückend, obwohl sie hier geboren und auf dem Lande aufgewachsen ist. Es gibt Menschen, die anscheinend am falschen Ort geboren sind, in einem Klima, das von demjenigen, dessen sie bedürfen, abweicht oder dazu im Gegensatz steht; und haben sie Gelegenheit, vom einen ins andere zu wechseln, so ist es, als kehrten sie in ihr eigenes zurück. Solche Naturen sind gewiß nicht alltäglich, aber ich habe auch nie geschrieben, daß Fidélia alltäglich sei.

Den Eindruck, den der Frühlingsanfang dort draußen auf sie machte, schilderte sie mir ebenso lebhaft und fesselnd wie den vom Winter mit seinem Frost. Mich selbst fragte ich, ob es ihr unter dem Einfluß jenes Juristen Osório nicht beschieden sei, vom Eis zu den Blumen überzugehen... Ich setze hier die Auslassungszeichen, die ich damals im Geiste schrieb.

9. Juni

In diesem Monat ist dies die erste Zeile, die ich an dieser Stelle schreibe. Nicht aus Mangel an Stoff, im Gegenteil, auch nicht aus Mangel an Zeit, vielleicht aus Mangel an Stimmung. Jetzt kommt sie wieder.

Stoff gibt es reichlich. Vor allem ist da der Brief von Osórios Vater mit der Bitte an den Sohn, ihn unverzüglich aufzusuchen, er sei krank und hinfällig. Osório machte sich reisefertig und schiffte sich nach Recife ein. Nicht von heute auf morgen tat er das, anscheinend hielt ihn Fidélias Bild etwa drei Tage lang fest, sei es, daß er sich nicht von ihr trennen konnte, sei es, daß er fürchtete, sie an einen Dritten zu verlieren; es werden wohl beide Gründe gewesen sein.

Eltern tun ganz schlecht daran, zu erkranken, insbesondere wenn sie in Recife weilen oder in irgendeiner andern Stadt als derjenigen, wo ihre verliebten Söhne nahe bei ihren Damen leben. Das Leben ist ein Recht, die Jugend ein weiteres; diese Rechte zu beschneiden ist fast ein Verbrechen. Hätte ich Osório dies sagen können, wäre er womöglich nicht abgereist; er hätte in meiner Überlegung einen Widerhall seiner eigenen Neigung erkannt und dem Vater einen Brief voll mitfühlender Sohnestreue geschrieben; doch niemand hat ihm etwas gesagt.

Auch gäbe es ein weiteres Mittel, Sohnestreue und Liebe zu versöhnen, nämlich Fidélia zu schreiben, er sei im Begriff sich einzuschiffen und bitte sie für einige Minuten um Gehör. Der Brief, in einem drängenden Ton gehalten, würde die Witwe natürlich neugierig machen, und die Unterredung würde in Anwesenheit oder auch Abwesenheit des Obergerichtsrats stattfinden, es wäre einerlei. Mag sein, daß er lieber das Zimmer verließe.

»Onkelchen kann bleiben«, würde sie bei Erhalt von Osórios Visitenkarte sagen.

»Nein, ich gehe besser. Wahrscheinlich ist es irgendeine Rechtsangelegenheit«, würde er lächelnd fortfahren, »und ich bin Richter, da darf ich jetzt nichts hören; vielleicht habe ich später darüber zu urteilen.«

Osório träte ein, und nach einigen Höflichkeiten würde er um die Hand der Witwe anhalten. Nehmen wir an, sie lehnte ab, so täte sie es mit zuvorkommenden, beinahe herzlichen Worten, sie bedaure sehr, habe aber beschlossen, nicht wieder zu heiraten. Lange Pause; das übrige läßt sich erraten. Osório könnte sie fragen, ob ihre Entscheidung endgültig sei, was sie, um eine Fortsetzung des Gesprächs zu vermeiden, mit einem Kopfnicken beantworten würde, und dann würde er gehen. Fidélia liefe mit der Neuigkeit zu ihrem Onkel. Ich glaube gern, daß dieser den Antrag des Advokaten unterstützen und auf seine Vorzüge hinweisen würde, seine verheißungsvolle Karriere, seine vornehme Familie und so weiter; Fidélia würde ihre Ablehnung nicht bereuen.

»Ich habe beschlossen, nicht zu heiraten«, würde sie an diesem Nachmittag zum dritten Mal sagen.

Petrus verleugnete Christus dreimal, bevor der Hahn krähte. Hier gäbe es weder Hahn noch Hahnenschrei, vielmehr ein Abendessen, und Campos und Fidélia würden bald zu Tisch gehen. In den ersten Minuten sprächen sie nichts, er den Vorteil erwägend, den die Heirat mit dem jungen Mann für seine Nichte bedeutet hätte, sie über den Eindruck grübelnd, den seine Liebe auf sie machte. Wie entschieden unsere Ablehnung auch sei, immer hinterläßt die Leidenschaft, die wir wecken, einen gewissen Genuß. Das habe ich von einer Dame gehört, ich weiß nicht in welcher Sprache, doch dies war der Sinn ihrer Worte. Und Fidélia würde vom Tisch gehen, ohne zu weinen, anders als Petrus, der nach dem Hahnenschrei weinte.

Alles Einbildungen meinerseits. Die einzige Wirklichkeit ist die, daß Osório das Schiff genommen hat und nun dahinfährt, und daß die Witwe hier bleibt, ohne Einbuße an Reizen, die mir immer größer scheinen. Ich habe sie heute getroffen, und wenn ich sie nicht entführt habe, dann nicht, weil mir die Arme oder der Drang dazu fehlen würden. Ich wollte sie fragen, ob sie nicht vom abgewiesenen Verehrer geträumt habe, doch das Vertrauen, das ich bei ihr zu erwerben beginne, gestattet solches Ausforschen nicht, auch würde sie nichts von sich erzählen. Wohl erzählte sie mir, der Friede mit ihrem Vater werde bald wiederhergestellt sein, und müßte sie auch zur Fazenda fahren. Natürlich fand dieser Schritt meinen Beifall. Schon im letzten Brief an seinen Bruder habe der Vater ihr Grüße geschickt, nicht namentlich, doch in gemeinschaftlicher Form: »Grüße an alle.«

»Der erste Schritt wird ihm schwerfallen, aber mir macht es nichts aus, ihn zu tun«, schloß sie.

»Natürlich.«

»Das Zerwürfnis zwischen uns war unausweichlich. Wissen Sie, Geheimrat, Sie haben den überwiegenden Teil Ihres Lebens dort draußen zugebracht, und so machen Sie sich gar keine Vorstellung, was solch ein lokaler Parteienhaß hierzulande bedeutet. Papa ist der Beste aller Menschen, aber einem Gegner verzeiht er nicht. Heute ist das alles vorbei, glaube ich; die Sklavenbefreiung hat ihm die Politik verleidet. Die hiesigen konservativen Parteiführer hat er schon wissen lassen, sie könnten keinesfalls mehr mit ihm rechnen. Lokaler Parteienhaß war schuld an unserm Zerwürfnis, doch Sie können mir glauben, mein Vater hat ebenso viel gelitten wie ich und mein Mann.«

Zum Beweis des beiderseitigen Leidens vertraute sie mir verschiedene Erinnerungen an ihre Ehezeit an, die ich mit großem Interesse vernahm, hier aber fortlasse, um die Häufung von Mitteilungen zu vermeiden, bis auf eine.

Ein Jahr nach der Hochzeit, oder noch etwas später, sei ihnen der Gedanke gekommen, ihren Vätern die Versöhnung der Familien vorzuschlagen. Zuerst sollte ihr Mann seinem Vater schreiben; ginge dieser bereitwillig darauf ein, würde sie ihrem Vater schreiben, und sie würden auf die zweite Antwort warten. Der Brief ihres Mannes habe vom Glück und den Hoffnungen des jungen Paares gesprochen und mit der Bitte um den väterlichen Segen geschlossen, oder zumindest um Rücknahme des Fluches. Ein ausführlicher, rührender, liebevoller Brief.

»Mein Mann hat mir nie die Antwort seines Vaters gezeigt«, schloß Fidélia, »im Gegenteil, er behauptete, gar keine erhalten zu haben. Ich habe, Witwe geworden, sie sechs oder acht Monate später unter seinen Papieren gefunden, und da hab ich verstanden, warum er sie mir vorenthalten hatte…«

Hier stockte sie. Ich war neugierig zu erfahren, was darin stand, und unter Anrufung der diplomatischen Muse kam mir der Gedanke, meine neugewonnene Freundin zu einem Bekenntnis oder einer Richtigstellung zu bewegen und ihr zu sagen:

»Was er auch über Sie oder Ihren Vater geschrieben haben mag, von seiten eines Feindes wäre es nur natürlich…«

»Nein, nein«, beeilte sich Fidélia, »kein Wort des Hasses. Ungern wiederhole ich, was darin stand, es war nur eine Zeile oder anderthalb, und die lautete so: ›Deinen Brief hab ich erhalten, aber nicht Dein Medikament für mein Rheuma.‹ Nur das. Er hatte nämlich Rheuma, und mein Mann, wie Sie wissen, war Arzt.«

Ich mußte innerlich lachen. Soviel Schelmerei hatte ich aus Paraíba do Sul nicht erwartet, und ich verstand das Stillschweigen ihres Ehemanns. Nicht weniger verstand ich, was die Witwe mir nunmehr anvertraut hatte; unter anderem gab sie dem Bedürfnis nach, etwas zu erzählen, womit sie einen Großteil der ihren Vater treffenden Schuld auf ihren Schwiegervater abwälzen würde. Sie konnte nicht umhin, das Blut des Gutsherrn in sich sprechen zu lassen. Alles in ihr war Santa-Pia.

14. Juni

Schlechte Kunde aus Santa-Pia. Der Baron hat einen Gehirnschlag erlitten: Fidélia und ihr Onkel fahren morgen zur Fazenda. Nicht leicht zu erraten, was sich daraus daraus ergibt, aber nicht schwer, eine Geschichte zu erfinden, die sich nie ereignen würde. Damit ließe sich das Blatt hier füllen, und man würde Trost aus der Einbildung schöpfen. Eher ließe sich sagen, daß die Versöhnung schneller kommen wird als erhofft, und zwar auf traurige Weise.

15. Juni

Es gibt unverhoffte Symmetrien im Leben. Das Gebrechen von Osórios Vater hat den Sohn nach Recife gerufen, das von Fidélias Vater ruft die Tochter nach Paraíba do Sul. Wäre dies hier eine Novelle, würde der eine oder andere Kritiker die Gleichzeitigkeit der Vorfälle als unwahrscheinlich abtun, doch wie der Dichter schon sagte: die Wahrheit kann gelegentlich unwahrscheinlich sein. Heute werde ich die Aguiars aufsuchen, um zu sehen, ob ihre Ersatztochter bei ihnen beiden Sehnsucht hinterlassen hat; sie wird sie wohl hinterlassen haben.

16. Juni

Jawohl, Sehnsucht hat sie hinterlassen, große Sehnsucht. Ich traf die Aguiars allein, und wir sprachen über die Freundin. Was die beiden traurig stimmte, war nicht eigentlich Fidélias Abwesenheit, sondern die Traurigkeit, mit der sie abgereist war. Will sagen, die beiden litten unter Fidélias Kummer, so mein Eindruck. Ihre Abwesenheit, so glauben sie, wird nicht lange währen, gemildert überdies durch ihre Fahrten in die Hauptstadt; und jedenfalls ist die Entfernung nicht derart, daß sie beide nicht auch ihrerseits einen Abstecher zum Landgut machen könnten. So die Gefühle und Hoffnungen, die ich bei ihnen erriet. Sie sprachen von dem Schlag, der die junge Frau getroffen habe, und Dona Carmo meinte, ich könne mir gar nicht vorstellen, wie niedergedrückt sie Fidélia gefunden habe.

»Ich erbot mich, sie zur Fazenda zu begleiten, sie lehnte dankend ab, und zum ersten Mal gab sie mir einen Namen, den der Himmel mir auf Erden verweigert hat: ›Danke, Mütterchen‹, und küßte mich mit großer Zärtlichkeit.«

Meine Zärtlichkeit ist nicht groß – vielleicht auch nicht klein –, doch ich begriff die Gefühle der guten Dame und war erfreut zu erfahren, daß Fidélia ihr in so schwerer Stunde jenen herzlichen Namen beigelegt hatte. Ihr und ihrem Gatten schien das sehr zu gefallen. Dieser folgte ihrer Erzählung übrigens schweigend, die Augen zur Decke; natürlich wollte er sich keine Blöße geben und schwach erscheinen, doch seine Schwäche, wenn es denn eine war, zeigte sich zunächst in der Art, wie er sich bewegte, er stand auf, er setzte sich, er zündete sich eine Zigarre an, er rückte eine Vase zurecht... Ich fragte ihn, um die Melancholie aus dem Zimmer zu treiben, ob Santa-Pias Geschäfte günstig liefen, und ob die Freigelassenen... Da wurde Aguiar wieder zum Bankvorsteher und erläuterte mir dies und das über Kaffeeanbau und Rentenpapiere.

In diesem Augenblick trat ein Freund des Hauses ein und sprach ebenfalls über den Fazendeiro. Dessen Geschäfte, trotz des Verlustes durch die Freilassung, liefen nicht schlecht; er müsse ungefähr dreihundert Contos besitzen. Aguiar weiß es nicht genau, akzeptierte aber die Schätzung.

»Er hat nur die eine Tochter«, schloß der Besucher, »und wahrscheinlich wird sie wieder heiraten.«

Ich wollte, um den Gastgebern gefällig zu sein, einwerfen, dies werde meiner Ansicht nach nicht geschehen, doch die gute

Gepflogenheit zu schweigen ließ mich den Kommentar herunterschlucken, was ich, wie ich zugebe, jetzt bedaure. Endlich habe ich begonnen, mich mit dem immerwährenden Witwenstand der schönen Dame abzufinden, sofern der Grund dafür nicht Eifersucht oder Neid ist, sie mit einem andern verheiratet zu sehen. Mir will nunmehr scheinen, daß Fidélia tatsächlich bis an ihr Lebensende nicht mehr heiraten wird. Es ist nicht nur ihre anhaltende Gattentreue, es ist ihr Hang zu geistigen und künstlerischen Dingen, wenig mehr oder nicht mehr als das. Dies sei ausschließlich dir anvertraut, liebes Papier, dem ich alles sage, was ich denke, wie auch alles, was ich nicht denke.

17. Juni

Dem Baron von Santa-Pia geht es schlecht, sehr schlecht.

18. Juni

Es lebe Fortuna, die zuweilen das akute Übel mit irgendeinem unverhofften Balsam zu lindern weiß. Das Paar Aguiar hat einen Brief von Tristão erhalten, worin er ihnen seine Reise nach Brasilien ankündigt, vielleicht mit dem nächsten Dampfer. Gleich nach meiner Ankunft ... Es war am Tag ihres wöchentlichen Empfangs, und später erfuhr ich, sie hätten erwogen, ihn wegen Fidélias Betrübnis aufzuschieben, dann aber überlegt, bei ihren Geselligkeiten gehe es ohnehin schlicht und bescheiden zu, es werde nicht getanzt, selten gesungen, nichts weiter als eine Plauderei bei einer Tasse Tee, und so könne man dabei bleiben, ohne Ärgernis zu erregen.

Gleich nach meiner Ankunft brachte Aguiar mir diese Kunde. Als ich Dona Carmo begrüßte und sie zum Besuch des jungen Mannes beglückwünschte, hörte sie mir mit großem Behagen zu. Eine halbe Stunde später sprachen wir erneut darüber, sie und ich, und nun war sie es, die das Gespräch eröffnete und erzählte, wie sie, völlig ahnungslos zuhause, plötzlich einen Angestellten der Bank in den Garten kommen sah, der ein Billett

Aguiars mit der frohen Botschaft samt dem Brief von Tristão an sie beide überbrachte. Mit der Schilderung dieser – vielleicht entbehrlichen – Einzelheiten wollte Dona Carmo mir natürlich ihre heftige Gemütsbewegung übermitteln. Ich kenne diese verborgenen und zugleich offenkundigen Absichten, eine alte Schwäche glücklicher Menschen.

Wir waren ein kleiner Kreis und eng miteinander vertraut, so daß wir alle am späteren Abend über den künftigen Besucher sprachen. Da kommt nun der Patensohn, den die Aguiars für vergeßlich, fast für undankbar hielten, ihr anderes Beinahe-Kind, das sie hatten aufziehen und lieben helfen. Aguiar und seine Gattin gaben bereitwillig Auskunft, erzählten Episoden aus Tristãos Kindheit, Geschichten, die ihn drollig, aufgeweckt, gelegentlich auch durchtrieben zeigten, doch ist Durchtriebenheit bei Kindern nur in der Praxis ärgerlich, in der Erinnerung aber ergötzlich, wie auch andere Dinge, die vergangen sind. Eine der anwesenden Damen wollte an Beweise der Zärtlichkeit und Hingabe Dona Carmos für den Kleinen erinnern, doch rasch wich die gute alte Dame aus, und so hörten wir nur ein oder zwei Episoden. Es war ein Familienabend; ich empfahl mich zeitig, kam heim, ein Glas Milch zu trinken, dies hier aufzuschreiben und schlafen zu gehen. Bis demnächst, Papier.

20. Juni

Telegramm aus Paraíba do Sul: »Der Baron von Santa-Pia heute früh verstorben.« Ich werde Rita verständigen und Beileidskarten schicken. Ob man auch dem Paar Aguiar sein Beileid bekunden sollte? Das wohl nicht, aber ein einfühlsamer, warmherziger Besuch, morgen oder übermorgen…

21. Juni

Aguiar fährt zur Fazenda Santa-Pia, um Fidélia einen Beileidsbesuch abzustatten; morgen reist er ab. Dona Carmo bleibt hier. Das sagte er mir in der Rua do Ouvidor.

»Der Hinterbliebenen habe ich schon mein Beileid übermittelt«, sagte ich. »Nehmen auch Sie es entgegen, wenn die Zuneigung, die Sie beide mit Dona Fidélia verbindet, diese Anteilnahme erlaubt…«

»Beide fühlen wir den Schmerz, der unsere gute Freundin betrübt. Carmo wollte mitfahren, ich aber meinte nein, sie solle es nicht tun, eine so plötzliche Reise könne eine zu große Strapaze für sie sein.«

Da fährt Aguiar nun hin, und seine Freude über den Sohn wird durch den Kummer der Tochter gemindert; da wird er nun wieder herkommen und von der Betrübnis der jungen Frau durch die Freude über den jungen Mann geheilt werden. So sänftigt sich alles in dieser Welt, glücklicherweise. Das Schlimme ist, daß die jungen Leute nicht ihre wahrhaftigen Kinder sind, sondern nur ihre Herzenskinder; jedenfalls, da erstere fehlen, trösten die Aguiars sich mit letzteren, und oft sind die wahren Kinder die weniger wahrhaftigen.

21. Juni, abends

Heute war mein gutes Schwesterherz hier; sie wollte zu dem Paar Aguiar, ich schlug ihr vor, die beiden morgen mit mir zusammen zu besuchen, und sie war einverstanden.

23. Juni

Schwesterherz und ich waren gestern bei der guten Frau Aguiar. Ich ging eher fort, als mir lieb war; hätte ich gekonnt, wäre ich weit länger geblieben.

Wir fanden sie zwischen Frohsinn und Traurigkeit, falls diese Formulierung einen Zustand trifft, der sich nicht beschreiben läßt, jedenfalls vermag ich es nicht. Sie empfing uns wie immer, in Gebärden und Worten von einer absichtslosen Warmherzigkeit, die wahrhaft entzückend ist. Als Rita und ich auf Fidélia zu sprechen kamen, schilderte Dona Carmo die Traurigkeit der Freundin mit entsprechender Traurigkeit ihrerseits und berichtete von der Abreise ihres Mannes gestern morgen, ohne die Dienstgeschäfte zu erwähnen, die er hatte unterbrechen müssen. Es dauerte aber nicht lange, bis wir sie nach dem Patensohn fragten, und aus ihrer Antwort sprach größte Befriedigung. Die verbleibende Zeit des Besuches verteilte sich auf beide Ziehkinder, doch der größere Teil des Gespräches galt dem jungen Mann, gewiß, weil seine Abwesenheit länger war, die Entfernung größer und unverhofft seine Wiederkehr.

Dona Carmo setzte ihre Erzählung von neulich abend fort, nun im vertrauteren Kreis, wir waren nur zu dritt. Den ersten Teil von Tristãos Lebensgeschichte werde sie nicht zur Gänze erzählen, dafür sei zu wenig Zeit, sie selbst gab es zu, doch manche Hauptstücke teilte sie mit. Er sei zerbrechlich gewesen, schmächtig, fast ein Nichts, ein kurzatmiger Knirps. Daß sie zur Mutter wurde, sagte sie nicht; diese Dame kennt die Sprache des Selbstlobs nicht, doch ich wußte es schon, und man hörte aus der liebevollen Erzählung heraus, daß es genau so gewesen sein muß. Rita warf lächelnd eine Betrachtung ein:

»Kinder wissen nicht, wieviel Sorge sie einem bereiten, und was sie wissen, vergessen sie schnell.«

»Man muß Tristão Dinge nachsehen, die nun einmal zu einem jungen Mann gehören«, beeilte sich Dona Carmo zu erwidern. »Er ist kein schlechter Mensch; er hat uns ein wenig vergessen, aber sein Alter und die vielen neuen Attraktionen erklären alles. Das beweist der Umstand, daß er uns ja demnächst besucht, und wenn Sie seine Briefe läsen... Hat Ihnen Aguiar den letzten nicht gezeigt?«

»Nein, meine Dame«, entgegnete ich, »er hat mir nur den Inhalt erzählt«.

»Vielleicht hat er nicht alles erzählt.«

Ich vermute, sie wollte mir die Briefe des jungen Mannes zeigen, und sei es auch nur einen einzigen, oder einen Abschnitt, eine Zeile, doch die Befürchtung, lästig zu fallen, brachte ihren Wunsch zum Schweigen. So schien es mir, und so lasse ich es hier stehen. Wir kamen auf die Witwe zurück, dann wieder auf Tristão, und zu einem dritten Thema ging Dona Carmo nur deshalb über, weil die Höflichkeit es gebot; ich aber, um ihrem Seelenwunsch entgegenzukommen, lenkte die Unterhaltung erneut auf ihre Ersatzkinder. Dies war meine Art der Höflichkeit gegenüber der guten Dame. Ungern gebe ich zu, daß ich entzückt war, als ich das Haus verließ, doch genauso war es, und Rita erging es ebenso. Rita sagte mir auf der Straße:

»Menschenkinder wie sie gibt es wenige.«

»Gewiß, gewiß, sie ist vortrefflich... ohne dir zu nahe zu treten.«

»O nein«, erwiderte Rita sogleich. »Ich halte mich für keinen schlechten Menschen, aber ich bin bei weitem nicht, was sie ist. Schau mal, alles an dieser Dame ist gut, sogar ihre Meinung über andere, was nicht immer gerecht ist, denn für alle findet sie Worte der Verzeihung und Entschuldigung. Ich bin nicht so, ich halte viele Leute für schlecht, und wenn das gesagt werden muß, dann sage ich es. Dona Carmo kann niemanden kritisieren. Muß sie zugeben, daß jemand zu tadeln ist, hat sie stets eine Erklärung zur Hand; allenfalls schweigt sie.«

24. Juni

Gestern plauderte ich mit Aguiars Gattin über die Nächte von Sankt Johannis, Sankt Anton und Sankt Peter, wie sie früher gefeiert wurden, und besonders über die Schicksalswürfel und Johannisfeuer. Dona Carmo nutzte das Thema, um auf ihren Ersatzsohn zurückzukommen. Zum Teufel mit diesem Sohn. Die Ersatztochter dürfte um diese Stunde tiefbetrübt im Herrenhaus der Fazenda sitzen, wo sie früher die Johannisnächte gewiß als hoffungsfrohe, treuherzige Jungfrau erlebte. Die Johannisnacht dieses Jahres wird ohne Vater wohl unerfreulich sein, ohne eine Mutter, die ihn ersetzen, ohne Ehemann, der beide vertreten könnte. Ein Onkel reicht für dies alles nicht aus.

Auch ich warf einstmals Lose. Mit geringen Mitteln wurde Schicksal gespielt – ein Buch, ein paar gereimte Vierzeiler und zwei Würfel. Eine Seite zum Beispiel war überschrieben: »Ob man den Menschen ehelichen wird, den man liebt«; man warf die Würfel, sie ergaben die Zahlen fünf und zwei, zusammen sieben; man ging zum siebenten Vierzeiler und las ihn. Nehmen wir an, man las… Nun ja, den Vierzeiler, den ich tatsächlich soeben aufschrieb, streiche ich wieder. Im allgemeinen waren sie lustig, mindestens das, aber sie verspotteten auch den Menschen, der das Schicksal befragte. Alles lachte, einige glaubten wirklich daran; jedenfalls vertrieb man sich so die Stunden, bis der Schlaf herbeikam. Da nahte er, der alte Kammerherr der Menschheit, den die Heiden Morpheus nannten, und der Heiden und Christen und sogar Ungläubigen mit seinen ewigen Bleifingern die Augen schließt. Nun, lieber Schlaf, in ein oder zwei Stunden kommst du allein, ohne Würfel oder Schicksalsbücher. Höchstens Träume wirst du bringen, und es werden nicht mehr dieselben wie in früheren Zeiten sein.

27. Juni

Messe für den Baron von Santa-Pia in der Kirche São Francisco de Paula. Der Sohn des Obergerichtsrats vertrat die Familie; dieser selbst und seine Nichte hörten die Messe auf der Fazenda. Für die Witwe wurden damit gewiß auch andere Erinnerungen wach. Die Fazenda hat eine Kapelle, in der ein Priester sonntags die Messe las und in der Fastenzeit die Beichte hörte. Auch ich habe diesen Brauch in meiner Kindheit gekannt, und ich erinnere mich noch heute, wie ich und andere Jungen uns in der Fastenzeit unter den Betten oder in den Schlupfwinkeln des Hauses vor dem Beichtiger versteckten. Schon damals gehörten die religiösen Rituale für uns zu den Plackereien des Lebens, und davor liefen wir weg. Indessen war der Priester, der mir die erste Beichte abnahm, sanft und freundlich, er führte mich durchs Beichtgespräch, indem er die Sünden nannte, die ich angeben sollte, und bis zu welchem Punkt, und die Absolution kam ihm früher über die Lippen, als meine Sünden an sein Ohr; so schien es mir. Sein Andenken verzeihe mir, wenn es nicht wahr ist. All das liegt weit zurück. Meine zweite Beichte ergab sich aus Anlaß meiner Heirat. Von da an war ich nur noch die Tugend selbst.

Erheblicher Andrang in der Kirche São Francisco de Paula. In der Sakristei lagen Kondolenzlisten aus, in die sich die Gekommenen eintrugen, eine Aufgabe, die manch nicht Gekommener einem Dritten übertragen hatte. Ich sah Richter, Advokaten, Geschäftsleute und Beamte, Damen, etliche Damen. Von diesen waren einige jung, Freundinnen Fidélias, andere alt, aus der Zeit ihrer Mutter. Eine dieser alten Damen, und wäre auch niemand sonst erschienen, hätte niemals gefehlt, obwohl sie lediglich eine Freundin der Tochter war, natürlich die gute Frau Aguiar. Zugegen war auch Rita, die nachher mit mir zum Mittagessen kam.

Hinge die Art und Weise, die Messe zu feiern, von den jeweiligen Umständen ab, müßte ich annehmen, der Priester habe die seine, kurz wie sie war, der geringen Präsenz der Blutsverwandtschaft des Toten angepaßt; doch dem ist nicht so: jeder Priester feiert die Messe, wie er es immer tut, eilig oder bedächtig, wie er zu lesen und zu sprechen gewohnt ist.

30. Juni

Nun wohl, die Witwe Noronha hat Dona Carmo einen Brief geschickt, ein psychologisches Dokument, ein wahres Seelenprotokoll. Da beide die Güte hatten, ihn mir zu zeigen, war ich, schon bevor ich ihn las, bereit ihn interessant zu finden, doch die Lektüre machte diese Absicht gegenstandslos; ich fand ihn wahrhaftig interessant, ich sprach es aus, einige Abschnitte las ich mehrfach. Keine vorgefertigten Wendungen, keine gekünstelten Wendungen, der Brief ist schlichtweg schlicht, sofern ein solches Adverb zu einem solchen Adjektiv paßt; ich glaube ja, jedenfalls für mich.

Nur vier Seiten, nicht auf diesem Briefpapier, das wir heute verwenden, sondern auf dem altmodischen, dicken Papier Marke

Bath, das ihr Vater auf der Fazenda zu benutzen pflegte. Ausführlich spricht sie von ihm und von den Wehmutsgefühlen, die ihr dort kamen, von den Erinnerungen, welche die Wände der Schlaf- und Wohnzimmer, die Säulen der Veranda, das Gemäuer der Zisterne, die alten Fenster, die ländliche Kapelle in ihr wachriefen. Die *mucamas* und *moleques*, die bei ihrem Weggang Kinder gewesen waren und die sie nun als freie Erwachsene wiedertraf, ebenso anhänglich wie früher als Sklaven, bekommen in jenen flüchtigen Memoiren ein paar Zeilen. Unter den Schemen der Vergangenheit die Silhouette der Mutter, die des Vaters, und – in der Ferne wie in der Nähe, in den Zimmern wie im tiefsten Herzen – die Silhouette des Ehemanns, so unverrückbar, daß ich ihn sehen konnte und er mir ewig schien.

Ich erkenne immer mehr, daß diese junge Frau ein noch wertvollerer Mensch ist als zunächst mein Eindruck war. Die Frage ist nicht, ob sie den verstorbenen Ehemann liebt oder nicht; ich glaube, sie liebt ihn, ohne daß diese Treue die Reinheit ihrer Gefühle erhöhte. Das Verdienst daran mag ihm oder ihr oder beiden zugleich gebühren. Ihr Wertvollstes, neben der lebendigen, reinen Empfindung, welche die Dinge ihr eingeben, ist ihre Fähigkeit, aus ihnen Idee und Urteil zu gewinnen. Mag sein, daß ich damit die Wirklichkeit überhöhe, doch ich glaube es nicht. In den ersten Tagen dieses Jahres hätte ich vielleicht gesagt, das sei der Hang eines verliebten, verbrauchten Alten, der sich darin gefiele, seine Augen über Papier und Einsamkeit auszugießen, doch dem ist nicht so; da ist es nun vorbei mit den letzten Luftschlössern des Temperamentes. Jetzt sind mir allenfalls die ästhetischen Neigungen geblieben, und so gesehen steht fest, daß die Witwe mir immer noch die Augen raubt, doch nur, wenn sie mir vor die Augen kommt. Sie ist wirklich ein Prachtstück von Mensch, mit einem seltenen Grad von Ausstrahlung. Der Brief aber gibt alledem einen ausgeprägten Zug von Geistigkeit.

Ich glaube, mit dem Gefühl erfaßt Dona Carmo diese Dame ebenso wie ich mit dem Verstand, doch was sie diesmal am tiefsten gerührt hat, war der Gruß am Ende des Briefes, die drei letzten Worte vor dem allerletzten, dem Namen: »von Ihrem Töchterchen Fidélia«. Das begriff ich, als ich sah, wie sie die Augen drei oder viermal aufs untere Ende des Briefes senkte und zögerte, ihn zu falten und zu verwahren.

1. Juli

Es gibt auch Sturmwinde des Glücks, die alles vor sich her treiben. Gestern haben die Aguiars Fidélias Brief erhalten, und heute einen von Tristão, worin er ihnen meldet, er schiffe sich auf dem englischen Postdampfer hierher ein; am 23. oder 24. Juli muß er eintreffen. Groß war natürlicherweise die Freude, mit der sie diese Nachricht lasen; denn hier ist Fidélia und nennt sich Tochter der guten alten Dame, und da kommt Tristão und kündigt an, dieser Brief sei sein letzter, der nächste sei er selbst. Und dies alles zugleich.

Sie bereiten ihm im Hause Quartier. Aguiar ist so froh, daß er mir ganz gegen seine sonstige Zurückhaltung sagte, ihm schwebe bereits das Mobiliar für das künftige Schlafzimmer des Gastes vor: es sei schlicht und elegant. Vermutlich wird seine Frau sogleich die Verfertigung ihrer Zierdecken aus Wolle und Leinen für Tisch und Stühle in Angriff nehmen. Das weiß ich weder von ihm noch sonst jemand, das habe ich erraten und schreibe es hier auf, um mir selbst zu zeigen, was offenkundig ist. Für die gute Carmo ist Sticken, Nähen, mit einem Wort: Arbeiten, eine ihr gemäße Art zu lieben. Sie webt mit dem Herzen.

Es ist eine alte Regel, glaube ich, oder wird auch eine neue, daß man gut nur das macht, was man mit Liebe macht. Die Regel scheint alt – so selbstverständlich und alltäglich kommt sie uns vor. Daher die Vollkommenheit von Dona Carmos Handarbeiten. Vollkommen wie das Schlafen oder Transpirieren. Damit leugne ich keineswegs ihr Verdienst; wie groß auch das Bedürfnis sei, es macht die Tugend nicht kleiner. Auch ich versah meinen Dienst als Diplomat mit Liebe, und zwar gut, wie ich von Ministern vernahm, doch in meinem Fall – beachten wir den Unterschied zur alten Frau Aguiar – genügten weder Liebe noch Bedürfnis; gäbe es die diplomatische Karriere nicht, wäre ich wahrscheinlich Richter, Bankier oder anderes geworden.

2. Juli

Die gestrige Neuigkeit erfuhr ich von Aguiar in der Banco do Sul, die ich aufgesucht hatte, um einige Wertpapiere zu hinterlegen. Ich vergaß zu schreiben, daß ich nach Verlassen der Bank nahe der Candelária-Kirche den Obergerichtsrat Campos traf; er war vorgestern Abend aus Santa-Pia eingetroffen und ging zur Bank, um Aguiar und seiner Gattin Nachricht von seiner Nichte zu bringen. Ich fragte ihn, ob Fidélia endgültig auf der Fazenda bleiben werde; er verneinte.

»Endgültig nein; sie bringt dort einige Wochen zu, dann wird sie zurückkommen und wahrscheinlich die Fazenda veräußern; meines Erachtens ist das kein Fehler. Sie würde bleiben, sagte sie mir, wenn dies von Nutzen wäre, doch mit der Landwirtschaft, so will ihr scheinen, geht es bergab, und sie fühlt sich außerstande, sie zu erhalten. Daher der Gedanke, alles zu verkaufen und bei mir zu wohnen. Bliebe sie dort, es fehlte ihr nicht an Geschick. Sie selbst hat sich um alle Leute gekümmert und ihnen die Aufgaben zugewiesen. Sie besitzt Tatkraft, Willensstärke, Ordnungssinn. Die Freigelassenen fühlen sich wohl bei der Arbeit.«

Wir unterhielten uns ein wenig über die Folgen der Sklavenbefreiung und verabschiedeten uns.

5. Juli

Da ich dem Makler Miranda zugesagt hatte, den Abend bei ihm zu verbringen, bin ich heute hingegangen. Er ist beleibter als vorher aus Europa zurückgekehrt, wo er nur ein paar Wochen verbrachte; er redet ungestüm wie immer, ist aber ein guter Kerl und ein ausgezeichneter Ehemann. Weiter nichts Neues, außer einem Spiel, offenbar eine Erfindung aus den Vereinigten Staaten, das er an Bord gelernt hat. Zu meiner Zeit war es unbekannt. Es heißt *poker*; und ich brachte das *whist*, das ich immer noch spiele, und griff auch zu meinem guten alten *lomber*. Es sieht so aus, als werde das *poker* alles andere ausstechen. Bei den Mirandas wurde es sogar von der Dame des Hauses gespielt.

Seine Töchter spielten nicht, ebenso wenig seine Schwägerin, Dona Cesária, der das Kartenspiel keinen Spaß macht und die – lachend – gestand, es sei viel besser, schlecht über das Leben der anderen zu reden, und das tut sie nicht ohne Reiz. Ebendie Gabe, die ihrem Ehemann abgeht, der alles andere im Überfluß besitzt. Ich wähnte die beiden mit dem Makler zerstritten, wenn auch nicht ausdrücklich, da Dona Cesária sich niemals streitet, allenfalls verstimmt ist; damals, als der Makler mit seiner Familie die Schiffsreise antrat, dachte ich, sie seien über ihn verstimmt. Ob sie es nun waren oder nicht – seine Rückkehr hat sie alle versöhnt. Das ist eines der Talente dieser Dame. Vielleicht hat sie schlecht über ihre eigene Schwester oder ihren Schwager geredet, doch hat sie es so geschickt gewendet, daß ich sie alle innigst vereint gefunden habe. Ich weiß nicht, was sie vielleicht von mir sagt, ich finde sie interessant und ziehe ihre Zunge dem *poker* vor; mit der Zunge verliert man kein Geld.

Als das Gespräch auf den Tod des Barons von Santa-Pia und die Lage der Tochter kam, warf Dona Cesária die Frage auf, ob sie wirklich nicht heiraten werde. Sie scheint an Fidélias Witwenschaft zu zweifeln. Ich sagte ihr nicht, ich hätte das auch schon gedacht, ich sagte ihr gar nichts; ich wollte nicht von der Witwe reden und tat gut daran. Kurz darauf übernahm Dona Cesária die Hypothese von Fidélias immerwährender Witwenschaft, weil sie an der Witwe keinen Reiz finde, kein Leben, keine Umgangsformen, nichts, einfach gar nichts; Fidélia komme ihr vor wie eine Verstorbene. Ich lächelte, wie es sich gehörte, und ließ mir erklären, was ein *bluff* sei. Beim *poker* ist *bluff* eine Art Roßtäuscherei.

13. Juli

Sieben Tage ohne Aufzeichnung, ohne Ereignis, ohne Betrachtung; ich darf sagen acht Tage, denn auch heute habe ich nichts zu notieren. Dies hier schreibe ich lediglich auf, um nicht für längere Zeit aus der Gewohnheit zu kommen. Es ist dies keine schlechte Gewohnheit: aufzuschreiben, was man denkt und sieht, und zwar auch dann, wenn man nichts sieht oder denkt.

18. Juli

Tristão in Pernambuco eingetroffen; man erwartet ihn hier zum 23. des Monats.

20. Juli

Der Patensohn der Aguiars in Bahia eingetroffen. Ich glaube, sie werden ihm ein Willkommensfest bereiten, wenn auch ein schlichtes. Sein jüngstes Lichtbild hat man rahmen und aufhängen lassen. Er ist ein gutaussehender junger Mann, und sein Ausdruck auf dem Photo hat etwas Forsches, das ihm nicht schlecht zu Gesicht steht, im Gegenteil.

25. Juli

Tristão hier eingetroffen. Noch habe ich ihn nicht gesehen; auch habe ich in den letzten drei Tagen das Haus nicht verlassen. Unter anderem war ich damit beschäftigt, alte Briefe zu zerreißen. Alte Briefe sind gut und schön, doch da ich ebenfalls alt bin und niemanden habe, dem ich diejenigen, die mir verblieben sind, hinterlassen könnte, ist es das Beste, sie zu zerreißen. Nur acht oder zehn habe ich behalten, um sie eines Tages wiederzulesen und ihnen dasselbe Ende zu bereiten. Keiner von ihnen kann sich auch nur mit einem einzigen des Plinius messen, doch auf alle trifft zu, was er an Apollinaris schrieb: »Wir werden wohl beide denselben Genuß haben, Du beim Lesen meiner Worte, und ich beim Sprechen dieser Worte.« Meine Apollinarisse sind tot oder alt; die Apollinarias ebenfalls.

27. Juli

Heute sah ich Tristão die Rua do Ouvidor mit Aguiar daherkommen; daß er es war, erriet ich dank seinem Begleiter und dank dem Photo. Seine Kleidung, wenngleich nicht verschieden von der Mode hüben und drüben, hatte etwas, das ihm in mancher Hinsicht etwas Besonderes, Eigentümliches verlieh. Aguiar stellte uns vor. Die Art, wie Tristão mit mir sprach, war höflich und zeigte eine gewisse Neugier, die ich nicht Interesse zu nennen wage. Natürlich hatte er im Hause der Aguiars bereits von mir gehört. Nur fünf Minuten Konversation – genug, um mir zu sagen, er sei entzückt von dem, was er seit seiner Ankunft hier gesehen habe. Ich glaube es ihm, denn ich liebe mein Land und meine Stadt, den engen, alten Straßen zum Trotz, doch auch ich bin in fremden Landen gewesen und habe mich des gleichen Stils befleißigt wie er. Indessen ist dies hier seine Stadt, und mit meiner Bemerkung, er werde Rio de Janeiro, das er in seiner Jugend verließ, wohl nicht vergessen haben, war er völlig einverstanden, tatsächlich habe er nichts vergessen. Sein Entzücken entspringt ja gerade dem Nachempfinden von früher gesehenen Dingen – eine Wiederauferstehung, die Stetigkeit bedeutet, wenn ich seine Worte, die einfacher als diese hier waren, so zusammenfassen darf. Fünf Minuten, und wir empfahlen uns.

Er ist eine gefällige Erscheinung. Die Rede kraftvoll, ohne rauh zu sein. Die Augen lebhaft und heiter, doch zu diesem Ausdruck vielleicht genötigt durch die Kürze der Begegnung und Vorstellung; möglicherweise sehen sie bisweilen anders aus.

Von Statur ist er eher groß als klein, nicht mager. Aus einer gewissen Entfernung wollte ich mich umdrehen, um ihn noch einmal zu sehen, doch rechtzeitig nahm ich davon Abstand, es wäre indiskret und übereilt gewesen, und vielleicht nicht der Mühe wert. An einem der nächsten Abende gehe ich nach Flamengo. Seit drei Wochen bin ich nicht mehr dort gewesen.

28. Juli

Ich zweifle nicht, daß Tristão sich beim Anblick von Rio de Janeiro gefreut hat. Welcher Art die neuen Gewohnheiten oder familiären Bindungen auch seien und wie lange die Abwesenheit auch gewährt haben mag – der Ort, wo jemand seine ersten Lebensjahre verbracht hat, wird zu seinem Gedächtnis und seinem Herzen eine besondere Sprache sprechen. Ich glaube, daß Tristão, wie er mir gestern sagte, wirklich entzückt ist. Im übrigen hat er dort draußen stets dasselbe Idiom gehört wie hier; seine Mutter ist dieselbe Paulistanerin, die ihn zur Welt gebracht und nach Lissabon mitgenommen hat und heute dort mit seinem Vater lebt, beide nun alt.

Ich habe niemals Dinge vergessen, die ich nur als Kind gesehen habe. Noch heute sehe ich vor mir zwei begossene Kerle, die im Karneval den *entrudo* spielten, ich mochte damals fünf sein; aus Holz- oder Metallschüsseln überschütteten sie sich mit Wasser, waren völlig durchnäßt und rannten triefend nach Hause. Nur will mir nicht mehr einfallen, wo dies Zuhause war. Etwas anderes, das mir trotz der vielen verflossenen Jahre gleichfalls im Gedächtnis haftet, ist die Liebelei zwischen einer Nachbarin und einem jungen Burschen. Sie wohnte gegenüber, war mager und hieß Flor. Er war ebenfalls mager, und keiner wußte seinen Namen; ich kannte nur sein Gesicht und seine Gestalt. Er kam gewöhnlich nachmittags und ging drei, vier, fünf Mal oder öfter die Straße auf und ab, von einem Ende zum andern. Eines Abends hörten wir Schreie. Am nächsten Morgen hörte ich das Gerücht, der Vater des Mädchens habe den Verliebten von Sklaven mit Stöcken verprügeln lassen. Tage später wurde der Jüngling zur Armee eingezogen, angeblich auf Betreiben des Vaters; einige glaubten, die Prügel seien ganz einfach ein Racheakt im Wahlkampf gewesen. Alles läuft auf dasselbe hinaus; Liebe oder Wahlkampf, es mangelt nicht an Stoff für menschliche Zwietracht.

Was bedeuten solche Geschehnisse jetzt, im Jahre 1888? Was bedeutet schon ein Barbierladen, wie ich ihn zu jener Zeit sah – gleich am Eingang Blutegel in einem dicken Glas voll Wasser und irgendeiner teigigen Masse? Schon lange setzt man Patienten keine Würmer mehr an; doch immer noch sind sie hier in meinem Gehirn und kriechen auf und ab, wie in den Gläsern. Dies Geschäft oblag, glaube ich, den Barbieren und Apothekern; der Aderlaß nur den Barbieren. Niemand mehr wird heute zur Ader gelassen. Sitten und Satzungen, alles vergeht.

31. Juli

Tristão ist mittlerweile sehr beliebt, und um zu beglaubigen, daß er es verdient, genügt die Bemerkung, daß er mir nicht mißliebig ist, im Gegenteil. Er ist angenehm, gesprächig, aufmerksam, ungekünstelt, uneingebildet; er redet besonnen und bescheiden und weiß sich gut auszudrücken. Noch habe ich ihn nichts Großartiges sagen hören, aber dazu ist jemand, der eben erst aus dem Ausland kommt und bei der Familie lebt, auch nicht verpflichtet; was ich von ihm gehört habe, ist interessant.

Kleidung und Auftreten passen zum Ton seiner Rede, die gleiche Schicklichkeit und Einfachheit. Von der Stadt ist er weiterhin so entzückt, wie er es mir neulich sagte, von der Stadt und den Menschen; Straßen, Häuser, Sitten und Menschen erkennt er wieder; nach vielen dieser Menschen erkundigt er sich und hört sich aufmerksam an, was man ihm über sie erzählt. Einige erkennt er gleich wieder, andere nach kurzer Erklärung. Mit einem Wort, er ist kein übler Bursche.

Für die Aguiars ist er mehr als vortrefflich. Die beiden sind ebenso entzückt wie er, oder noch entzückter; in diesen wenigen Tagen haben sie ihn schon nach verschiedenen Orten mitgenommen. Der Obergerichtsrat Campos, der gestern bei den Aguiars zum Essen war, sagte mir, Dona Carmo sei aus dem Häuschen wie ein Kind; sie könne die Augen nicht vom Patensohn lassen. Tristão ist musikalisch bewandert, und gestern abend spielte er, ihrer Bitte folgend, auf dem Piano ein Stück von Wagner, das Campos sehr gut fand. Außer ihm speiste dort auch ein Pfarrer Bessa, der Tristão einst getauft hat.

Dieser Priester war kein häufiger Gast in Flamengo; Tristão hat ihn selbst entdeckt, und zwar auf bemerkenswerte Weise. Er begann nach ihm zu forschen, und zwei Tage später, als er herausgefunden hatte, daß er in Praia Formosa wohnte, beschloß er, ihn aufzusuchen, nachdem er die von seinem Paten angebotene Begleitung ausgeschlagen hatte.

»Ich will allein gehen«, entgegnete er, »um Ihnen zu zeigen, daß ich meine Stadt nicht verlernt habe.«

So machte er sich auf, so schritt er dahin, so entdeckte er den Priester in einem Häuschen, einem recht niedrigen. Bessa, einst Tischgast seiner Eltern, erkannte ihn nicht gleich wieder, doch nach den ersten Erklärungen vergegenwärtigte er die Vergangenheit und erahnte in ihm den Knaben, den er einst getauft hatte. Aguiar ließ ihn einladen und kommen, damit er den jungen Mann besuche, so oft er wolle. Er ist, nach den Worten des Obergerichtsrats, die würdige Erscheinung eines alten Mannes und eines Geistlichen, beinahe kahlhäuptig, schmalgesichtig, außerdem sanftmütig, den Drangsalen zum Trotz, die er durchgemacht haben muß; er zeigt sogar ein fröhliches Wesen.

1. August

Der Obergerichtsrat gab mir auch Nachricht von seiner Nichte. Es gehe ihr gut, und sie werde demnächst von der Fazenda zurückkommen. In einem Brief erzählte sie ihm von einem Traum, den sie kürzlich hatte; Vater und Schwiegervater erschienen mitten in einer Meeresbucht wie der von Rio de Janeiro. Beide Gestalten kamen auf dem Wasser näher, Hand in Hand, bis sie vor ihr am Ufer stehen blieben. Der Tod hatte sie versöhnt, auf daß sie sich nie mehr entzweiten; sie sahen nunmehr ein, daß alle Feindschaft dieser Welt, die politische und jede andere, sinnlos ist.

Ich wollte dem Obergerichtsrat entgegenhalten, die Nichte habe womöglich falsch gehört. Ewige Versöhnung zwischen zwei Wahlkampfgegnern müsse eigentlich eine unendliche Strafe sein. In der ganzen *Divina Commedia* sei mir eine solche nicht bekannt. Und Gott, wenn er Dante sein wolle, sei größer als Dante. Ich hielt mich rechtzeitig zurück und behielt den Scherz für mich; er hätte bedeutet, über die Betrübnis der jungen Frau zu lachen. Ich bat ihn um weitere Neuigkeiten über sie, er teilte sie mir mit, und als wichtigste die, daß sie immer fester entschlossen sei, Santa-Pia zu verkaufen.

2. August

Aguiar zeigte mir einen Brief Fidélias an Dona Carmo. Eine schwungvolle, selbstbewußte Handschrift, flüssiger Stil, liebevolle Sprache; sie verspricht den beiden, in die Residenzstadt zu kommen, sobald sie könne, und zwar bald. Ich kann es schon nicht mehr hören, daß sie kommt, kann es aber durchaus noch auf diesen Blättern des Müßiggängertums notieren. So nenne ich diese Seiten, um mir selbst zu widersprechen. Dieses Tagebuch habe ich einmal eine gute Gewohnheit genannt. Schließlich lassen sich beide Meinungen verfechten, und wenn man es recht bedenkt, laufen sie beide auf dasselbe hinaus. Müßiggängerei ist eine gute Gewohnheit.

Fidélias Brief beginnt mit den drei Worten: »Mein liebes Mütterchen«, die Dona Carmo vor lauter Zärtlichkeit und Rührung ersterben ließen, so die Worte ihres Mannes. Nicht alles geht bei den Banken verloren; selbst das Geld, das man bisweilen verliert, wechselt nur den Besitzer.

3. August

Heute ist der Jahrestag der Regierung Ferraz; und wer denkt noch an sie oder an ihre Mitglieder, die nun schon lange verschwunden sind, die einen tot, die anderen alt oder außer Diensten? Sie beförderte mich zum Legationssekretär, ohne Antrag meinerseits und sogar zu meiner eigenen Verwunderung.

Als ich das zu Aguiar bemerkte, hörte ich von ihm politische Anekdoten aus jener Zeit (1859–61), die er mit Lebendigkeit, doch ohne Nostalgie erzählte. Aguiar hat nichts von einem Mann des öffentlichen Lebens, er ist ganz Familie, ganz Ehemann und nunmehr Vater, der zwei Kinder hat, die beiden Ersatzkinder – Tristão noch mehr als Fidélia, aus dem Grunde, den ich schon genannt zu haben glaube. Er bestätigte mir die guten Eindrücke des Obergerichtsrats und schloß:

»Geheimrat, Sie haben schon mit unserm Tristão gesprochen, Sie haben ihn schon gehört und ich glaube, Sie schätzen ihn, aber ich möchte, daß Sie ihn näher kennenlernen, um ihn noch mehr zu schätzen. Er spricht von Ihnen mit großer Achtung und Bewunderung. Er habe Sie einst in Brüssel gesehen, ohne im entferntesten zu ahnen, daß er eines Tages Gelegenheit haben würde, Sie hier zu treffen und mit Ihnen zu sprechen.«

»Das hat er mir auch schon gesagt. Ich finde, er ist ein ausgezeichneter junger Mann.«

»Nicht wahr? Das finden wir auch, und andere ebenso. Ich habe ihn nicht gebeten, mir sein Leben dort draußen zu erzählen, habe mich aber so mit ihm unterhalten, daß er mir allmählich von vielerlei berichtet hat, von seinen Studien, Reisen, Bekanntschaften; mag sein, daß er einiges erfindet oder übertreibt, ich glaube es aber nicht; alles, was er uns gesagt hat, klingt wahrhaftig und paßt zu dem Eindruck, den wir von ihm hier gewonnen und zu dem, was wir von Gevatter und Gevatterin dort drüben erfahren haben. Könnten wir ihn bewegen, ganz bei uns zu bleiben, wir würden es tun. Wir können es nicht; Tristão ist nur auf vier Monate gekommen, und auf unsere Bitte wird er zwei weitere bleiben. Aber ich will doch sehen, ob ich ihn nicht acht oder zehn Monate hier halten kann.«

»Ist er nur gekommen, um Sie zu besuchen«?

»So sagt er. Vielleicht hat sein Vater seine Reise genutzt, um ihn mit irgendeinem Geschäft zu beauftragen; seine Firma ist zwar abgewickelt, aber er hat hier noch Interessen; ich habe Tristão nicht danach gefragt.«

»Schauen Sie, ob Sie ihn dazu bringen, daß er länger bleibt; dann wird er schließlich wohl ganz hier bleiben.«

4. August

Als ich die Fähre nach Niterói betrat, wen fand ich an die Reling gelehnt? Tristão, keinen Geringeren als ihn, Tristão mit dem Blick zum Ausgang der Bucht, als wollte er sich dort hindurch einen Weg nach Europa bahnen. Das sagte ich ihm zum Spaß, doch er beeilte sich, es zu leugnen.

»Ich bewundere soeben die Schönheiten unseres Landes«, erläuterte er.

»Auf dieser anderen Seite sind sie noch größer.«

»Sie sind gleich«, verbesserte er. »Ich habe sie alle betrachtet, und von dem wenigen, das ich dort draußen gesehen habe, finde ich das hier immer noch am großartigsten in der Welt.«

Es war ein altes Thema und immer gut, eine Unterhaltung anzuknüpfen; wir nutzten es, und als wir anlegten, hatten wir viele Gedanken und Eindrücke ausgetauscht. Ich gestehe, die meinen waren nicht neuer als das Thema selbst, und sie waren kurz; die seinen hatten den Vorzug lebendiger Erinnerungen und Erzählungen. Ich möchte jetzt nicht alles aufschreiben, was ich von ihm über seine Kindheit und Jugend hörte oder über seine Jünglingszeit in Europa. Es war fesselnd, gewiß, und offenbar ehrlich und genau, aber es war lang, wie kurz auch die Überfahrt dauerte. Schließlich erreichten wir Praia Grande. Als ich ihm sagte, dieser volkstümliche Name sei mir lieber als der amtliche, in Verwaltung und Politik verwendete Name Niterói, war er anderer Meinung.

Ich erwiderte, wenn unsere Meinungen auseinander gingen, so deshalb, weil ich alt und er jung sei. »Ich bin mit Praia Grande groß geworden; als Sie geboren wurden, hatte sich die Umbenennung zu Niterói schon durchgesetzt.« Das war durchaus kein Geistesblitz, er aber lächelte, als fände er meine Antwort scharfsinnig, und sagte: »Ein Geist wie der Ihre altert nicht.«

»Finden Sie?« fragte ich ungläubig.

»Das haben mir schon meine Pateneltern gesagt, und ich erkenne, daß sie die Wahrheit sagten.«

Ich dankte mit einem Kopfnicken, und reichte ihm die Hand:

»Ich gehe zum Palast des Provinzpräsidenten. Also dann bis zur Rückfahrt, falls wir uns treffen.«

Eine Stunde später, als ich zur Landungsbrücke kam, fand ich ihn dort. Ich bildete mir ein, er habe auf mich gewartet, doch weder stand es mir zu, ihn danach zu fragen, noch vielleicht ihm, es mir zu sagen. Die Fähre war schon nahe, kam heran, legte an, wir betraten sie. Bei der Rückfahrt erfuhr ich von einem Umstand, der mir neu war; Tristão, der in Lissabon, wie auch andere, die von hier nach dort zurückgehen, den Beinamen *Der Brasilianer* trägt, ist naturalisierter Portugiese.

»Weiß Aguiar Bescheid?«

»Gewiß. Was er noch nicht weiß, aber bald wissen wird, ist, daß ich am Vorabend meiner Abreise die Einladung, in die Politik zu gehen, angenommen habe und im kommenden Jahr zum Abgeordneten der *Cortes* gewählt werde. Andernfalls würde ich hier bei ihm bleiben und Vater und Mutter herholen. Ich weiß, er wird versuchen, mir das Vorhaben auszureden; mein Pate mag keine Politik und erst recht keine streitbare Politik, ich aber bin gebunden durch meine Neigung in diese Richtung und durch die Übereinkunft, die ich mit den führenden Leuten meiner Partei getroffen habe. Ich habe eine Weile für eine

Lissaboner Zeitung geschrieben, und zwar, wie man sagt, nicht ganz schlecht. Auch auf Kundgebungen habe ich gesprochen.«

»Die Aguiars lieben Sie sehr«

»Ja, sehr, wie einen Sohn.«

»Die beiden haben auch eine Herzenstochter.«

»Ja, ich weiß, eine Witwe, Tochter eines kürzlich gestorbenen Gutsherrn. Man hat mir schon von ihr erzählt. Ich habe ihr Photo gesehen, von der Patin eigenhändig gerahmt. Wenn Sie die Patin gut kennen, wissen Sie ja, wie liebreich ihr Herz ist. Sie ist durch und durch mütterlich. Ihre Zuwendung dehnt sie bis ins Tierreich aus. Hat man Ihnen nie von einem dritten Kind erzählt, das sie hatten und das sie sehr liebte?«

»Ich glaube nicht; nicht daß ich wüßte.«

»Ein Hund, ein kleines Nichts von einem Hund. Das war noch zu meiner Zeit. Ein Freund des Paten brachte ihn eines Tages an, einen Welpen von wenigen Monaten, und die beiden Aguiars vernarrten sich in ihn. Ich will Ihnen jetzt nicht erzählen, was die Patin alles für ihn machte, von den Milchsüppchen bis zu den Wolldeckchen und was sie sonst noch tat; auch wenn ich reichlich Zeit zum Erzählen hätte, Sie würden Ihren Ohren nicht trauen. Nicht daß es überspannt oder übertrieben wäre; es war natürlich, so gewohnheitsmäßig, so echt und fürsorglich, als wäre das Tier ein Mensch. Es hat dann die seiner Rasse entsprechenden zehn oder elf Jahre gelebt, seine Krankheit fand eine Krankenschwester, und sein Tod fand Tränen. Wenn Sie den Garten betreten, linkerhand an der Mauer, schauen Sie hin, da haben sie ihn begraben; ich wußte es schon nicht mehr, die Patin hat mir gestern die Stelle gezeigt.«

Diese Verbindung von Bankvorsteher und Hundevater war nicht ganz nach meinem Geschmack. Allerdings schreibt Tristão selbst die Hauptrolle dabei seiner Patin zu, einer Frau. Dank dem Umgang der vorigen Tage und den beiden Begegnungen auf der Fähre fühle ich mich halbwegs berechtigt, von jenem jungen Mann eine gute Meinung zu haben. Nur ein Halbdutzend Worte des Eigenlobs habe ich ihn sagen hören, und auch diese moderat. »Man sagt, ich schreibe nicht ganz schlecht« soll wohl die Überzeugung verhüllen, er schreibe gut, doch das hat er nicht gesagt, und vielleicht ist es wahr.

7. August

Dona Carmo ist mit dem Patensohn nach Nova Friburgo gefahren, um ihm erneut die Stadt zu zeigen, wo sie geboren wurde, ich glaube auch die Straße, und anscheinend sogar das Haus. Alles, so sagt man, ist dort alt und still. Das kommt Dona Carmos Gepflogenheiten entgegen, denn sie versteht und liebt es, Sachen von früher und alte Erinnerungsstücke aufzubewahren, als gäben sie ihr einen immerwährenden Hauch von Jugend. Tristão, übrigens ohne dies Interesse zu teilen, zeigte, daß er sie gern begleitete. Nach wie vor mögen ihn alle, Campos mehr als andere, denn er hat ihn schon als Knaben gekannt. Rita hat ihn kaum zu Gesicht bekommen; sie war in den letzten Tagen unpäßlich, ist vorgestern wieder aufgestanden; erst gestern erfuhr ich davon und besuchte sie. Ich erzählte ihr, was in den Häusern Aguiar und Campos vor sich ging, und weckte in ihr den Wunsch, ebenfalls die Familie Aguiar aufzusuchen, wenn Dona Carmo und Tristão aus Nova Friburgo zurückgekehrt sind.

10. August

Mein alter Aires, du Tölpel meiner Seele, wie konntest du nur am 3. August den Jahrestag des Kabinetts Ferraz begehen, wo dieses doch am 10. August eingesetzt wurde? Heute wäre das Jubiläum, mein alter Aires. Da siehst du, wie gut es ist, laufend zu notieren, was vor sich geht, sonst würdest du dich an nichts erinnern oder alles verwechseln.

Fidélia kommt am 15. oder 16. August aus Paraíba do Sul zurück. Es scheint, die Freigelassenen werden traurig sein. Als sie erfuhren, sie veräußere die Fazenda, baten sie: nein, sie solle das Landgut nicht verkaufen – oder sie allesamt mitnehmen.

Das nenne ich Schönheit – und Talent zum Fesseln. Aus solchen Fesseln befreien weder Urkunden noch Gesetze; es sind immerwährende, göttliche Bande. Das wäre ein belustigender Anblick, Fidélia, wie sie an der Spitze der Freigelassenen in die Residenzstadt einzieht; aber wozu, und wie für den Unterhalt dieser Leute sorgen? Sie hatte große Mühe, den armen Menschen klar zu machen, daß sie arbeiten müssen und daß sie, Fidelia, ihnen in der Stadt nicht von heute auf morgen eine Anstellung verschaffen könnte. Wohl versprach sie ihnen, sie nicht zu vergessen, und, falls sie selbst nicht aufs Land zurückginge, sich beim neuen Gutsbesitzer für sie zu verwenden.

11. August

Heute ein Billett von Tristão aus Nova Friburgo erhalten, worin er mir sagt, er sei von dem, was er sehe und höre, sehr angetan; er habe die Stadt wiedererkannt, sie und ihre Bewohner seien bezaubernd. Und seine Reisegefährtin sei es noch mehr. Ich zitiere aus dem Billett:

»Die Patin oder Mutterherz – ich weiß nicht recht, welchen Namen ich ihr geben soll, denn beide treffen zu – wird hier sehr geliebt und gefeiert, nicht nur von zwei bejahrten Freundinnen, die ihr aus Kindheitstagen geblieben sind, sondern auch von anderen Damen, die sie nach ihrer Heirat kennenlernte, Verwandte jener beiden oder einfach nur Freundinnen. Der Ort und das Klima gefallen mir: es herrscht eine höchst angenehme Temperatur; wir werden noch etwa drei Tage bleiben.«

In diesem Brief steht nichts, was nicht auch nach der Rückkehr gesagt werden könnte, zumal Tristão in drei Tagen nach Rio herabkommen wird. Ich glaube, er hat dem Wunsch nachgegeben, von mir gelesen zu werden und auch mich zu lesen. Eine Frage der Sympathie, eine Frage der Anziehung. Ich werde ihm zwei Zeilen als Antwort schicken…

…Da ist die Antwort nun unterwegs, über dreißig Zeilen lang, worin ich ihm Dinge sage, die ich heiter zu formulieren suchte und die mir gewiß fast freundschaftlich gerieten. Nova Friburgo erklärte ich ebenfalls für entzückend und schloß mit den Worten: »Wenn Sie wieder hier unten sind, kommen Sie zum Mittagessen; dann sprechen wir über das Hüben und Drüben.«

17. August

Fidélia ist angekommen, Tristão und die Patin sind angekommen, alles ist gekommen; ich selbst bin zu mir selbst gekommen – mit anderen Worten, ich bin mit meinem weißen Haar versöhnt. Die Blicke, die ich auf die Witwe Noronha heftete, entsprangen reiner Bewunderung, ohne, anders als in den ersten Tagen dieses Jahres, die mindeste sonstwie geartete Absicht. Gewiß, schon damals zitierte ich Shelleys Vers, doch eine Sache ist es, Verse zu zitieren, eine andere, an sie zu glauben. Kürzlich las ich ein wahrhaft frommes Sonett, verfaßt von einem jungen Mann, der, ohne gläubig zu sein, einem gläubigen und begüterten Onkel gefällig sein mußte. Nun, sollte ich dem englischen Dichter damals nicht völlig geglaubt haben, so glaube ich ihm heute, und hier bestätige ich diesen Glauben vor mir selbst. Bewunderung genügt.

19. August

Tristão ist zum Mittagessen gekommen. Der erste Teil der Mahlzeit galt der Kommentierung seines Briefes. Er erzählte mir, schon als Kind sei er mehrmals mit der Patin nach Nova Friburgo gefahren, dreimal, wie er meint; er hat die Stadt jetzt wiedererkannt, und sie hat ihm sehr gefallen. Von Dona Carmo spricht er begeistert; ihre Zuneigung, Innigkeit, Güte, alles mache sie zu einem besonderen, außergewöhnlichen Wesen, denn alles an ihr sei außergewöhnlich und besonders. Er erzählte mir Episoden von früher, Beweise ihrer großen Hingebung. Dann gestand er mir, die Eindrücke unseres Landes ließen seine frühen Jahre wieder aufleben, seine Kindheit und Jugendzeit. Das Ende der Mahlzeit galt dem naturalisierten Portugiesen und dem Politiker. Die Politik, so scheint es, ist diesem jungen Mann ein starkes Bedürfnis. Ausführlich ließ er sich über den Gang der öffentlichen Angelegenheiten in Portugal und Spanien aus und bekannte mir seine Ideen und Ambitionen als künftiger Staatsmann. Letztgenanntes Wort gebrauchte er nicht ausdrücklich, doch alle, die er sagte, liefen darauf hinaus. Kurzum, mag es auch ein wenig übertrieben klingen, er wirkt niemals uninteressant und redet mit Witz und Geist.

Bevor er ging, kam er auf Rio zurück und sprach auch von Recife und Bahia, im Mittelpunkt aber stand Rio de Janeiro.

»Nie vergessen wir das Land, in dem wir geboren sind«, schloß er mit einem Seufzer.

Dahinter mochte die Absicht stehen, seine Naturalisierung wiedergutzumachen – eine Art und Weise, sich weiterhin als Brasilianer zu bezeichnen. Ich kam ihm entgegen und versicherte, die Annahme einer neuen Staatsbürgerschaft sei ein politischer Akt, oft sogar eine menschliche Pflicht, die das Gefühl für die Herkunft und die Erinnerung an die Heimat keineswegs auslösche. Die Worte, die ich wählte, entzückten ihn, vielleicht auch der Ton, in dem ich sie sprach, und ein besonderes, mir eigenes Lächeln. Oder dies alles zugleich. Wahr ist jedenfalls, daß ich ihn mehrfach nicken sah, und sein Händedruck beim Abschied war lang und überaus kräftig.

Bis hierher ein wenig Galle. Jetzt ein wenig Gerechtigkeit.

Das jugendliche Alter, der Umgang mit seinen drüben lebenden Eltern, die Gesellschaft der anderen Medizinstudenten, dieselbe Sprache, dieselben Sitten, alles erklärt die Annahme des neuen Vaterlandes sehr wohl. Hinzu kommt die politische Karriere, die Aussicht auf Macht, die Lockung des Ruhms, die ersten, von fern gelesenen Druckfahnen eines Kapitels der Geschichte; und so finde ich es natürlich und naheliegend, daß Tristão ein Land gegen ein anderes eingetauscht hat. Kurz, ich konzediere ihm ein gutes Herz und verstehe das Heimweh, das Brasilien in ihm weckt, ohne die neu geknüpften Bindungen zu zerreißen.

Vorgestern habe ich Fidélia ein Billett gesandt; gestern habe ich, auf Einladung des Onkels, der mich auf der Straße traf, beide zum Tee besucht.

Natürlich sprachen wir über den Verstorbenen. Fidélia erzählte alles, was sie in den letzten Lebenstagen ihres Vaters gesehen und empfunden hatte, und das war viel. Sie überging das Zerwürfnis, eine Folge der Heirat, die Sache war nun alt und abgetan. Die Schuld, wenn Schuld denn vorhanden war, lag auf beiden Seiten, bei ihr, weil sie einen andern liebte, bei ihm, weil er den Auserwählten haßte. Wer das sagt, bin ich, nicht sie, die in der Trauer der Tochter die der Witwe bewahrt; und hätte sie erneut zwischen Vater und Ehemann zu wählen, sie entschiede sich für den Ehemann. Auch sprach sie vom Landgut und von den Freigelassenen, doch als sie merkte, daß die Unterhaltung immer noch allzu persönlich war, wechselte sie das Thema, und wir wandten uns der Stadt und den Tagesereignissen zu.

Kurz darauf kamen Dona Cesária und ihr Mann, der Doktor Faria, gleichfalls um Fidélia zu besuchen. Die Überschwenglichkeit, mit der Dona Cesária auf Fidélia zuging und ihr den Begrüßungskuß gab, war aus meiner Sicht ein Ausgleich für den Biß, den sie ihr vor Tagen beim Makler Miranda zugefügt hatte. Damals sah ich mit Mißfallen, ihrer witzigen Rede zum Trotz, wie sie nach der Witwe hackte; die Rechnung ist nunmehr beglichen. Ich wiederhole, was ich weiter oben sagte: diese Dame ist weitaus witziger als ihr Ehemann. Dazu gehört allerdings nicht viel: was er Schlechtes über andere sagt, sagt er schlecht; sie aber ist immer interessant.

Dona Cesária hat alles beglichen. Nicht daß die Worte, die sie gestern gebrauchte, viel Lob und Freundschaft spendeten, doch der Ausdruck ihrer Augen, ihre bewundernde oder zustimmende Miene, ihr beharrliches, fast beständiges Lächeln, dies alles hatte den Wert eines affektiven Kapitals. Papiergeld ist auch Geld. Damit habe ich diese Tinte und diese Feder gekauft, die Zigarre, die ich gerade rauche und das Mittagessen, das ich zu verdauen beginne. Die beiden Damen lassen sich nicht vergleichen, und zum Konversieren ist Dona Cesária mehr als genug. Ich habe im Leben mehrere solcher Menschen kennengelernt, die imstande sind, etwas Langweiliges interessant und einen Verstorbenen lebendig zu machen; sie füllen alles mit sich selbst. Fidélia scheint Dona Cesária sympathisch zu finden und ihre Rede gern zu hören. Ein guter Abend.

Eines hätte ich fast vergessen. Fidélia hat die Lichtbilder von Vater und Ehemann gemeinsam rahmen und im Wohnzimmer aufhängen lassen. Zu Lebzeiten des Barons hatte sie dies mit Rücksicht auf seine Gefühle nie getan; jetzt, da der Tod die beiden versöhnt hat, will sie sie auch im Abbild versöhnen. So hat sie es mir selbst erklärt, als ich die beiden Männer betrachtete. Fidélias damalige Feinfühligkeit verwundert mich ebenso wenig wie ihr jetziger Entschluß; beides entspricht gleichermaßen der Harmonie ihrer Seele.

Als ich dies draußen auf der Straße zum Ehepaar Faria sagte – wir waren gemeinsam gegangen –, rümpfte der Mann die Nase. Seine Miene konnte ich nicht erkennen, doch er stieß ein Wort hervor, das sie einschließt: »Affektiertheit«. Ich wollte ihm entgegenhalten, davon könne bei einer so persönlichen, so privaten Handlung keine Rede sein, doch rechtzeitig hielt ich meine Zunge zurück. Von Dona Cesária wurde dieser Ausspruch weder gebilligt noch mißbilligt; sie meinte lediglich, die Gasbeleuchtung sei ziemlich dunkel. Bei mir selbst bemerkte ich, daß sie sehr hell sei und daß die Sprecherin wohl so rasch kein anderes Mittel gefunden habe, um das Gespräch in eine andere Richtung zu lenken. Faria nutzte den Einwurf seiner Gattin, um seine schlechte Meinung von den Gaswerken und der Regierung zu äußern, und nannte den zuständigen Beamten einen Dieb. Es war elf Uhr.

21. August, fünf Uhr nachmittags

Den heutigen Tag will ich nicht zu Ende gehen lassen, ohne zu schreiben, daß meine Augen müde sind, vielleicht krank, und ich weiß nicht, ob ich diese Chronik der Ereignisse, Eindrücke und Gedanken fortsetzen werde. Vielleicht sollte ich besser aufhören. Das Alter will Ruhe. Eigentlich reicht es, eingehende Post zu beantworten und auch andere Briefe zu schreiben, und, wie noch vor wenigen Tagen, eine Auftragsarbeit für das Außenministerium zu erledigen, die glücklicherweise beendet ist.

24. August

Weit gefehlt! Ich kann das Tagebuch nicht abbrechen; hier sehe ich mich wieder mit der Feder in der Hand. Tatsächlich bereitet es ein gewisses Vergnügen, Dinge zu Papier zu bringen, die aus dem Kopf heraus wollen, via Erinnerung oder Reflexion. Kehren wir zum Notieren der Tage zurück.

Was mir diesmal die Feder in die Hand drückt, ist der Schatten des Schattens einer Träne...

Ich glaube sie vorgestern an Fidélias Lid gesehen zu haben, als ich den Zwist zwischen Vater und Ehemann erwähnte. Ich wünschte, ich dächte jetzt nicht daran, hätte sie nicht gesehen und nicht einmal geahnt. Ich mag keine Tränen, auch nicht in weiblichen Augen, seien sie hübsch oder nicht; es sind eingestandene Schwächen, und von Geburt an habe ich eine Abneigung gegen die Schwachen. Letztlich sind Frauen weniger schwach als Männer – oder geduldiger, besser imstande, Schmerz und Mißgeschick zu ertragen... Da haben wir's; ich hatte beschlossen, nicht mehr zu schreiben, und hier liegt ein Blatt mit dem Schatten des Schattens eines Themas.

Überdies, wenn es wirklich eine Träne war, dann von so flüchtiger Art, daß sie, als ich sie gewahrte, schon nicht mehr vorhanden war. Alles ist vergänglich auf dieser Welt. Hätte ich keine kränkelnden Augen, würde ich einen neuen *Prediger Salomo* verfassen, auf moderne Art, obgleich es eigentlich nach jenem Buch nichts Modernes mehr gibt. Darin stand schon geschrieben, nichts sei neu unter der Sonne, und wenn dies damals so war, dann ist niemals etwas neu gewesen und wird es niemals sein. So ist alles widersprüchlich und auch undeutlich.

27. August

Die Freude des Ehepaars Aguiar ist offenkundig. Gatte und Gattin sind damit beschäftigt, Mittel und Gelegenheiten fürs Zusammensein mit den beiden und mit einigen Freunden zu finden, zu denen sie auch mich zu rechnen scheinen. Es gibt Abendessen und Spaziergänge, und wenn sie nicht an Feste und Bälle denken, dann deshalb, weil sie sich persönlich nichts daraus machen; doch wenn Fidélia und Tristão sie wünschten, würden sie, da bin ich sicher, Bälle geben. Tatsächlich aber verlangt es die beiden Gäste nicht danach, vor allem nicht Fidélia, die sich damit begnügt, zu plaudern und zu lächeln; weder Theater noch Festlichkeiten sucht sie auf.

Stunde und Ort der Spaziergänge sind geziemend gewählt. Entweder gehen die beiden Damen allein, oder die Herren gehen mit und tauschen zuweilen die Begleitung, indem Aguiar Fidélia den Arm reicht, und Dona Carmo sich von Tristão den Arm geben läßt. So habe ich sie vor Tagen in der Rua de Ipiranga angetroffen, nachmittags um fünf. Die beiden Alten schienen mir in ihrem Glück von einem gewissen Stolz erfüllt. Mit den Augen und einem herzlichen Lächeln, das ihre Zahnspitzen glänzen ließ, verkündete Dona Carmo alle Glorie jenes Sohnes, der keiner war, jenes gestorbenen und wieder ins Leben getretenen Sohnes; und auch der junge Mann war ganz Zuvorkommenheit und auch Wohlgefallen. Was den alten Herrn betrifft, Aguiar, so trug er sein Entzücken nicht weniger deutlich zur Schau. Fidélia bekundete nichts; sie lächelte, gewiß, doch verhalten und mit gesenktem Blick. Und so gingen sie weiter, ohne mich zu gewahren, der ich ihnen auf dem anderen Bürgersteig entgegenkam.

Wie sehr ich Musik doch liebe! Gestern abend bei den Aguiars waren wir zu mehreren… dreizehn! Erst jetzt, da ich die Anwesenden aus dem Gedächtnis zähle, sehe ich, daß wir dreizehn waren; niemand zu jener Stunde gewahrte diese Zahl, weder im Wohnzimmer, noch am Familienteetisch. Wir unterhielten uns über Verschiedenes, bis Tristão, von der Patin gebeten, auf dem Piano ein wenig Mozart spielte.

Dazu kam es, weil wir uns auch über Musik unterhielten, ein Thema, bei dem die Witwe dem jüngst gekommenen Gast mit soviel Geschmack und Klugheit zur Seite stand, daß er schließlich sie ebenfalls zu spielen bat. Fidélia wehrte bescheiden ab, er blieb beharrlich, Dona Carmo unterstützte die Bitte ihres Patensohns, ihr Ehemann desgleichen. Schließlich gab Fidélia nach und spielte eine kurze Passage, eine Reminiszenz an Schumann. Alle waren wir überaus angetan. Tristão setzte sich erneut ans Piano, und jeder von beiden schien das Talent des andern hochzuschätzen. Beim Abschied war ich von beiden entzückt. Die Musik wanderte mit mir und ließ mich nicht schlafen. Früh kam ich nach Hause, um elf, und erst gegen eins fing ich an, mich mit dem Schlaf zu versöhnen; die ganze Zeit auf der Straße, im Haus, im Bett verging mir damit, Passagen aus Stücken zu wiederholen, die ich in meinem Leben gehört hatte.

Musik war immer eine meiner Vorlieben, und wenn ich das Poetische und vielleicht auch das Pathetische weniger scheute, würde ich sagen, sie ist heute eine meiner ungestillten Sehnsüchte. Hätte ich sie erlernt, könnte ich heute spielen oder komponieren, wer weiß? Ich wollte mich ihr nicht überlassen, um des Diplomatenberufes willen, und das war ein Fehler. Die Diplomatie, die ich mein Leben lang ausgübt habe, war eher ein dekoratives als sonst irgendein Amt; ich habe keine Handels- oder Grenzverträge abgeschlossen, keine Kriegsallianzen besiegelt; ich hätte mich auf Salon- oder Kabinettsmelodien einlassen können. Jetzt lebe ich von dem, was die anderen spielen.

Vor zwei oder drei Monaten habe ich Fidélia sagen hören, sie werde nie mehr spielen, sie habe das Musizieren schon lange aufgegeben. Damals erwiderte ich, eines Tages, allein mit sich selbst, werde sie aufs neue spielen, um Erinnerungen wachzurufen, und das Erinnern werde das Musizieren wiederbringen... Gestern genügte das Drängen des Paars Aguiar, um eine, wie es scheint, schon vorhandene Bereitschaft zu wecken. Tristãos Beispiel hat ihr geholfen, aus dem Schweigen herauszutreten. Als ich die Gesellschaft verließ, war ich, wie gesagt, von beiden bezaubert.

Wer weiß, ob sie zu dieser Stunde – halb elf Uhr vormittags – vielleicht zu Hause, zur Verblüffung der Nachbarschaft, vor dem geöffneten Piano sitzt, um ein Stück anzustimmen, das sie schon lange nicht mehr gespielt hat?

»Das ist doch nicht die Möglichkeit!«

»Die junge Herrin Fidélia!«

»Die Witwe Noronha!«

»Es wird wohl irgendeine Freundin sein.«

Und ihre Hände werden jene Noten, die das menschliche Gedächtnis als Druckwerk bewahrt, zum Sprechen, Denken, Leben bringen. Wahrscheinlich wird sie wie gestern spielen, ohne Partitur, auswendig, mit den Fingerspitzen...

Sechs Uhr Nachmittag

Bevor ich zu Tisch gehe, notiere ich, daß sich meine Vermutung von heute früh bestätigt hat; Fidélias Klavierspiel hat tatsächlich Widerhall in Haus und Straße wachgerufen. Der Obergerichtsrat Campos persönlich hat es mir erzählt. Allerdings nicht um halb elf, sondern um sieben Uhr früh. Campos lag noch im Bett, als er die ersten Akkorde einer bekannten Komposition vernahm, offenbar aus Italien. Er konnte nicht glauben, daß sie es war, doch niemand sonst kam in Frage. Ein herbeigerufener Diener versicherte ihm, jawohl, es sei sie selbst. Sie spielte eine Weile. Als er das Wohnzimmer betrat, hatte sie aufgehört, saß aber noch am Piano, aus einem geöffneten Notenheft vor sich hin buchstabierend.

»Was ist denn das?«, fragte er sie.

»Haben Sie die Musik gehört?«, sagte sie und rollte ein wenig mit dem Klavierhocker.

»Ja.«

»Ich glaube, ich habe einiges verlernt, ich spüre, daß die Finger ein bißchen schwerfällig geworden sind, das habe ich gestern schon gespürt; die eigentliche Komposition aber ist mir nicht abhanden gekommen.«

»Aber was ist das für eine Wiederauferstehung?«

»Geheimnis einer Verstorbenen«, erwiderte sie und versuchte zu lächeln.

Wiewohl kein großer Musikliebhaber, scheint der Obergerichtsrat erfreut über diese – wie er es nennt – Wiederauferstehung. Immer sei das Leben mehr oder weniger mit Geräuschen verbunden. Er gestand mir, daß die Traurigkeit der Nichte ihn oft bedrücke, und da sie sich nicht zu Bällen und Schauspielen ausführen lasse, wäre er schon zufrieden, sie zuhause spielen oder auch singen zu sehen, wenn sie nur wollte; Fidélia könne auch singen, mit großem Kunstverstand und schöner Stimme. Doch bisher habe sie weder das eine noch das andere gewollt.

Nicht, daß sie ohne Musik außerstande wäre, das Haus mit ihrer Persönlichkeit zu füllen, doch Musik sei ihr früher eine wichtige Betätigung gewesen, die sie seit ihrer Verwitwung aufgegeben habe.

Ich wollte dem Obergerichtsrat auseinandersetzen, das Musizieren sei mit dem Witwenstand bestens vereinbar, da ja die Kunst auch eine Sprache sei, doch dies alles ging mir nur flüchtig durch den Kopf. Für einen Mann der Gerichtsbarkeit wäre es vielleicht zu poetisch gewesen, abgesehen davon, daß es auch indiskret hätte klingen können. Ich begnügte mich damit, daß ich seine Einladung annahm, die Nichte in seinem Hause spielen zu hören, heute, morgen, übermorgen, wann immer ich wolle.

»An einem der kommenden Abende«, so meine Zusage.

Zunächst einmal werde ich zu Abend essen. Ich glaube, heute gehe ich nicht mehr aus; was aber fange ich mit diesen armen Augen an? Vom Lesen werden sie schlimmer; oh, wenn ich doch musizieren könnte! Ich würde die Geige nehmen, die Türen gut verschließen, um von der Nachbarschaft nicht gehört zu werden, und würde mich ganz dem Bogen überlassen. Vielleicht mache ich einen Spaziergang...

2. September

Jahrestag der Schlacht von Sedan. Vielleicht gehe ich zum Obergerichtsrat und bitte Fidélia, uns zum Gedenken des preußischen Sieges etwas von Wagner vorzuspielen.

3. September

Weder Wagner noch sonst jemand. Tristão war da und spielte uns eine Passage aus dem *Tannhäuser* vor, die Witwe Noronha aber schlug meine Bitte ab. In der Annahme, sie trauere über die französische Niederlage, bat ich sie, einen französischen Komponisten ihrer Wahl zu spielen, einen klassischen oder modernen, wiewohl die Kunst – so sagte ich mit einiger Affektiertheit – alle Menschen zu Bürgern eines höheren Vaterlandes mache. Sie lächelte und spielte nicht; sie habe ein wenig Kopfweh. Aguiar und Carmo, die ebenfalls zugegen waren, schlossen sich meiner Bitte nicht an, »als litten sie unter dem Kopfweh der Freundin«. Eine weitere stilistische Preziosität, diesmal frei nach Madame de Sévigné. Halt deine Zunge im Zaum, alter Diplomat!

Der wahre Grund ihrer Weigerung war vielleicht nicht ein Kopf- oder sonstiges Weh. Mir will scheinen, daß Fidélia mich einigermaßen bestätigt und durchaus für sich selbst spielen würde, wenn sie allein wäre. An jenem anderen Abend, im Hause Aguiar, hatte sie sich mitreißen lassen, für die zwölf zu spielen, überrumpelt von ihrer jäh erwachenden alten Neigung; jetzt aber schüttelt sie den Kopf, sie will die anderen nicht unterhalten. Morgens wird sie für den Onkel spielen, und während der Gerichtsstunden für sich selbst. Allenfalls wird sie hin und wieder ihre Ersatzeltern erfreuen. Daß sie kein Kopfweh hatte, war daran zu erkennen, daß sie Tristão mit sichtlichem Vergnügen lauschte und lächelnd applaudierte. Ich leugne keineswegs die Kraft der Musik, körperliches Leiden vergessen zu machen, doch ich vermute, daß es in diesem Fall nicht so war.

Die beiden unterhielten sich angeregt und wohl auch kundig über Wagner und andere Komponisten. Ich steuerte mein Weniges bei, dann war ich ganz Ohr für das, was Aguiar über Tristão sagte.

»Offenbar kommt er auch, um Geschäfte seines Vaters abzuwickeln, das habe ich heute von ihm selbst erfahren. Gott gebe, daß er damit nicht allzu schnell fertig wird.«

»Gott liebt auch den Amtsschimmel, wer weiß?«

»Das sind keine Gerichtssachen; und für alle Fälle wird er hier wohl einen Treuhänder bestellen. Wissen Sie schon, daß er ins Parlament geht?«

»Ja; er sagte mir, er habe den Vorschlag mehrerer Lissaboner Parteiführer angenommen, ihn zum Abgeordneten wählen zu lassen.«

»Carmo, die ihn ein Jahr oder länger hier behalten wollte, war mißvergnügt und traurig, und ich mit ihr. Wir haben unser Mißvergnügen ausgetauscht, oder vielmehr, wir haben es addiert, und jeder von uns beiden hat nun das Doppelte zu tragen...«

Mir gefiel dieses Wort Aguiars, und ich merkte es mir gut, um es nicht zu vergessen, sondern hier aufzuschreiben. Jener Bankvorsteher hat seine Schwäche für die Poesie nicht verloren. Er ist ein guter Mensch, ich habe es wohl schon einmal geschrieben, doch hier steht es nun aufs neue. Ich vergebe mir nichts, wenn ich es wiederhole.

Wir unterhielten uns in einer Ecke des Zimmers, als Campos und Tristão, die Damen sich selbst überlassend, zu uns stießen.

Ich aber spähte hinüber zu den beiden – und fand sie bezaubernd in der spontanen Erscheinung ihrer selbst. Das weiße Haar der einen im Einklang mit dem schwarzen Haar der andern, die lächelnd gewechselten leisen Worte, die sanften, liebevollen Augen, dies alles könnte in mir selbst die Frage aufwerfen, warum sie nicht wirklich Mutter und Tochter sind, diese verheiratet mit irgendeinem jungen Mann, der ihrer wert wäre, und jene verheiratet oder verwitwet, es wäre einerlei; für den verlorenen Ehemann würde sie sich mit der ewigen Tochter trösten. Alle jungen Töchter sind ewig für ihre gealterten Mütter. Ewig. Dann wiederum bemerkte ich, sie seien eher Schwestern, dank Dona Carmos Kunst, sich mit jungen Frauen zu verjüngen. Worüber sie redeten, ich weiß es nicht, und darüber nachdenken lohnt nicht; es würde die Gruppe nicht interessanter machen. Einmal, als Fidélia sich vergebens mühte, eine Brosche an der richtigen Stelle zu befestigen, schob Dona Carmo Fidélias Finger beiseite und befestigte sie ihr.

4. September

Beim Nachlesen des gestrigen Tages habe ich bei mir eine Überlegung angestellt, die ich hier niederschreibe, um sie für später festzuhalten. Wer weiß, ob jene Zuneigung Dona Carmos, mit all ihrer Besorgnis und Beflissenheit, der schönen Fidélia nicht am Ende zum Nachteil gereichen wird? Auf ihrer Lebensbahn, ihrem Witwenstand zum Trotz, liegt die Heirat; Fidélia ist im Heiratsalter und es kann jemand auftauchen, der sie wirklich zur Gattin will. Ich spreche nicht von mir, Gott bewahre, mir waren damals nur Grillen eines Sechzigers gekommen; was ich meine, ist ein echter Jemand, ein Mensch, der sie lieben kann und soll, wie diese Dame es verdient. Sie könnte, sich selbst ergeben, den Verehrer schließlich erhören, und beide träten vor den Altar; bleibt sie aber Dona Carmo ergeben, beide ein Herz und eine Seele, wird Fidélia den Bewerber nicht beachten, und so geht eine Bestimmung verloren. Anstatt Familienmutter wird sie eine einsame Witwe werden, denn die ältere Freundin wird sterben, und die junge Freundin wird eines Tages, viele Tage später, ebenfalls sterben...

Die Überlegung ist triftig, was man auch dagegen vorbringen mag. Ich behaupte nicht, daß die Dinge sich genauso zutragen werden und daß die drei – die vier, wenn ich den Ehemann Aguiar hinzuzähle, die fünf und sechs samt Onkel und Vetter – mit einem etwaigen Bräutigam nicht eine durch Neigung und Blut geeinte Familie bilden könnten; doch die Überlegung ist triftig. Zuneigung, Gewöhnung, wachsende Anziehung und schließlich die Zeit, Komplizin von Anschlägen, werden die schöne Witwe jedem Liebenden, den Natur und Gesellschaft ihr zuführen könnten, verwehren. So wird sie die dreißig erreichen, dann die fünfunddreißig und vierzig. Wenn Aguiars Gattin stirbt, wird Fidélia sie nicht nur beweinen, sie wird ihr Andenken pflegen, und ihre Gefühle der Wehmut werden mit den Jahren wachsen. Der Bewerber aber wird verschwunden oder zu anderen Freuden weitergegangen sein.

Auch diesen heutigen Tag habe ich nachgelesen, und ich fürchte – besonders gegen Schluß – ihm einen gewissen poetischen oder romanhaften Anstrich gegeben zu haben; doch nichts von alledem, eher ist alles Prosa, ebenso wie die mögliche Wirklichkeit. Einen Beweggrund für den endgültigen Witwenstand der jungen Frau habe ich vergessen, die Erinnerung an ihren Mann. In fünf Jahren wird sie die Gebeine des Vaters in die Gruft des Ehemanns umbetten und die beiden auf Erden versöhnen, hat doch die Ewigkeit sie schon versöhnt. Hier wie dort läuft alle Politik darauf hinaus, daß die einen mit den anderen leben, so wie sie waren, und nie wird es anders sein.

8. September

Die beiden Ersatzkinder des Ehepaars Aguiar sind keineswegs aufeinander eifersüchtig, keines fühlt sich durch die Zuneigung, die das andere von den beiden Alten empfängt, zurückgesetzt.

Im Gegenteil, sie scheinen der Meinung, daß beider Anteil mit demjenigen wächst, den der andere gleichfalls empfängt. Das nenne ich gut und freundschaftlich teilen; es kommt vor, daß sich echte Söhne und Töchter nicht so vernünftig erweisen.

Schwesterherz Rita, mit der ich über diesen Eindruck sprach, ist derselben Ansicht. Doch fügt sie eine feinsinnigere Überlegung als diese hinzu, und ich zögere nicht, sie neben die meine zu setzen, um so weniger, als ich sie mit einer anderen, nicht weniger feinsinnigen parierte. Dies Lob hier sei uns beiden gegönnt. Immer wird es jemanden geben, der uns ein wenig herabsetzt, und so haben wir von vornherein den Ausgleich. Auch ist es nicht besonders schwer, sich selbst zu loben. Was Rita mir sagte, war folgendes:

»Dies Gefühl wird Tristão nicht schwer fallen, er ist ja nur vorübergehend hier.«

Ich parierte:

»Auch Fidélia wird es kaum schwerfallen, sie weiß ja, daß er bald wieder abreist.«

Nachdem unser beider Worte geschrieben dastehen, beginne ich an Ritas und meiner Feinsinnigkeit zu zweifeln. Wie kurz der Aufenthalt des jungen Mannes auch sei, er könnte Zuneigung für sich allein wollen, und sie desgleichen. Ich glaube nach wie vor, daß es die besondere Art der Elternliebe ist, welche die beiden so großherzig und offen macht. Ich wiederhole, was ich oben gesagt habe: es kommt vor, daß echte Kinder nicht so einträchtig miteinander umgehen.

Rita gab mir weitere Kunde aus dem Hause Aguiar, das ich seit etwa einer Woche nicht mehr aufgesucht habe. Alle bestätigen das freundliche Miteinander von Jung und Alt. Die vier verbringen die Tage im Gespräch, und gestern spielte die Witwe Noronha Klavier, nur ein wenig zwar, aber immerhin. Offenbar spielten sie einmal auch Karten. Rita wußte noch mehr:

»Fidélia, die sich seit dem Lyzeum nie mehr mit Handarbeiten beschäftigt hat, fängt jetzt ihrer Freundin nachzueifern an, und schon gestern haben sie gemeinsam gearbeitet. Als ich um zwei Uhr nachmittags ankam und die beiden Damen einander gegenüber sitzen und mit Nadeln hantieren sah, du kannst dir nicht vorstellen, mit welcher Freude sie mich da empfingen; Dona Carmo zeigte auch ein wenig Stolz, oder etwas von der Art. Sie häkelten ein Paar Kinderschühchen. Fidélias Handarbeit war nicht so vollkommen wie die der Älteren und nicht so weit fortgeschritten, doch Dona Carmo hätte noch schneller vorankommen können. Wenn sie ihren Fingern Einhalt gebot, dann vielleicht in der Absicht, die junge Frau nicht allzu weit hinter sich zu lassen. Ich wollte lachend fragen, wem von ihnen beiden sie solche Schuhe zudachten, doch dazu blieb mir keine Zeit. Fidélia kam mir zuvor und sagte, sie seien für das Kind, das eine verheiratete Bediente von Dona Carmo bei sich zuhause zur Welt gebracht habe. Dona Carmo hatte gerade mit dem Häkeln beginnen wollen, als Fidélia bei ihr auftauchte und Lust bekam mitzumachen. Dona Carmo war einverstanden, um den Anschein von Altweiberarbeit zu vermeiden.«

Was Schwesterherz mir sonst noch sagte, halte ich hier nicht fest, um nicht Papier und Zeit zu füllen, immerhin war es interessant. Hier nur so viel, daß Rita, wie auch Fidélia, von Dona Carmo zum Abendessen eingeladen wurde. Der alte Aguiar und Tristão waren nach dem Mittagessen spazieren gegangen, jedoch früh, gegen vier, zurückgekehrt. Die gestrige Parade – siebenter September – hatten sie nicht gesehen, mit Ausnahme eines Bataillons, das beim Jüngeren keinen Eindruck hinterließ. Alle Bataillone sähen gleich aus, meinte er. Anders die Nationalhymne, ja, die, so bekannte er, habe bei ihm manch nostalgische Erinnerung an Kindheit und Jugend geweckt, und daraus ergab sich das Gespräch über Musik, das Fidélia ans Piano führte. Die Witwe spielte nicht länger als vier oder fünf Minuten, auf Bitten Tristãos, der ihr einen Komponisten nannte; sein Name ist Rita entfallen, sie fand die Musik aber schön. Auch unterhielt man sich über europäische Dinge, und die beiden stimmten in ihren Auffassungen überein.

Dies alles vernahm ich in Andaraí, wo ich Rita heute zum Abendessen besuchte. Ich schlug ihr vor, hinterher mit mir nach Flamengo zu fahren, Schwesterherz lehnte ab; sie sei übermüdet und wolle schlafen. Ich kehrte allein zurück und begab mich zum Haus der Aguiars, wo die vier und der Obergerichtsrat sich aus Anlaß der heutigen Tagesheiligen über religiöse Feste unterhielten. Wieder tauschten die beiden jungen Leute europäische Impressionen aus und stimmten wirklich in ihren Erinnerungen überein. Die meinigen, als man mich danach fragte, beließ ich bei jenem zustimmenden Nicken, das hilfreich ist, wenn ein Gegenstand Überdruß oder Langeweile erzeugt, wie in diesem Fall bei mir.

Als Onkel und Nichte gegangen waren, blieb ich noch eine Viertelstunde bei den Aguiars. Morgen das übrige, auch ich bin müde.

9. September

Das Übrige ist die Nachricht von der Ankunft Osórios, des Advokaten der Banco do Sul, der unlängst nach Recife reiste, wo sein Vater krank lag und mittlerweile gestorben ist.

»Er ist betrübt zurückgekehrt, und die Trauer macht ihn noch betrübter«, sagte Aguiar.

»Ob es nur der Tod seines Vaters ist?«, fragte ich.

»Was sonst?«

»Hat mir nicht jemand gesagt, oder ich habe erraten, daß er ein wenig in Dona Fidélia verliebt war…?«

»Ja, das war er, und vielleicht auch mehr als ein wenig«, erläuterte Aguiar, »aber das ist natürlich schon vorbei.«

»Hat er sich ihr denn nicht erklärt?«

»Mit einer Geste womöglich; sie hat ihn wortlos abgewiesen, und das war schade, beide sind einander wert.«

Aguiar lobte die beruflichen Fähigkeiten des jungen Mannes, seine Wohlerzogenheit und seine Tugenden. Ich glaubte ihm alles, wie es sich gehörte, und hatte im übrigen keinen Grund zu irgendwelchen Zweifeln. Dona Carmo bestätigte die Worte ihres Mannes, ohne es schade zu finden, daß die beiden nicht geheiratet hätten. Diesen Punkt überging sie, diskreter als er.

Möglicherweise sprach aus ihm auch der Bankvorsteher. Unterdessen blätterte Tristão in einem Bildband mit Stichen.

Von Stichen spreche ich aus gutem Grund, denn als ich mich von ihm verabschieden wollte und er überaus höflich aufstand, hielt ich den Band von weitem für das Photoalbum. Dies aber war nicht der Fall; das Album lag daneben, aufgeschlagen just auf der Seite mit den Photographien von Dona Carmo und ihrem Ehemann. Tristão ließ den Band mit den Stichen ebenfalls aufgeschlagen und kam mit Aguiar zur Tür, wo ich mich von beiden verabschiedete.

9. September, am Nachmittag.

Es scheint, daß die Aguiars mich allmählich anstecken mit ihrer Sympathie für Kinder oder – hübscher ausgedrückt – mit ihrer Sehnsucht nach ihnen. Soeben, als ich durch die Rua da Glória kam, sind mir sieben Kinder begegnet, Knaben und Mädchen, größere und kleinere, die Hand in Hand in einer Reihe gingen. Ihr Alter, ihr Lachen und ihre Munterkeit fielen mir ins Auge, und ich blieb auf dem Bürgersteig stehen, sie anzuschauen. Sie alle waren so voller Anmut, schienen so ein Herz und eine Seele, daß ich vor lauter Wohlgefallen zu lachen begann. Hier würde meine Erzählung, wenn ich sie wirklich schreiben sollte, enden, wäre da nicht der Ausspruch eines der Kinder, eines Mädchens, das mich dastehen und lachen sah und zu seinen Freundinnen sagte:

»Guck mal den jungen Mann da, wie der uns zulacht.«

Dieses Wort hat mir gezeigt, was Kinderaugen sind. Mich mit diesem weißen Schnurrbart und mit diesem grauen Haar, mich haben sie einen jungen Mann genannt! Vermutlich meinen sie damit die Statur eines Menschen, ohne eine Altersbescheinigung zu verlangen.

Indem ich dies bei mir überlegte, ließ ich die Kinder vorüberziehen. Sie hüpften, blieben stehen, zogen einander nach rechts und links, unterbrachen mitunter die Reihe und schlossen sie gleich wieder. Ich weiß nicht, wohin sie sich verliefen; ich weiß nur, daß ich zehn Minuten später keines der Kinder mehr sah, dafür andere, allein oder zu zweit, teils mit Bündeln oder Körben bepackt, die ihnen auf Kopf oder Schultern lasteten, und so begannen sie zu arbeiten, während jene anderen noch immer nicht aufgehört hatten zu lachen. Ob ich vielleicht mein Aussehen als »junger Mann«, wie erstere Gruppe mich nannte, dem Umstand verdanke, daß ich im Knabenalter nichts zu tragen brauchte? Nein, das war es nicht. Jedes Alter gibt den Dingen sein eigenes Aussehen; die Kindheit sieht natürlicherweise alles frisch und grün. Auch letztere Gruppe, hätte ich gelacht, wäre der Ansicht gewesen, »der junge Mann dort lacht uns zu«, doch ich war ernst, nachdenklich, litt vielleicht, weil ich die Erschöpfung der Kinder spürte; diese sahen nicht, daß mein weißes Haar ihnen eigentlich hätte schwarz vorkommen müssen, und sagten gar nichts, gingen ihres Weges, so auch ich.

Vor meiner Haustür traf ich meinen Diener José, der behauptete, dort auf mich gewartet zu haben.

»Wozu?«

»Zu gar nichts; ich bin gekommen, um Eure Exzellenz hier unten zu erwarten.«

Das war gelogen; er war gekommen, seinen Beinen auf der Straße Zerstreuung zu bieten oder auf vorüberkommende Dienerinnen der Nachbarschaft, die ebenfalls Zerstreuung brauchten, ein Auge zu werfen; doch, da er anstellig ist, findig, höflich, ernsthaft, ein Freund seiner Pflicht, voller Talente und Tugenden, hat er lieber vornehm gelogen, als die Wahrheit zu gestehen. Ich habe ihm das vornehm verziehen und mich vor dem Abendessen schlafen gelegt.

Es war ein kurzer Schlaf, etwa zwanzig Minuten, gerade lang genug, um zu träumen, alle Kinder dieser Welt, mit oder ohne Traglast, bildeten um mich einen großen Kreis und tanzten einen so fröhlichen Tanz, daß ich vor Lachen beinahe platzte. Alle sprachen von »dem jungen Mann da, der soviel lacht«. Beim Aufwachen spürte ich Hunger, wusch mich, kleidete mich an und bin erst einmal gekommen, dies hier aufzuschreiben. Jetzt esse ich zu Abend. Dann werde ich wohl nach Flamengo gehen.

9. September, abends

Nach Flamengo gegangen. Die Witwe war nicht da, da war Osório, er schien mir nicht betrübt, wie Aguiar gesagt hatte, auch war er nicht fröhlich, er war wortkarg. Tristão, der ihm heute vorgestellt wurde, redete mehr als er, ohne viel zu reden. Ein uninteressanter Abend. Ich bin früh heimgekommen und gehe jetzt schlafen.

12. September

Als ich heute in die Stadt fuhr und gerade – es war zwei Uhr – aussteigen wollte, trat Fidélia in ihrer Witwen-Halbtrauer voller Grazie und Strenge auf die Straßenbahn zu. Natürlich kam sie vom Einkaufen. Wir grüßten uns, ich reichte ihr die Hand zum Einsteigen. Sie fragte mich nach meiner Schwester, ich sie nach ihrem Onkel, wir einander nach uns beiden, und es blieb uns noch Zeit, das folgende Halbdutzend Worte zu wechseln. Sie:

»So spät?«

»Meine ruheständlerische Bequemlichkeit hat mir nicht erlaubt, früher zu kommen«, sagte ich lachend und entfernte mich.

Die Tram fuhr ab. An der Ecke stand kein Geringerer als Dr. Osório ohne Augen, denn diese waren ihm entrissen, von Fidélia in der Tram mitgeführt; das schloß ich aus der Blindheit, mit der er mich übersah, als ich an ihm vorbeikam… Ach, diese stilistische Raffinesse!

Ich geriet ins Grübeln – ob die beiden vielleicht auf der Straße oder in dem von ihr besuchten Geschäft oder in der Bank zusammen gewesen seien, oder in der Hölle, die auch ein Ort für

Verliebte ist, gewiß für lasterhafte Verliebte, *del mal perverso.* Ich glaubte es nicht und begriff, daß er, mochte er sie auf der Straße auch gegrüßt haben, sie nicht anzusprechen wagte und ihr nur von weitem folgte, bis er sie einsteigen und abfahren sah.

Auch glaubte ich etwas anderes, nämlich daß die alte, abgewiesene Leidenschaft in ihm nicht erstorben war oder daß sie beim erneuten Anblick der Dame immer wieder auflebte. Und zwar nicht um ihres jetzigen Reichtums willen, denn schon vorher war sie Alleinerbin und lebte von eigenem Vermögen. Nein, Osório ist ein guter Mensch, und Aguiar selbst versichert, die beiden seien einander wert.

Unter solchen Vermutungen ging ich in Richtung Polytechnische Hochschule und sah ihn an mir vorüberkommen, gesenkten Kopfes, ich weiß nicht, ob traurig oder fröhlich, seinen Gesichtsausdruck konnte ich nicht erkennen. Doch gesenkter Kopf bedeutet offensichtlich Traurigkeit, die Freude sendet glückliche Blicke nach rechts und links, bisweilen auch gen Himmel. Eine Annahme meinerseits, sie kann auch unrichtig sein. Richtig ist und gewiß, daß jener Advokat um zwei Uhr nachmittags jungen Frauen nachging, statt auf dem Gericht zu sein – entweder ein schlechter Advokat oder ein glücklicher Verliebter.

14. September

Weder das eine noch das andere. Was meine Bemerkung von vorgestern über Osório betrifft, so ist er weder ein glücklicher Verliebter – nach dem, was Aguiar mir heute gesagt hat –, noch ein schlechter Advokat – nach dem, was ich in den Zeitungen gelesen habe. Gelesen habe ich, daß die Banco do Sul in einem Rechtsstreit obsiegt hat, und Aguiar hat nicht mit Lobsprüchen über den Eifer gespart, mit dem Osório die Sache vor seiner Abreise und nach seiner Ankunft betrieben hat. Hier war ein Mann, bei dem sich Eifer und Traurigkeit paaren, und das könnte durchaus symbolisch werden, wenn Osório der Eifer ist und Fidélia die Traurigkeit. Womöglich heiraten sie doch noch. Aber auch nach ihrer Weigerung? Alles ist möglich unter der Sonne – und über ihr ebenfalls, Gott weiß es.

18. September

Ich komme von dem Paar Aguiar und mag nicht zu Bett gehen, ohne vorher aufzuschreiben, was sich dort begeben hat. Ich kam zu früher Stunde, das alte Paar war allein und empfing mich wie ein Mitglied der Familie.

»Der dritte im Bunde der Alten trete ein«, sagte Aguiar, »um den beiden Einsamen und Verlassenen Gesellschaft zu leisten.«

Dieses Wort, das eines der Klage hätte sein können, wurde lachend ausgesprochen, und ich erkannte am Ton, daß es heiter war. Er sagte es fast an der Tür zum Wohnzimmer, wo er mir entgegenkam, während seine Frau in einem der beiden Schaukelstühle saß, die wie zweisitzige Konversationsstühle spiegelbildlich zueinander standen und in denen sie ihre einsamen Stunden verbrachten. Ich erwiderte, ich brächte mein Alter mit, um es mit ihrer beider Alter zu addieren und mit ihnen eine einzige, grüne Jugend zu bilden, wie es sie nicht mehr gebe auf der Welt. Über dieses abgegriffene, triviale Thema sagten sie ebenfalls Erheiterndes, und so vergingen die ersten Minuten.

»Sie würden uns vielleicht gar nicht antreffen, wenn ich nicht ein krankes Knie hätte«, sagte Dona Carmo.

»Ein krankes Knie«?

»Das Knie hier tut mir ein bißchen weh, und beim Gehen reagiert es empfindlich. Tristão ist allein zum Obergerichtsrat gegangen, wo sich heute ein paar Richterfreunde treffen. Aguiar wollte auch hin, aber Tristão riet ihm zu bleiben; er selbst übernehme es, alle Entschuldigungen auszurichten, und so ist er allein gegangen.«

»Er meinte, ich solle bleiben, um der Patin Gesellschaft zu leisten«, erläuterte Aguiar. »Wenn ich dennoch ginge, wäre er selbst zu bleiben imstande, um sie nicht allein zu lassen.«

»Das ist durchaus möglich«, sagte Dona Carmo mit den Augen.

Nur mit den Augen. Mit dem Mund sagte sie gleich darauf, vielleicht sei er auch in der Erwartung gegangen, dort junge Frauen zu sehen. Wahrscheinlich brächten die älteren Freunde ihre Töchter mit.

»Dann wird dort etwas gefeiert?«, fragte ich.

»Nein, Geheimrat«, entgegnete Aguiar; »es sind einfach drei oder vier Freunde, die gestern vereinbart haben, sich heute dort zu treffen, und sie haben dem Obergerichtsrat Bescheid gesagt. Das hat uns Fidélia gestern erzählt, als sie hier war.«

Und Dona Carmo griff ihre vorige Bemerkung wieder auf:

»Einige werden ihre Töchter mitbringen, und für einen jungen Mann ist es ein natürlicher Wunsch, Mädchen zu sehen. Tristão findet seine Landsmänninnen überaus reizend; das hat er mehr als einmal gesagt. Im übrigen, wenn keine dort ist, wird er seinen Besuch wahrscheinlich früh beenden und nach Hause kommen. Unsere Freundschaft mit Tristão wird immer enger.«

Ich kannte dieses andere Thema und nickte. Aguiar sagte das gleiche. Worüber er nichts sagte, was ich auch nicht erwartete, das war der melancholische Ton, den seine Frau in die Unterhaltung brachte und den ich, so gut ich konnte, zu mildern suchte.

»Die Tage verrinnen«, sagte sie, »und die letzten werden noch schneller verinnen; bald geht unser Tristão nach Lissabon zurück und kommt niemals wieder, oder er kommt, um unsere Gruft zu besuchen.«

»Aber Dona Carmo! Lassen Sie doch diese traurigen Gedanken.«

»Carmo hat recht«, schaltete ihr Mann sich ein; »die Zeit, bis er abreist, vergeht in Windeseile, und wir haben keine Macht über sie, um ewig am Leben zu bleiben.«

»Wir alle gehen dorthin«, sagte ich. »Der Tod ist auch ein Obergerichtsrat, er hat viele Freunde, die dort die Abende verbringen, und wer von ihnen Töchter hat, bringt seine Töchter mit. Das ist gewiß, doch am besten denkt man nicht daran.«

»Nicht daran denke ich, sondern an ihn«, verbesserte Dona Carmo, »ich spreche von unserm Tristão, der bald abreisen wird.«

Ich sagte lächelnd:

»*Er* wird abreisen, ich glaube es, doch *sie* wird bleiben«.

Ich hob die Fürwörter gut hervor, was nicht nötig gewesen wäre; Carmo verstand mich sofort und genau. Der heitere Ausdruck, der ihr Gesicht überstrahlte, zeigte, daß sie die Anspielung auf die schöne Fidélia verstanden hatte. Ein starker Trost. Dennoch, Trost gilt nur dem, was schmerzt, und der Schmerz, den einen zu verlieren, wäre nicht geringer als die Freude, die andere zu behalten. Sogleich sah ich auf dem Gesicht der guten Dame den einen wie den andern Ausdruck, die sich beide zu einem einzigen verbanden, einer Art Halbtrauer. Aguiar dürfte ebenso gefühlt haben wie seine Frau, doch von Berufs wegen sind Bankiers genötigt und gewöhnt, sich zu verstellen. Und womöglich hat das Paar noch nicht über Tristãos baldige Rückkehr gesprochen; Glückseligkeit klingt wie Ewigkeit, und diese beiden waren glückselig.

Sie waren glückselig, und es war der Ehemann, der Tristãos neue Vorzüge aufzuzählen begann. Gern überließ seine Frau sich derselben Beschäftigung, und ich hatte beide mit jener Gutwilligkeit anzuhören, die einer meiner Vorzüge ist, kein neuer übrigens. Ich habe ihn gewissermaßen von der Schule – wenn nicht von der Wiege – mitgebracht. Meine Mutter pflegte zu erzählen, ich hätte selten geweint, um die Brust zu bekommen; ich hätte nur ein mürrisches, flehendes Gesicht gemacht. In der Schule zankte ich mit niemandem, ich hörte dem Schulmeister zu, hörte den Kameraden zu, und wenn diese sich gelegentlich entzweiten und stritten, machte ich aus meinem Gemüt einen Zirkel, der mit seinen Spitzen die beiden Gegensätze verband. Am Ende prügelten sie sich und liebten mich.

Ich will mich keineswegs loben... Wo war ich stehengeblieben? Ach ja, bei den Vorzügen des jungen Mannes, von denen die beiden Alten erzählten. Sie sagten keine Unwahrheit, allenfalls mochten sie da und dort übertreiben, doch die Vorzüge, die sie nannten, mußten wohl wirklich vorhanden sein: er sei gut, liebevoll, aufmerksam, gerecht, reinen Herzens, friedlichen Naturells, wohlerzogen, wenn nötig aufopferungsvoll. Sie hatten bei seiner Ankunft weder Bosheit noch Makel an ihm gefunden; jetzt aber waren die alten Vorzüge verfeinert, und neue traten hervor. Wäre ich auch mit den Aguiars nicht einverstanden gewesen, ich hätte nichts davon gesagt, um sie nicht zu verärgern, doch was wußte ich schon, das dieser Freundesmeinung entgegenzuhalten wäre? Gar nichts; ich stimmte ihnen beiden zu.

Dona Carmo mochte erkennen, daß diese Thematik Außenstehende langweilen könnte, und gab der Unterhaltung eine neue Richtung. Allerdings nicht ganz; sie sprach vom Obergerichtsrat Campos und von dem, was es dort Neues gebe. Ich war neugierig, etwas über Osórios Herzenszustand zu hören und fragte – listigerweise, wie ich zugebe –, ob er nicht vielleicht auch dort sei, zumal er auch mit dem Gericht zu tun habe. Aguiar meinte gleich, das sei durchaus möglich, je nachdem. Darüber sprachen wir ein wenig, und die Vorzüge des Advokaten wurden noch einmal gewürdigt, doch waren sie weder so zahlreich noch so belangreich wie diejenigen Tristãos. Sie sprachen mit Sympathie von Osório, Aguiar mehr als Dona Carmo, es waren im Grunde Bank- und Gerichtsbeziehungen.

»Ob bei ihm nicht doch noch ein Funke von früher glimmt?«, fragte ich.

»Gut möglich, und das ist wohl ein weiterer Grund zur Flucht«, schloß er.

Ich wollte nicht sagen, was ich auf der Straße gesehen hatte, und im übrigen war seine Schlußfolgerung keineswegs falsch. Dona Carmo hörte jetzt wortlos, doch aufmerksam zu. Das Taktgefühl dieser Dame ist so vollkommen, wie ich es nur je im Leben gefunden habe. Auf diese Thematik wollte sie sich nicht einlassen, und auch der Ehemann säumte nicht davon abzulassen. Ich hielt weder sie noch ihn davon ab.

So ist das Schicksal der glücklos Liebenden; sogar die Freunde, und ein solcher scheint Aguiar für Osório zu sein, wenden sich bald darauf anderen Dingen zu. Jene mögen allein damit fertig werden. Wir gingen dazu über, etliche Begebenheiten aus der Gesellschaft und die letzten literarischen Neuigkeiten aus Paris zu besprechen. Zu diesem Kapitel weiß Dona Carmo mehr als ich, und weit mehr als ihr Ehemann, der gar nichts weiß; doch Aguiar beteiligte sich an der Konversation, als wüßte er einiges. Er kauft ihr die Bücher, die sie liest und ihm dann mündlich resümiert. Da er ein gutes Gedächtnis hat, kann er die geschriebenen Geschichten ebenfalls nacherzählen, mit dem Unterschied, daß Dona Carmos Darstellung dank ihrem unmittelbaren Leseeindruck lebendiger und ansprechender ist. Über manch einen zeitgenössischen Autor habe ich sie viel Feinsinniges und Treffendes sagen hören. Selbstverständlich würde sie, wenn ihr Ehemann ebenfalls Schriftsteller wäre, ihn besser als jeden anderen finden, denn sie liebt ihn wahrhaftig, ebenso oder mehr als am ersten Tag; so der Eindruck, den sie noch heute auf mich gemacht hat.

Ich kehrte, um ihnen gefällig zu sein – und ein wenig mir selbst, denn auch ich wollte mich an ihnen erfreuen – zu beider Hauptanliegen zurück, das weder Fidélia noch Tristão allein sein kann, sondern beide gemeinsam.

»Was meinen Sie, wenn die beiden Ihre Kinder und füreinander Geschwister wären, wäre das nicht besser, als daß sie mit Ihnen nur befreundet und einander fremd sind?«

Es war das erste Mal, daß ich ihnen dergleichen sagte, und ihr Interesse war so groß, daß sie das Thema aufgriffen, um hochinteressante Dinge zu sagen, die ich jetzt nicht notiere, weil es spät ist, die mir aber hier im Gedächtnis haften. Nur soviel sei gesagt, daß Dona Carmo, als ich ging, trotz ihres schmerzenden Knies und ungeachtet all meiner Bitten, sich zu schonen, mich zur Wohnzimmertür begleitete. Aguiar ging bis zur Gartenpforte mit, während sie ans Fenster trat und mich von dort erneut zum Abschied grüßte.

»Hüten Sie sich vor dem Abendtau, gute Nacht«, sagte ich von unten.

»Gute Nacht«.

Dona Carmo trat vom Fenster zurück. Aguiar und ich gaben uns die Hand. Schon im Begriff, den Garten zu verlassen, fiel mir ein, von dem Hund zu sprechen, der dort bestattet lag. Ich kam nicht gleich darauf zu sprechen, machte drei oder vier Anläufe, die so kurz waren, daß sie nur eine Minute dauerten, wenn überhaupt. Aguiar hörte mir erstaunt und betreten zu.

»Wer hat Ihnen das erzählt?«

»Dr. Tristão.«

Ich wollte Campos, der ebenfalls von dem Hund gesprochen hatte, nicht erwähnen. Aguiar gestand es ein, erst schweigend, dann redend, aber er redete nicht viel. Er bestätigte, das Tier sei ihnen ein guter Freund gewesen, und erzählte mir, wie seine Frau unter seiner Krankheit und seinem Tod gelitten hätte. Von sich sagte er nichts, doch auch er hat gelitten; er schaute auf einmal zur Mauer und fuhr nach einer Pause fort:

»Tristão hat sicher über unsere Anhänglichkeit gelacht?«

»Im Gegenteil, er hat sehr lobend von Ihnen gesprochen, er hat ein gutes Herz, dieser junge Mann.«

»Ein sehr gutes«.

Obwohl ich nicht zu melancholischen Stimmungen neige und auch nicht der Ansicht bin, daß solcher Kummer zum Bankiersberuf paßt, empfand ich beim Abschied Sympathie. Ich kam durch die Rua da Princesa, dachte an ihn und an sie, ohne auf einen Hund zu achten, der meine Schritte auf der Straße hörte und aus einem Villengrundstück bellte. Nie fehlt es an Hunden hinter uns, die einen häßlich, die anderen schön, und alle lästig. Wie ich der Rua do Catete näher kam, ließ sein Gebell allmählich nach, und da war mir, als schicke er mir folgende Botschaft: »Mein Freund, forschen Sie nicht nach dem Grund meiner Rede; man bellt, wie man stirbt, das ist der Beruf der Hunde, und der Hund des Ehepaars Aguiar hat früher ebenfalls gebellt; jetzt vergißt er es, das ist der Beruf der Verstorbenen.«

Diese Rede schien mir so subtil und so dreist, daß ich es vorzog, sie irgendeinem Hund zuzuschreiben, der in meinem eigenen Gehirn gebellt haben mochte. Als ich jung und in Europa unterwegs war, hörte ich über eine gewisse Sängerin, sie sei ein

Elefant, der eine Nachtigall verschluckt habe. Ich glaube, es war die Alboni, groß und grob von Leibesgestalt, die Stimme ein Hochgenuß. Ich werde wohl also einen philosophierenden Hund verschluckt haben, und der Ausspruch wird wohl ganz und gar sein Verdienst sein. Wer weiß, was mein Koch mir irgendwann einmal serviert hat? Für mich war dies nichts Neues, die Stimmen Lebender mit den Stimmen Verstorbener zu vergleichen.

20. September

Jener 18. September – vorgestern – wird mir wegen des Abends, den wir drei Alten zusammen verbrachten, fester und heller im Gedächtnis bleiben als andere Tage. Womöglich habe ich ihn weder vollständig noch besonders gut aufgeschrieben; doch gut genug, um gestern und heute beim Nachlesen des Geschriebenen zu spüren, daß es lebhafte, reizvolle Erinnerungen in mir weckt: die gute alte Dame, der gute alte Herr, die beiden Ersatzkinder... Ich nenne sie weiterhin so, weil ich keine bessere Bezeichnung finde.... Und vor allem jenes mittlere oder getrübte Glück von Menschen, die eines von zwei Himmelsgeschenken demnächst verlieren werden, dieser Ausdruck, der mir bei Dona Carmo noch ausgeprägter schien als bei Aguiar...

21. September

Als ich heute das Haus verließ, sah ich auf der anderen Straßenseite die Schwester des Maklers Miranda, Dona Cesária, vorübergehen, so vergnügt, als spräche sie schlecht von mir, dabei sprach sie gar nicht – sie war allein unterwegs –, es sei denn, sie spräche von mir mit sich selbst; mit sich allein aber hätte sie daran weniger Spaß. Wir grüßten uns und gingen unserer Wege.

...bezaubernde Fidélia! Ich schreibe dies nicht, weil ich sie begehren würde, sondern weil sie es wirklich ist: bezaubernd! Hat dieses Gottesgeschöpf, als wir uns heute morgen begegneten, mir nicht sogar dafür gedankt, daß ich ihren Freunden in Flamengo am Abend des 18. September Gesellschaft geleistet hatte?

»Das war kein Verdienst, ich bin einfach hingegangen, habe die beiden allein angetroffen und bin den Abend über geblieben«, sagte ich.

»Gewiß, und Dona Carmo sagte mir, wenn es kein vollkommener Abend war, dann nur deshalb, weil Dr. Tristão und ich ihr gefehlt hätten, doch immerhin hätten Sie, Geheimrat, das Kunststück vollbracht, daß man uns nicht vermißte.«

Ich lächelte ungläubig und erklärte dann, wie sich die Sache verhielt, ich hätte ja nur deshalb bewirken können, daß man die beiden Abwesenden nicht vermißte, weil sie der eigentliche Gesprächsstoff gewesen seien...

»Das hat Dona Carmo mir nicht gesagt«, fiel Fidélia verwundert ein.

»Das wird sie Ihnen auch nicht sagen; und Sie sollten sie nicht danach fragen. Am besten glauben Sie, daß ich mit meinem weißen Haar dazu beigetragen habe, die Zeit auszufüllen. Sie ahnen ja gar nicht, was drei ältere Menschen alles so reden können, wenn sie erst einmal angefangen haben, sich einer Sache mit Herz und Verstand zu widmen.«

»Ich weiß, ich weiß, in letzter Zeit sehe und höre ich Sie drei ja öfter.«

»Wer aber jedesmal der Unterhaltung Frische und Lebendigkeit gibt, das sind Sie.«

Es war die Wahrheit, und es war ein Kompliment; Fidélia lächelte dankbar und verabschiedete sich. Ich – hier sei es gesagt vor Gott und dem Teufel, falls auch dieser Herr mich mein Heft mit Erinnerungen füllen sieht – überließ mich dem Drang, ihr nachzugehen. Es war keine Neugier, noch weniger etwas anderes, es war der reine ästhetische Genuß. Sie hatte einen anmutigen Gang, sie war, was ich oben sagte: bezaubernd. Sie ließ sich nicht anmerken, daß sie es wußte, doch sie mußte es wissen. Ich habe noch keine Bezaubernde gefunden, die es nicht wüßte. Die bloße Vermutung, es zu sein, drängt eine Frau zur Überzeugung, daß sie es ist.

Am Largo de São Francisco, nahe der Kirche, stand ein Wagen für sie bereit. Wir kamen aus der Rua do Ouvidor, zehn Schritt entfernt. Ich blieb an der Ecke stehen, sah sie schreiten, stehen bleiben, mit dem Kutscher sprechen, in den Wagen steigen, der sogleich durch eine Querstraße fortrollte, natürlich in Richtung Botafogo. Als ich umkehren wollte, gewahrte ich den jungen Tristão, der von der Mitte des Platzes dem Wagen nachblickte, als hätte er sie einsteigen sehen. Er wandte sich nunmehr nach der Rua do Ouvidor und sah mich ebenfalls; ich hielt inne, um auf ihn zu warten. Er näherte sich mit geblendeten Augen und diesen Worten auf den Lippen: »Ein großes Talent!«

Ich begriff, er meinte ihr musikalisches Talent, und dennoch war ich nicht weniger verblüfft, beinahe vergaß ich, ihm beizustimmen. Mit Wort und Gebärde stimmte ich bei, ohne irgendetwas zu verstehen. Auch ich bin ein Freund der Musik, und ich bedaure, nicht irgendein Instrument zu spielen, um mir die Einsamkeit zu erleichtern; und dennoch, wäre ich er und sähe sie auf dem Largo de São Francisco stehen und in eine Kutsche steigen, ich würde – allen Schumanns samt ihren Rivalen zum Trotz – nicht diesen Ausruf von mir geben, vielmehr einen anderen, zwar ebenfalls aus der Ästhetik, doch nicht aus der Ästhetik des Hörbaren, sondern aus der des Sichtbaren. Ich verstand nicht sogleich.

Später, als wir uns an der Ecke der Rua da Quitanda trennten, begann ich zu sinnieren, ob er, als er mich gewahrte, sich in jene Worte faßte, um zu zeigen, daß er an Fidélia vor allem andern die musikalische Kunst bewundere. So mag es sein; in ihm steckt viel Gefaßtheit und einige Verstellung. Er wollte nicht als Bewunderer hübscher Füße erscheinen; lieber spielte er auf ihre geschickten Finger an. Alles galt schließlich ein und derselben Person.

30. September

Schriebe ich einen Roman, würde ich die Seiten vom 12. und 22. dieses Monats streichen. Ein Roman würde eine solche Gleichartigkeit von Ereignissen nicht gestatten. An beiden Tagen – die ich dann Kapitel nennen würde – traf ich die Witwe Noronha, wechselte mit ihr einige Worte, sah sie in die Tram oder die Kutsche steigen und fortrollen, und bemerkte anschließend zwei Personen, die sie zu bewundern schienen. Beide Kapitel würde ich streichen oder deutlich voneinander absetzen, jedenfalls die exakte Wahrheit mindern, die mir in diesem Tagebuch tauglicher scheint als in einem Werk der Einbildungskraft.

Da habe ich nun viele Seiten zurück von den Symmetrien im Leben gesprochen und als Beispiel Osório und Fidélia erwähnt; sie beide hatten kranke Väter, die anderswo lebten; sie beide besuchten sie, jeder für sich. Dies alles widerstrebt den Werken der Einbildungskraft, die Abwechslung und sogar Widerspruch in den Verhaltensweisen fordern. Das Leben jedoch ist ebendies: eine Wiederholung von Handlungen und Gesten, etwa bei Empfängen, Mahlzeiten, Besuchen und anderen Vergnügungen, und ebenso verhält es sich im Bereich der Arbeit. Die Begebenheiten, wie sehr der Zufall sie webe und bewege, treten oftmals in Zeit und Umständen gleichartig auf; so in der Geschichte, so in allem übrigen.

Diese Begründungen gebe ich mir selbst, um mein krankes Knie erwähnen zu dürfen, dem es ebenso geht wie dem von Dona Carmo. Eine weitere Gleichartigkeit von Situationen… Mit zwei Unterschieden. Erstens ist das Übel bei ihr erwiesenermaßen reiner Rheumatismus. Bei mir desgleichen, mein Diener José aber nennt es Neuralgie, weil dies entweder eleganter oder weniger schmerzhaft klingt; das ist eine seiner Arten, seinen Dienstherrn zu lieben. Und zweitens…

Der zweite Unterschied – ach Gott! – der zweite Unterschied ist der, daß Dona Carmo, auch wenn das Knie sie noch so schmerzt, immerhin ihren Ehemann und ihre beiden Ersatzkinder hat. Ich habe eine Ehefrau, die in Wien unter der Erde liegt, und keines meiner Kinder ist aus der Wiege des Nichts hervorgegangen. Ich bin allein, ganz und gar allein. Die Geräusche von draußen, Wagen, Zugtiere, Menschen, Klingeln und Pfiffe, nichts davon lebt für mich. Allenfalls meine Wanduhr, wenn sie die Stunden schlägt, scheint irgendetwas zu sagen – doch sagt sie es langsam, knapp und düster. Ich selbst komme mir beim Nachlesen dieser letzten Zeilen wie ein Totengräber vor.

Schwesterherz Rita hat nicht nach mir geschaut, weil sie nichts weiß, und ist in letzter Zeit wohl auch nicht ausgegangen; ich weiß, sie ist wohlauf. Meine Beschwerden haben vor acht Tagen begonnen. Nachts schlafe ich gut, doch das Gehen tut mir nicht gut, es schmerzt. Morgen, wenn ich mich beim Aufwachen nicht schlechter fühle, gehe ich außer Haus.

2. Oktober

Es geht mir besser, aber es hat geregnet, und ich bin nicht außer Haus gegangen.

3. Oktober

»Es war ein Duell zwischen mir und dem Alter, das mir die Kugel hier ins Knie geschossen hat, ein rheumatischer Schmerz. Sie sind doch sicher zum Abendessen gekommen?«

Der Obergerichtsrat verneinte; man habe ihm gesagt, ich sei krank, und er habe nach mir schauen wollen. Dona Carmo gehe es ebenfalls besser mit ihrem Knie. Sie verlasse schon das Haus, aber nur wenig, und spaziere auf der Strandstraße Praia do Flamengo bis zur Praia do Russel.

»Immer mit der jungen Freundin, nicht wahr?«

»Nicht immer, da ist ja auch noch ihr Tristão, der ihr vormittags Gesellschaft leistet. Fidélia läßt Ihnen Grüße ausrichten, und vielleicht schaut ja heute Aguiar herein; die beiden haben, ebenso wie ich, gestern abend von Ihren Beschwerden erfahren.«

Anschließend erzählte mir Campos, seine Nichte wolle einige Zeit auf der Fazenda zubringen.

»Die Freigelassenen haben angefangen, trotz der Zuneigung, die sie für die junge Frau hegen oder zu hegen behaupten, die Arbeit im Stich zu lassen, und bevor Fidélia den Verkauf des Ganzen abschließt, will sie schauen, wie dort die Dinge stehen.«

Ich verstand nicht recht, doch es kam mir nicht zu, um Aufschluß zu bitten. Campos war so freundlich, mir zu sagen, daß er die Absicht seiner Nichte ebenfalls nicht recht verstehe, und fügte hinzu, wenn es nach ihr ginge, würde sie sofort zum Landgut fahren. Dann aber habe Dona Carmos Krankheit sie bewogen, den Vorschlag des Onkels anzunehmen, nämlich die Reise bis zu den Ferien aufzuschieben.

»Wir werden in den Ferien fahren«, schloß er, »wahrscheinlich wird die Arbeit schon gänzlich zum Stillstand gekommen sein, und wenn der Verwalter es bis heute nicht fertig gebracht hat, die Freigelassenen am Weggang zu hindern, wird er es bis dahin erst recht nicht fertig bringen. Fidélia glaubt, ihre Anwesenheit werde genügen, die Abwanderung aufzuhalten.«

»Folglich, je eher sie hingeht…«, warf ich ein und versuchte zu lächeln.

»Das war auch Fidélias Argument; ich aber glaube, ganz so schlimm wird es nicht kommen, und da ich sie begleiten muß, gehe ich lieber im Dezember als im Oktober. Mir will scheinen, sie fürchtet weniger die Flucht der Freigelassenen als etwas anderes…«

Er sprach nicht zu Ende, stand auf, um eine Schleife am Vorhang zurechtzuziehen, und als er zurückkam, kratzte er sich am Kinn und schaute zur Decke. Er setzte sich und schlug die Beine übereinander. Ich, um nicht ins Fragen zu kommen, knüpfte an die Körperbewegung des Obergerichtsrats an und bemerkte, er habe soeben mit den Beinen etwas getan, das mir noch ein wenig schwer fallen würde; aber es war, wie wenn ich zum Vorhang gesprochen hätte, zur Schleife oder zur Strohmatte auf dem Boden. Campos erwiderte nichts, vermutlich hatte er mich nicht einmal gehört. Er erhob sich, wünschte mir gute Besserung und empfahl sich auf baldiges Wiedersehen. Ich wiederholte, er solle doch zum Abendessen bleiben.

»Ich kann nicht; ich erwarte Besuch; Tristão kommt zum Essen.«

Um ihm zu zeigen, daß ich auf dem Wege der Besserung sei, brachte ich ihn festen Schrittes bis zum Treppenabsatz. Ich dankte ihm für seinen freundlichen Besuch und kehrte ins Wohnzimmer zurück, die Witwe auf der Fahrt zur Fazenda vor Augen. Was aber trieb sie zu jenem Landgut mit seinem Halbdutzend Freigelassenen, falls sie dort überhaupt noch welche vorfinden sollte? Etwas später kam ein weiterer Besucher, Aguiar, der mir Grüße von seiner Frau überbrachte. Er war erfreut, mich mitten im Wohnzimmer auf den Beinen zu sehen.

»Das wäre nicht nötig gewesen«, sagte ich ihm, »es war so gut wie nichts, ich bin schon fast gesund, und noch heute, wenn der Regen aufhört, was er wohl tun wird, werde ich Sie, wenn wir gegessen haben, nach Hause begleiten. Sie essen doch bei mir zu Abend?«

»Ich kann nicht; ich bekomme Besuch. Einer der Gäste würde es mir nicht verübeln, nämlich Fidélia, die bei uns essen wird und fast zur Familie gehört. Aber es kommt auch ein Kollege von der Bank.«

»Dann werde ich Sie begleiten und eine Tasse Tee bei Ihnen trinken«.

»Gehen Sie, wenn Sie wollen, aber gehen Sie lieber nicht, das ist mein guter Rat. Auch wenn es nicht regnen sollte, so hängt doch immer Feuchtigkeit in der Luft, und für Ihr Rheuma...«

»Dona Carmo ist aber in letzter Zeit ausgegangen, soweit ich weiß.«

»Gewiß, und man kann sagen, sie ist wohlauf. Dennoch, heute ist sie nicht ausgegangen, und zwar des Wetters wegen.

Gehen Sie, wenn Sie wollen, ich an Ihrer Stelle würde es nicht tun.«

Weiter sagte er nichts und verabschiedete sich. Mir schien – vielleicht eine Einbildung –, daß er noch etwas sagen wollte und schließlich doch nicht wollte. Ich weiß nicht, was. Wäre ich wegen der Luftfeuchte nicht selbst ein wenig besorgt, würde ich die beiden Aguiars heute abend besuchen, doch die Feuchte ist gewiß, und der Regen wohl auch. Ich bleibe zuhause. Falls irgendein Schachspieler auftaucht, spiele ich Schach; falls nur ein Kartenspieler, Karten. Falls niemand auftaucht, riskiere ich es, in Gedanken ein Gedicht zu verfassen.

6. Oktober

Rita, lieb Rita, wo bist du jetzt?
Den kranken Bruder besuchst du zuletzt,

und das übrige Poem folgt in Prosa, denn weiter reicht meine Muse nicht. So habe ich es abgefaßt, nicht damals am Abend des 3., sondern heute, an dem des 6. Oktobers, soeben zurück aus Andaraí, wohin ich Schwesterherz begleitet hatte. Heute morgen war sie hier aufgetaucht. Auch andere Besucher, Freunde und selbst Gleichgültige, hatten sich eingefunden, wie jener Dr. Faria, der mir Grüße von seiner Frau überbrachte, und der Makler Miranda, der mir solche von der seinigen ausrichtete. Tristão war vorgestern hier, und ich selbst ging an jenem Nachmittag aus, ebenso wie gestern morgen. Ich bin gesund, was mich nicht davon abhielt, Rita eine Undankbare zu nennen. Sie gestand mir, sie gehe seit über drei Wochen nicht aus dem Haus, um zu sehen, ob sie nicht doch einen Bruder habe, der an sie denkt.

»Den hattest und den hast du«, gab ich zurück, »aber einen, der erst jetzt vollkommen genesen ist.«

Ich erzählte ihr von meinen Schmerzen und meiner Zurückgezogenheit. Rita, die anfangs ungläubig lachte, war schließlich überzeugt und betrübt. Natürlich machte sie mir Vorwürfe; ich wolle, entgegnete ich, mir ihren Besuch für die letzte, tödliche Krankheit aufsparen. So wechselten wir manch herzliches, liebevolles, bisweilen auch heiteres Wort. Meine Frage, ob sie bei den Aguiars oder der Familie Campos gewesen sei, verneinte sie. Wäre sie, setzte sie hinzu, dort gewesen, hätte sie nicht erst hier von meinem Ungemach erfahren.

»Dann weißt du also nichts von ihrer Absicht, zur Fazenda zu fahren?«, fragte ich sie.

»Wessen Absicht?«.

»Der Witwe Noronha.«

»Zur Fazenda?«

»Ja, nach Santa-Pia, um nachzusehen, was dort vor sich geht; offenbar sind die früheren Sklaven dabei, die Ländereien zu verlassen. Das sagte mir der Onkel der Witwe.«

»Davon habe ich nichts gehört. Seit fast einem Monat gehe ich nicht aus dem Haus. Aber warum fährt denn nicht der Onkel hin?«

»Der Onkel fährt ja hin, aber mit ihr; seine Nichte will seine Begleitung, aber nur eben seine Begleitung, offenbar nicht auch seine Mitwirkung. Sie fahren in den Ferien. Dieses Bedürfnis, selbst zu fahren, begreife ich nicht, wo doch ein Mann für so etwas besser wäre.«

Rita wollte sich bei Fidélia selbst erkundigen. Ich gab ihr zu bedenken, das sei indiskret und würde den Eindruck einer gewissen Neugier unsererseits erwecken. Sie ging, um Dinge zu erledigen, und kehrte nach einiger Zeit zurück. Ich gestehe etwas: kaum hatte ich sie gehen sehen, da stellte ich mir vor, ob sie vielleicht gegangen sei, sich bei der Witwe oder ihren Freunden nach dem wahren Grund der Reise zu erkundigen, und das sagte ich ihr beim Abendessen. Sie wurde ernst und schüttelte den Kopf. Hätte sie mir ihr Nein beschworen, so hätte sie mir wahrscheinlich den Stachel des Zweifels eingesenkt, doch sie plauderte ganz natürlich und erzählte von den Besuchen, die sie gemacht habe, einen bei Dona Carmo.

»Carmo ist gesund wie ein Fisch im Wasser«, sagte sie; »sie empfing mich heiter, so heiter, wie nur sie es vermag, mit einer von innen kommenden Heiterkeit, so schlicht, so offen... Wir sprachen über Fidélia, über Tristão, sie mit der Warmherzigkeit und Innigkeit, die du ja von ihr kennst.«

»Weiß sie noch nichts von der Reise zur Fazenda?«

»Doch, und es sieht so aus, als würden sie nun nicht mehr bis zu den Ferien warten; in wenigen Tagen ist es soweit. Carmo weiß von der Reise und ihrem Beweggrund und billigt ihn; die Witwe sei bei den Freigelassenen sehr beliebt. Wenn Dona Carmo könnte, würde sie mitfahren, aber dann wäre Aguiar allein, was unmöglich ist, und andererseits kann er jetzt nicht weg von der Bank.«

»Aber er wäre ja gar nicht allein, Tristão ist doch da.«

»Das geht nicht, aus zwei Gründen; erstens weil weder Tristão oder sonst irgendjemand ihm die gute Carmo ersetzen kann. Als sie dieses Jahr nach Nova Friburgo reiste, war das für ihren Mann eine schwierige Zeit. Nicht sie hat mir das gesagt; ich habe es selbst erkannt, man merkt es, jeder erkennt es; Aguiar ist nichts ohne Carmo. Der zweite Grund ist der, daß Tristão sehr gern den Obergerichtsrat und Fidélia begleiten würde; nie hat er ein Landgut gesehen, und er täte es gern, bevor er nach Lissabon zurückgeht...«

»Und sieht unsere Freundin diesem zweifachen Entschwinden nicht voll Unbehagen entgegen?«

»Das habe ich sie auch gefragt; sie sagte mir, es sei ja nur für wenige Tage, sie könne warten; jedenfalls werde Tristão, sollten die anderen länger bleiben, vor ihnen zurückkehren; er wolle möglichst viel Zeit mit ihr und ihrem Mann verbringen.«

Rita, das ist unverkennbar, würde sich freuen, an Aguiars Patensohn irgendeinen großen Fehler zu finden, aber sie findet ihn nicht, weder einen großen noch einen kleinen, und das wurmt sie. Das Gute, das sie über ihn sagt, ist eingestandenermaßen eine Wiederholung dessen, was sie von anderen gehört hat. Ich selbst denke nicht schlecht von ihm, eher gut, ich glaube, ich habe es schon auf mehreren dieser Seiten geschrieben; doch ob gut oder schlecht, ihr habe ich es nicht gesagt. Ich ließ mich dazu herbei, mein armes Abendessen zu verdammen, das wirklich schlecht war, nur das Hähnchen taugte etwas und das Obst, ausgenommen die Birnen...

Beim Kaffee erzählte mir Schwesterherz ein paar Histörchen aus Andaraí, wohin ich sie gegen zehn Uhr begleitete, und von wo ich zurückgekehrt bin, um dies hier aufzuschreiben und am Ende zu wiederholen, was ich eingangs notierte:

Rita, lieb Rita, wo bist du jetzt?
Den kranken Bruder besuchst du zuletzt.

10. Oktober

Da verstehe einer die Frauen! Erst dieses dringende Bedürfnis, zum Landgut zu fahren, und zwar sofort. Campos hat sich für ein paar Tage beurlauben lassen, Tristão packt die Koffer, und als alles bereit ist, da schwindet das Bedürfnis abzureisen. Campos und Tristão sind allein gefahren. Dies die Neuigkeit, die ich von beiden Damen, Carmo und Fidélia, heute nachmittag erhielt, als ich im Begriff war, den Garten des Hauses in Flamengo zu betreten. Beide kamen mir an der Pforte entgegen.

»Ich bin nicht gefahren«, bestätigte Fidélia Dona Carmos erste Worte, »ein Mann ist mehr als genug und wird schnell mit allen Zweifelsfragen fertig. Auch klingen jetzt die Nachrichten besser.«

»Gut für Ihre Freunde«, erwiderte ich.

Dona Carmo sagte das gleiche wie ich, doch ohne Worte, nur mit den Augen. Da sie soeben spazieren gehen wollten, bot ich mich zur Begleitung an, nachdem wir, Dona Carmo und ich, uns über den neuesten Stand unserer rheumatischen Beschwerden ausgetauscht hatten; derzeit geht es uns gut. Die beiden gingen Arm in Arm, ich an ihrer Seite, zwischen ihnen und dem Meer, das ohne Heftigkeit ans Ufer schlug. Es ergab sich kein zusammenhängendes Gespräch, da die Witwe zu Boden blickte. Ihre Freundin unterhielt sich mit mir, warf aber hin und wieder einen Blick auf Fidélia, ich desgleichen. Diese sprach wenig, und nur in solchen Momenten warf sie einen Blick auf Dona Carmo.

Der Spaziergang war kurz; ich kehrte mit beiden Damen zum Garten zurück, wo wenig später Aguiar mit Post aus Lissabon für Tristão eintraf, es waren drei oder vier Briefe. Auf einem von ihnen erkannte er die Handschrift, er war vom Vater, und wahrscheinlich steckte darin ein weiterer von der Mutter, so dick war der Umschlag. Ihm kam der Gedanke, die Briefe nach Santa-Pia zu schicken, doch nahm er davon Abstand, weil er nicht wußte, ob der junge Mann morgen oder übermorgen zurückkehrt oder länger bleibt. Kehrt Tristão sehr bald zurück, wartet Aguiar ab; bleibt er länger, schickt er sie ihm. Das möchte er mit seiner Frau besprechen.

Dona Carmo hielt es für praktischer, ihm ein Billett zu schreiben und ihn zu fragen, wann er zu kommen gedenke, um zu entscheiden, ob die Korrespondenz ihm nachgeschickt werden soll oder nicht. Fidélia wußte nichts über die Rückkehr des Onkels. Sie hält es für wahrscheinlich, daß er ein paar Tage länger bleibt, um die letzten Anordnungen zu treffen und die nötigen Unterlagen für den Verkauf des Hauses und der Ländereien abzusammenzustellen; er werde alles über die Banco do Sul abwickeln, doch Zuverlässiges wußten weder sie noch Aguiar.

Ich sagte, nach meiner Meinung gefragt, daß der junge Mann, wenn er von der umfangreichen Korrespondenz erführe und darin auch Briefe politischen Inhalts vermutete, sogleich um ihre Übersendung bitten würde, sofern er nicht persönlich sie öffnen käme. Letztere Hypothese wurde von der Patin nicht ungünstig aufgenommen, sie schien ihr triftig. Was sollte er schließlich tun, wenn er die Fazenda erst einmal gesehen hätte? Diese ließ sich natürlich rasch besichtigen, da sie für ihn mit keinerlei persönlicher Erinnerung verbunden war, auch mit keinem alten Brauch, der nachzuerleben wäre. Dies etwa sagte ich, wenn auch mit anderen Worten, und beide stimmten mir zu. Meine Frage an Fidélia, ob sie nicht Heimweh nach dem Haus empfinde, wo sie geboren und aufgewachsen sei, bejahte sie, doch leben möge sie dort nicht mehr.

»Das ist jetzt etwas für Männerhände«, schloß sie.

Diese Worte hörte Dona Carmo mit lebhaftem Wohlwollen.

Aguiar hätte wohl ebenso empfunden, doch konnte er sie nicht hören, er war auf den Gehsteig hinaus getreten, um sich mit einem Nachbarn zu unterhalten. Als er zurückkam, war ich im Begriff, mich von beiden Damen zu verabschieden, was ihn nicht hinderte, mich zum Bleiben und zum Abendessen aufzufordern. Ich lehnte ab und ging. Als ich mich entfernte, hörte ich noch, wie er zu seiner Frau und zur Freundin sagte: »Wer weiß, was diese Briefe enthalten mögen?«

Unterwegs bereute ich, nicht zum Essen geblieben zu sein. Ich würde *das große Talent* vernehmen, das Tristão jenen Ausruf entlockt hatte. Das wäre nicht neu für mich, es wäre vielmehr ein weiteres Mal, und das, wiewohl Fidélia sich offenbar zur Zeit dem Piano verweigert. Natürlich kann es sein, daß die beiden Aguiars sie abends nach Botafogo bringen. Vielleicht aber auch, daß sie heute dort in Flamengo bei ihren Zieheltern übernachtet.

12. Oktober

Aguiar und Dona Carmo haben gestern ihre Freundin nach Botafogo gebracht und sind zeitig zurückgekehrt. Das habe ich heute von ihm erfahren, als ich mit dem Makler Miranda vor der Bank im Gespräch war und er hinzukam.

Keinerlei Nachricht von Tristão, doch das Billett seines Paten ist schon auf der Post und geht noch heute nach Santa-Pia ab.

Mögen die Flügel der Post es befördern, sage ich hier auf diesem Stückchen Papier, ohne das Manierierte des Bildes zu bemerken. Jetzt erst bemerke ich es und streiche oder ersetze es nicht; Flügel der Post sind nützlich, wenn sie zur Fazenda fliegen und das Billett unterwegs nicht verlieren. Auch ich, so will mir scheinen, bin neugierig auf das, was besagte Briefe aus Lissabon enthalten, nichts weiter als neugierig, und im übrigen verwundert es nicht, daß sie diesmal zahlreich und dick sind; die Briefpartner pflegen sich selten zu schreiben. Wie dem auch sei, die beiden Aguiars sind voll Ungeduld zu erfahren, ob die Briefe Tristão von hier zurückrufen. Sie sagen es nicht, aber man sieht es ihnen an.

Miranda sprach weiterhin davon, wie sehr seine Frau, seine Schwägerin Cesária, sein Schwager Faria, seine ganze Familie mich vermißten – Gefühle, die ich dankbar vernahm und demnächst persönlich zu erwidern versprach. Kurz, der Makler ist kein übler Mensch, und er hat mir in Ausübung seines Berufes schon einmal gute Dienste geleistet. Er gibt sich stets aufgeräumt, ohne jugendlich zu tun, und findet großes Interesse an Dingen, die keines verdienen.

13. Oktober

Campos hat seiner Nichte geschrieben, ihr vom Zustand der Fazenda berichtet sowie von den Spaziergängen erzählt, die er dort mit dem jungen Tristão unternommen hat. Dieser ist neugierig und behutsam beim Erkunden der Dinge, die er sieht, und bei den Auskünften, die er einholt. Da ist der Kaplan, da ist ferner der Amtsrichter. Der Brief wurde vor Eintreffen von Aguiars Billett geschrieben und erwähnt dieses nicht, sagt jedoch, Tristão werde nicht lange bleiben und gedenke binnen weniger Tage nach Rio zu kommen.

Dona Carmo hofft, daß die Tage abgekürzt werden, sobald das Billett ihres Gatten in Santa-Pia eintrifft. Das hat sie mir nicht gesagt, als ich gestern abend dort war, auch habe ich es von niemand sonst gehört, ich meinte, es ihrem Angesicht ablesen zu können. Der Brief des Obergerichtsrats wurde ihr von Fidélia selbst überbracht, die gestern zu Besuch war und diesmal Piano spielte, ich weiß nicht, ob ebenso gut wie Tristão, gut in jedem Falle; die beiden könnten vierhändig spielen. Wir waren nur zu fünft; der Student, ihr Vetter, hatte Fidélia gebracht und kehrte mit ihr um zehn Uhr nach Botafogo zurück.

17. Oktober

Tristão ist eingetroffen. Ich weiß nicht, was er in den Briefen aus Lissabon gelesen haben mag, ich habe mit niemand von denen gesprochen, die es wissen könnten. An einem der nächsten Tage, morgen, gehe ich nach Flamengo.

Heute, schätze ich, gehe ich nicht aus dem Haus, ich habe nämlich Geburtstag. Ich werde …-undsechzig. Schreib die Zahl nicht aus, bejahrter Freund; es reicht, daß sie deinem Herzen bekannt ist und laufend von der *Zeit* ins Gewinn- und Verlustbuch eingetragen wird. Schreib nicht alles auf, lieber Freund.

Ich gehe nicht aus dem Haus. Wenn Schwesterherz, wie im vergangenen Jahr, zum Abendessen kommt, werde ich sie hinterher nach Andaraí begleiten. Wenn sie nicht kommt, überlasse ich mich dem Alleinsein.

Ich werde die Zeit damit zubringen, ein paar alte Papiere wiederzulesen, die mein Diener José in einem alten Koffer gefunden und mir soeben gebracht hat. Seinem Gesicht war die Freude anzusehen, die ein unverhoffter Dienst beschert; dank diesem Vergnügen am Entdecken von Schriftstücken, die wichtig sein mögen, lächelte er ständig, mit weit aufgerissenen Augen, fast überwältigt.

»Eure Exzellenz sucht sie vielleicht schon lange.«

Es waren Briefe, Aufzeichnungen, Entwürfe, Rechnungen, eine Hölle von Erinnerungen, die besser nicht gefunden worden wären. Was würde mir ohne sie fehlen? Ich hatte nichts mehr damit zu schaffen; wahrscheinlich würde ich sie gar nicht vermissen. Jetzt stehe ich vor der Alternative: entweder sie zuerst lesen oder sie sofort verbrennen. Ich neige zur zweiten Option. Vor mir stand immer noch mein José mit derselben Freudenmiene, die sein Fund ihm eingegeben hatte. Natürlich dankte er seiner guten Fortuna, die ihn darauf gestoßen hatte; er wird darin ein weiteres Bindeglied zwischen uns sehen. Was ihn zum Koffer führte, war vielleicht die Hoffnung auf eine verlegte Wertsache, ein Juwel zum Beispiel, oder, bescheidener, auf ein Hemd, eine Weste, ein Halstuch, und in einem solchen Falle wäre es sehr gut möglich, daß er Stillschweigen wahrte. Er hat alte Papiere gefunden – die hat er mir getreulich ausgehändigt.

Ich bin ihm deshalb nicht gram. Ich war es damals nicht, als ich entdeckte, daß er beim Bürsten meiner Westen täglich zwei oder drei Groschen mitgehen ließ. Das war vor zwei Monaten, und womöglich hatte er es schon vorher getan, seit Beginn seiner Anstellung in diesem Hause. Ich habe ihn nicht darum ausgezankt, wohl aber mich bemüht, besser auf die Nickel achtzugeben; doch damit er sich nicht entdeckt glaubt, lasse ich in den Westen dann und wann ein paar Münzen stecken, deren Anzahl er zuverlässig verringert; und da er mich nicht zanken sieht, belegt er mich wahrscheinlich mit Schimpfworten: leichtsinnig, töricht, einfältig, was auch immer... Wegen des Diebstahls oder der Beschimpfungen bin ich ihm nicht gram. Er dient mir gut und mag mich; er könnte mehr mitgehen lassen und schlimmer auf mich schimpfen.

Ich beschließe, die Papiere verbrennen zu lassen, trotz des damit verbundenen großen Kummers für José, der Herzensandenken und wichtige Erinnerungsstücke gefunden zu haben wähnte. Ich könnte ihm entgegenhalten, daß es andere alte Papiere gibt, die man im Kopfe mit sich führt und die niemals brennen noch in alten Koffern vergessen werden; er würde mich nicht verstehen.

17. Oktober, zwei Uhr

Mich erreichen die ersten Grußkarten zum heutigen Tage, darunter die vom Ehepaar Aguiar und von Tristão, und eine von Fidélia. Die Witwe hat folgende Worte geschrieben: *Glückwünsche im Geiste guter Freundschaft.* Jetzt erinnere ich mich, daß ich am 12. Oktober, als ich sie in Flamengo traf, im Hause der Aguiars, den Ausdruck »gute Freundschaft« gebrauchte, den liebevollsten, den ich mir von ihrer Seite wünschen durfte; es war eine Art und Weise, das diskrete Lob, das ich ihr spendete, zu ergänzen und ein anderes zu bekräftigen, das Dona Carmo ihr ebenfalls spendete. Daher der heutige Glückwunsch. Tristãos Billett enthält die Bewunderungformel, die Billetts der beiden Aguiars Zuneigung und Hochschätzung. Rita hat mir nicht geschrieben; sicherlich kommt sie zum Abendessen.

Mitternacht

Jawohl, jawohl, Rita ist mit ihrer gewohnten Fröhlichkeit gekommen und hat alle Glückwünschkarten und -briefe in Augenschein genommen. Gestern, so klärte sie mich auf, sei sie in Flamengo gewesen und habe dort auf meinen Geburtstag hingewiesen; daher die heutigen Artigkeiten.

Als ich das hörte, konnte ich nicht umhin, die Briefe zu erwähnen, die auf Tristão warteten. Sie wisse davon, sagte sie, sie stammten von den Eltern und von politischen Freunden. Von den ersteren sei einer an Dona Carmo gerichtet, mit einem *Postskriptum* an ihren Mann. Nach einigem Zögern fragte ich sie, ob sie auf Tristãos Rückkehr drängten.

»Die Eltern nicht«, sagte Rita, »von den Freunden weiß ich es nicht, Dona Carmo hat mir nur gesagt, es sei viel von der dortigen Politik die Rede. Das sagte sie mir ein wenig mißgestimmt, fast ängstlich; schon fürchtet sie die Trennung; aber die ist doch das Natürlichste von der Welt.«

»Hat Tristão denn nichts gesagt?«

»Nichts, soweit ich gehört habe. Ich habe dort eine gute halbe Stunde im Gespräch verbracht, und Hauptthema war Tristãos Besuch in Santa-Pia, das er als ein Denkmal von Sitten und Gebräuchen bemerkenswert fand. Gern betrachtete er die Veranda am Gutshaus, die früheren Sklavenhütten, die Zisterne, die Pflanzungen, die Glocke. Von einigen Dingen hat er sogar Zeichnungen angefertigt. Fidélia hat die ganze Zeit mit großem Interesse zugehört, auch Fragen gestellt, und er hat ihr geantwortet.«

»Will sie die Fazenda immer noch verkaufen?«

»Davon habe ich nichts gehört.«

»Doch, doch, das will sie. Zumindest war das vor einiger Zeit ihre Absicht, und der Obergerichtsrat ist dort geblieben, um ein Bestandsverzeichnis anzulegen. Und er, wann kommt er?«

»Ich habe gehört, in acht oder sieben Tagen, in höchstens zwei Wochen.«

»Fidélia hat sicher bei den Aguiars zu Abend gegessen?«

»Das nicht. Als ich um vier Uhr ging, bat mich Dona Carmo

zu bleiben. Da ich einen andern Besuch zu machen hatte, lehnte ich ab. Da sagte Fidélia, sie benutze die Gelegenheit, gemeinsam mit mir zu gehen. Ihre Freundin drängte sie, bei ihr zu essen, doch Fidélia erklärte, sie könne nicht, man erwarte sie zuhause; sie werde heute abend oder morgen wiederkommen. Carmo und Tristão begleiteten uns zur Gartenpforte. Ich und Fidélia gingen unseres Weges, und als wir bei der Ecke Praia do Flamengo/Rua da Princesa waren, kam ich keineswegs auf den Gedanken, zurückzublicken, Fidélia kam darauf, ich tat es ihr gleich, die beiden standen auf dem Gehsteig und winkten uns einen Abschiedsgruß zu.«

Rita erzählte mir, sie habe die Witwe Noronha bis Botafogo begleitet. Unterwegs sprachen sie wenig, oder, besser gesagt, Fidélia sprach nicht viel, sie war in Sorgen. Dennoch zeigte sie sich wie immer: freundlich, fast zärtlich; sie schien an Ritas Leben Anteil zu nehmen, gestand ihr, sie habe sie vermißt, bedauerte, daß sie sich nicht öfter sähen, und entschuldigte sich, daß sie schon lange nicht mehr in Andaraí gewesen sei. Waren es wenige, so waren es keineswegs dürre Worte, im Gegenteil.

Natürlich sprachen sie von Dona Carmo und Aguiar; auch bemerkten sie einiges über Tristão und stimmten darin überein, daß er seinen Paten in Freundschaft verbunden scheine.

Nahe dem Haus ihres Onkels betrat Fidélia eine Blumenbinderei, um Gestecke in Auftrag zu geben, die sie am 2. November auf dem Grab ihres Mannes niederlegen will. Rita, die daran übrigens noch gar nicht gedacht hatte, bestellte ihre Blumen noch nicht; sie wird es tun, wenn Allerseelen näher rückt, und wird sie dann aus der Stadt mitbringen. Sie berichtete mir von der Bestellung der Witwe, von der getroffenen Auswahl, den geäußerten Ansprüchen, der Zahl der Girlanden – drei –, ihrer farblichen Komposition, nichts wollte sie dem Floristen überlassen.

All diese wie auch andere Einzelheiten vernahm ich mit Interesse. Immer schon hat es mich gereizt zu beobachten, wie Charaktere sich ausdrücken und komponiert sind, und nicht ungern betrachte ich oft die Anordnung der Ereignisse selbst. Ich genieße es, zu schauen, vorauszuschauen und auch meine

Schlüsse zu ziehen. Diese Fidélia flieht vor etwas oder flieht vor sich selbst. Schon wollte ich dies zu Rita sagen, da beherzigte ich einen alten Ratschlag, machte mir sieben Knoten in die Zunge, bevor ich etwas sagte, und sagte nichts; Schwesterherz könnte Porzellan zerschlagen. Ich kann mich auch irren.

Den Rest notiere ich nicht. Als sie fertig war und von der Heimfahrt erzählte, fragte ich sie, warum sie gestern abend nicht zum Essen gekommen sei. Da sie, so ihre Antwort, heute ohnehin kommen müsse, habe sie nicht »der tags zuvor geladene Gast« sein wollen. Ich lachte und wir gingen zu Tisch, denn es war gedeckt; in der Mitte stand ein Strauß, ihre Idee, sie hatte ihn unter der Hand besorgen lassen, und als ich sie fragte, ob die Blumen aus Fidélias Bestellung stammten, lachte sie ebenfalls. Ich dankte ihr für die Aufmerksamkeit und bekundete ihr all meine Zuneigung, frohgestimmt speisten wir und riefen uns Anekdoten aus Kindheit und Familie in Erinnerung.

18. Oktober

Beim Aufstehen war mein erster Gedanke der, den ich gestern um Mitternacht niedergeschrieben hatte: »Diese junge Frau, Fidélia, flieht vor etwas oder flieht vor sich selbst.«

22. Oktober

Fidélia ist nicht nach Flamengo zurückgekehrt, trotz des Versprechens, das Dona Carmo ihr abgenommen hatte. Dona Carmo suchte sie auf und fand sie beim Malen; Fidélia hatte sich erinnert, als Kind gemalt zu haben, und eine Gartenansicht am Haus in Botafogo begonnen. Sie versprach, anderntags nach Flamengo zurückzukehren, und ist nicht erschienen.

Als Tristão erfuhr, warum die Witwe Noronha nicht gekommen war, erklärte er, ihr malerisches Talent könne ihrem musikalischen ebenbürtig sein, und ich weiß nicht, ob er es als groß bezeichnete, das sagte er mir nicht. Er selbst hat mir berichtet, was hier geschrieben steht, und weiteres, das ich auf dieser Seite festhalten werde, bevor es mir entfällt. Er war zum Mittagessen gekommen.

»Ich komme zum Essen, Geheimrat; auf dem Rückweg von meinem Spaziergang fiel mir ein, ich könnte mich hier oben nach Eurer Exzellenz erkundigen. Ihr Diener sagte mir, Sie seien im Begriff, zu Mittag zu essen; ich bin so frei, Sie um einen Platz an Ihrem Tisch zu bitten.«

»Ein oder zwei oder drei Plätze, Herr Doktor«, stimmte ich bei, »so viele, wie Ihre Freundschaft für ihren Appetit begehrt.«

Er brachte mir Kunde vom Paar Aguiar; es gehe ihnen gut; er erzählte mir von seiner eigenen Familie und von den politischen Briefen aus Lissabon. Dem Paten und der Patin hat er sie schon vorgelesen. Nur einer der Briefe enthält den Wunsch, er möge bald zurückkehren: »Wir hoffen, Sie bleiben nicht mehr lange in Rio de Janeiro.«

»Und bleiben Sie noch lange?« fragte ich ihn.

»Ich weiß nicht, aber natürlich eher kurz; mich ruft die Politik.«

Beim Essen erzählte mir Tristão die Geschichte von dem Bild, an dem die Witwe derzeit malt, und vom Versprechen, das sie ihrer Freundin gegeben und das sie nicht gehalten hat. Und dann sagte er:

»Wenn sie malen kann, dann, so wollte mir scheinen, gibt es für sie eine bessere Ansicht als ihren Garten, zum Beispiel ein Seestück mit Blick von Flamengo, die Bergkette im Hintergrund, die Einfahrt der Bucht, die eine oder andere Insel, eine Barkasse und so weiter. Die Patin war sogleich einverstanden und schlug der Freundin vor, den Gegenstand zu wechseln. Der gefiel diese andere Ansicht, sie versprach, zum Zeichnen nach Flamengo zu kommen, und sie ist nicht gekommen.«

»Sie ist nun einmal in ihren Garten verliebt. Im allgemeinen spüren die Künstler am besten, wohin ihre Phantasien sie drängen. Ob sie noch so malen kann, wie sie sagt, daß sie als junges Mädchen malte?«

»Die Patin hat bisher nur ein paar Striche einer Zeichnung gesehen, und sie schienen ihr gut.«

Wir kamen überein, sie müßten gut sein. Eins zieht das andere nach sich, wir sprachen von den Reizen der Witwe, ihrer Gefaßtheit, ihrem Taktgefühl, ihren Reiseerinnerungen, ihrem Geschmack, ihrer Gestik, und ich glaube, auch von ihren Augen. Ich sprach bestimmt von ihren Augen, und jetzt fällt mir ein, daß er sagte, sie seien ebenso schön wie ernst. Ob es nun seine Meinung war oder ein Ablenkmanöver – er fügte hinzu, seine früheren Landsmänninnen hätten durchweg schöne Augen, ausführlich sprach er auch von anderen Damen; auf diese Weise schien er nicht nur die Witwe Noronha zu loben. Das gefiel mir, unter dem Gesichtspunkt der Billigkeit wie unter dem der Ästhetik. Inmitten der Unterhaltung kam mir eine Idee; Dona Carmo, die ihnen beiden so zugetan sei, solle, anstatt der Freundin die bloße Ansicht vom Strand vorzuschlagen, sie ihr zusammen mit einer menschlichen Figur vorschlagen. Die seinige böte sich an, um ihr nach seiner Abreise die Gestalt des Sohnes, gemalt von der Tochter, zu vergegenwärtigen. Lächelnd vernahm Tristão meine Worte; dann wiederholte er, wie in Gedanken verloren:

»Die Gestalt des Sohnes, gemalt von der Tochter...«

Das Lächeln laß ich hier beiseite, denn es war eine Mischung aus Begehren und Hoffnung und Sehnsucht, und ich verstehe mich weder aufs Beschreiben noch aufs Malen. Aber so war es, genauso, wie ich es hier sage, falls die drei Wörter eine Vorstellung von der Mischung geben oder die Mischung nicht noch größer war. Dann kamen wir auf die Kunstgalerien Europas und sprachen von dem, was wir darüber wußten. Ehe wir uns versahen, war die Mahlzeit beendet. Ich bot ihm Zigarren und mein Herz. Will sagen, ich bat ihn, oft zu kommen und mir solch köstliche Stunde zu schenken. Von Schenken könne keine Rede sein, wehrte er ab, er komme, sich beschenken zu lassen. Er gab das Kompliment zurück, und zwar mit Stil.

Er empfahl sich und ging. Ich wollte gleich darauf gehen, bin aber erst einmal dies hier aufschreiben gekommen, damit es mir nicht entfällt, wie ich schon oben sagte. Und jetzt, da ich es aufgeschrieben habe, kann ich den Eindruck bekräftigen, den der junge Mann auf mich gemacht hat, und der war gut wie beim ersten Mal. Vielleicht ist bei ihm ein wenig Verstellung im Spiel, abgesehen von anderen durch die Gesellschaft bedingten Fehlern, doch das Unvollkommene ist in dieser Welt etwas Notwendiges. Nun gut, ich gehe jetzt aus, und morgen oder übermorgen will ich einiges über die Landschaft oder das Seestück der schönen Fidélia in Erfahrung bringen.

28. Oktober

Weder Seestück noch Landschaft, nichts habe ich in Erfahrung gebracht. Fidélia ist bisher nicht in Flamengo aufgetaucht, und heute hat sie ihrer alten Freundin ein Billett mit Entschuldigungen geschickt; mit ihrem gestern aus Santa-Pia zurückgekommenen Onkel gehe sie die Geschäftsunterlagen durch. Ich weiß nicht mehr, ob ich schon geschrieben habe, daß die Übereignung des Landguts von der Banco do Sul getätigt wird.

Dona Carmo gab mir, unter dem Vorwand der Stilqualität, Fidélias Billett zu lesen. Es ist elegant geschrieben, gewiß, doch der wahre Grund dafür, daß sie es mir zeigte, ist die Rührung, die sie empfindet, wenn sie die Freundin liest und andere sie lesen läßt. Nachdem ich es ihr zurückgereicht hatte, las sie es noch einmal für sich. Sie dürfte es wohl schon auswendig kennen. Unterdessen fand sie Gelegenheit, meine Bildidee – der Sohn, gemalt von der Tochter – die ihr über Tristão zu Ohren gekommen war, gutzuheißen.

»Das muß ich Fidélia sagen.«

Tristão war nicht zugegen; er speiste mit einem Minister zu Abend. Ganz offensichtlich ist es der jungen Frau leichter gefallen, das Seestück zu versprechen als es zu malen. Und wovon die gute Carmo gesagt hat, daß sie es tun werde, das wird sie, glaube ich, nicht tun; sie wird der Witwe nicht vorschlagen, dem Seestück von Flamengo die Gestalt des Patensohns einzufügen. Die Vertrautheit, die zwischen ihnen bestehen mag, eignet sich nicht für solch eine künstlerische Entscheidung, die eine heikle Sache ist, oder wie soll ich mich ausdrücken…

Ich lege hier die Feder aus der Hand, um schlafen zu gehen, und werde morgen den weiteren Verlauf des Abends notieren.

29. Oktober

Den weiteren Abend bei Faria verbracht. Er hatte Geburtstag, und ich blieb länger als geplant. Es gab Geselligkeit und Frohsinn, etwas Gesang und Klavier, und auch Konversation.

Faria, obschon es sein Geburts- und Festtag war, lachte schlecht, lachte steif, lachte mißgelaunt, ich finde keine Formulierung, um die Wahrheit präzise wiederzugeben. Er ist einer dieser Menschen, die zum Anöden geboren sind, ganz und gar hölzern, ganz und gar trocken. Seine Frau, Dona Cesária, war fröhlich gestimmt und wie immer zu Späßen aufgelegt. Von niemandem sprach sie schlecht, und zwar, wie ich glaube, aus Mangel an Zeit, nicht an Stoff; alles ist Stoff für spitze Zungen. Die Art, wie sie etwas guthieß, war beinahe sarkastisch und schwer verständlich für jemand, der Gewohnheit und Geschmack dieser Menschen nicht teilt, anders als ich, der ich gleichfalls eine alte Lästerzunge bin. Oder bin ich vielleicht das Gegenteil, wer weiß? Am erstbesten Dauerregentag werde ich mich selbst analysieren.

Als ich ging, dankte mir Faria mit seiner näselnden, dumpfen Vergnügtheit, so bezeichne ich seine Worte, die von einem flüchtigen Kerkerlächeln begleitet waren.

1. November

Heute ist Allerheiligen; morgen Allerseelen. Die Kirche hat gut daran getan, einen Gedenktag für jene zu bestimmen, die von uns gegangen sind. Im Getümmel des Lebens und seiner Lokkungen sei ihnen ein Tag gegönnt… Die drei Auslassungspunkte, die ich hier stehen lasse, zeigen die Mühe, die ich aufgewandt habe, diese Seite melancholisch zu beenden; ich kann es nicht, konnte es nie. Traurige Stimmungen sind meine Sache nicht. Indessen, als ich ein Jüngling war und noch Verse schmiedete, waren diese nie anders als tieftraurig. Die Tränen, die ich damals vergoß – schwarze Tränen, weil dies die Farbe der Tinte war –, hätten diese Welt, das nach ihnen benannte Tal, füllen können.

2. November

Schwesterherz Rita hat heute den Friedhof aufgesucht, um den Unseren Blumen zu bringen.

»Stell dir vor, ich bin um halb sechs aufgewacht, um mich anzukleiden und früh auf dem Friedhof zu sein. Kurz nach acht war ich dort und fand viele Leute vor, nicht so viele allerdings, wie gleich am Nachmittag da sein werden. Dich habe ich nicht abgeholt, weil ich ja weiß, daß du nicht mitkommen würdest.«

»Nun, ich habe die Messe in der Glória-Pfarrkirche besucht.«

»Die ist bei dir in der Nähe.«

»Vielleicht wäre ich doch zum Friedhof mitgekommen. Viele schmucke Gräber?«

»Ziemlich; auch das von Fidélias Ehemann. Die Kränze und Blumen, die sie vor Tagen bestellt hatte, lagen dort schön arrangiert und sahen sehr eindrucksvoll aus; anscheinend hat auch der Obergerichtsrat ein Gebinde geschickt, auf einer Schleife stand sein Name.«

»Habt ihr miteinander gesprochen?«

»Nein, Fidélia war schon gegangen.«

»Woher weißt du, daß sie selbst die Blumen und Kränze gebracht hat?«

»Das kann man aus der Art und Weise erraten, wie sie angeordnet sind.«

»So?«

»Gewiß, Bruderherz. Wie das alles angeordnet, arrangiert, komponiert war, das war das Werk einer Frau. Es gibt Dinge, die Männerhände nicht zuwege bringen; Männerhände sind schwer oder ungelenk, erst recht, wenn sie einem Obergerichtsrat gehören, wie hier der Fall. Zum Beispiel war der Name ihres Ehemanns, nicht der ganze, nur der Vorname, mit Immortellen gerahmt, etwas, das nur eine Dame erfindet und zuwege bringt. Die übrigen Blumen, Rosen und Mohnblüten, waren mit einer Symmetrie verteilt, die Zeit und Geschmack erfordert. Ein Mann würde hingehen, die Blumen in die Hand nehmen und sie aufs Geratewohl verteilen.«

»Mich wundert, daß du Fidélia nicht gesehen hast.«

»Sie ist eben sehr früh gekommen.«

»Aber an einem Tag wie heute, mit so vielerlei, das sie zu arrangieren hatte. Als wir sie damals trafen, war es später.«

»Gewiß, aber das war ein anderer Tag; heute waren viele Leute da, sie wollte nicht gesehen werden, daran liegt es.«

Rita spann den Gedanken weiter, und ich fand ihn plausibel; dann sprach sie von anderen Gräbern. Wie wir von den Gräbern zum Regierungskabinett und zu Dona Cesária kamen, weiß ich nicht mehr, doch von jenem wie von dieser sprachen wir angeregt, und Schwesterherz geistreich. Sie haben sich heute nachmittag getroffen, die beiden, und Rita entschuldigte sich, sie am 28. Oktober nicht besucht zu haben. Sie erzählte mir einiges von dem, was Dona Cesária ihr über zwei der Gäste jenes Abends sagte.

»Zwei der Gäste?«

»Offensichtlich.«

Und dann begann sie eine Reihe von Histörchen und Sprüchen wiederzugeben, die ich mir zehn Minuten lang aufmerksam anhörte. Das Lästern ist keine so üble Sitte, wie es scheint. Ein unsteter oder untätiger Geist, oder einer, der beides ist, wird darin eine nützliche Beschäftigung finden. Und ist auch die Behauptung, daß andere nichts taugen, nicht immer begründet, in vielen Fällen ist sie es doch, und das reicht, um sie auch in den anderen Fällen zu rechtfertigen. Das sagte ich Rita mit witzigen Worten, die sie tadelte und aufs Konto meiner Verdorbenheit schrieb.

9. November

Das Seestück hat die Landschaft unterbrochen oder gar völlig verdrängt. Fidélia hat den Vorschlag, eine Strandansicht von Flamengo zu malen, aufgegriffen, ich weiß nicht, ob mit oder ohne Tristão. Aguiar, von dem ich es erfuhr, beschränkte sich auf die Bemerkung, sie habe das Gemälde bereits mit großem Vergnügen begonnen.

»Gehen Sie morgen hin, Geheimrat, zwischen eins und zwei.«

11. November

Nicht gestern, heute bin ich das Seestück betrachten gegangen. Fidélia fand ich im Garten beim Hause stehend, Pinsel und Palette in der Hand, die Augen aufs Meer und die Leinwand gerichtet. Neben ihr sitzend Dona Carmo mit ihrem guten, mütterlichen Lächeln. Sie erblickte mich an der Gartenpforte und winkte mir einzutreten; ich trat ein.

»Kommen Sie«, sagte sie, »und sehen Sie meiner Künstlerin zu.«

Fidélia schienen diese Worte verlegen zu machen, sie reichte mir, nachdem sie den Pinsel abgelegt hatte, die Hand und sagte:

»Schauen Sie nicht hin, denn es taugt nichts.«

Ich schaute, es taugte. Noch steht es am Beginn, und es wird kein Meisterwerk werden; die Höflichkeit nötigte mich, es hervorragend zu finden, und das sagte ich ihr mit einer Geste der Bewunderung; doch wahrhaftig, es taugt. Der Hintergrund – Gebirge und Himmel – macht Eindruck; das Wasser, glaube ich, wird Bewegung und Farbe bekommen. Es fehlte Tristão;

nicht einmal der Schatten des »Sohnes, gemalt von der Tochter« war zu sehen. Obschon mich diese Abwesenheit keineswegs wunderte, kam mir der Gedanke, darauf anzuspielen. Sie könne, meinte ich, am Strand die Gestalt der guten Freundin einfügen, die dort stehe und sie mit ihren freundlichen Augen begleite. Carmo wollte etwas sagen, doch Fidélia erwiderte:

»Ich habe mich nicht getraut, weil ich von der Kunst der Figurenzeichnung nicht viel verstehe; auf der Schule habe ich gewöhnlich Blumen und Landschaften, ein Stück Meer oder Himmel gemalt. Andernfalls würde ich Dona Carmo porträtieren.«

Dona Carmo bestätigte:

»Ich habe sie gebeten, Tristão auf diesem Bild zu malen, und sie hat mir die gleiche Antwort gegeben.«

Ich akzeptierte die Begründung, akzeptierte einen leeren Stuhl, der dort stand, und bat die Witwe, fortzufahren. Ich wollte sie malen sehen. In Europa hatte ich einigen männlichen Künstlern bei ihrer Arbeit zugeschaut; nun war es das erste Mal, daß eine Dame in meiner Gegenwart malte. Fidélia war einverstanden und fuhr fort. Nach einigen Minuten sprachen wir drei von verschiedenen Dingen. Die Witwe war, wie gewohnt, die Anmut selbst, ohne den geringsten Anflug von Überheblichkeit, die sie aus ihrer Kunst vielleicht hätte ableiten können; sie malte in aller Bescheidenheit. Dann und wann unterbrach sie ihre Arbeit, entweder, um besser zu hören oder um eine längere Bemerkung zu machen, und kehrte sogleich zu Pinsel und Leinwand zurück.

Nach einigen Minuten dachte ich daran zu gehen, als ich keinen Geringeren als Tristão in der Haustür auftauchen sah. Die Tür ist breit und führt zu einem Vorraum mit niedriger Decke, von dem man über zwei kurze Treppenläufe das Obergeschoß erreicht. Tristão hatte soeben die Korrespondenz abgeschlossen, die er, wie ich kurz darauf erfuhr, auf die Post geben wird, und kehrte zu dem Platz zurück, den er vorher eingenommen hatte, neben den beiden Damen. Er ließ einen Stuhl herbeiholen; der, auf dem ich saß, war der seinige gewesen, ein weiterer stand nicht da. Diese Einzelheiten mögen belanglos sein, doch sie gehören hierher, um deutlich zu machen, daß Tristão vor meiner Ankunft an ihrer beider Seite gewesen war, und um festzuhalten, daß er mich, bevor ihm der Stuhl gebracht wurde, nach meiner Meinung über das Gemälde fragte; ich gab zur Antwort, was sich gehörte.

»Nicht wahr?«, sagte er, über meine Bestätigung erfreut.

Und fügte einige lobende Worte hinzu, die sicherlich warmherzig, aufrichtig waren und die Fidélia im stillen natürlich zu schätzen wußte; sie wehrte sie nicht ab, lächelte auch nicht, wie sonst, wenn wir innerlich etwas gutheißen, das uns aus der Seele gesprochen ist. Sie hörte und malte, trat vor und zurück und richtete ihre Blicke in die Ferne. Als sie sie auf Tristão lenkte, der nunmehr neben ihr saß, wartete sie nicht ab, bis er die seinen abwandte; sie traf seine Augen und ließ sie zurück, wo sie waren, um an dem Seestück mit solcher Hingabe weiterzumalen, als sprächen wir anderen von gar nichts, dabei sprachen wir von vielerlei, er vielleicht weniger, um das Gemälde besser betrachten zu können.

Diese Schweigsamkeit Fidélias, die im Gegensatz zu ihrer vorherigen Gesprächigkeit stand, schien mir darauf zu deuten, daß sie ihr Werk im Verzug sah. Auch konnte es sein, daß die Liebe zur Kunst sie jetzt stärker als zu Anfang erfüllte und dazu anhielt, sich ausschließlich dem Malen zu widmen. Der insgeheime Grund einer Handlung entzieht sich oftmals scharfsichtigen Augen, erst recht den meinigen, die mit dem Alter ihre natürliche Scharfsicht eingebüßt haben; doch wird es wohl einer der genannten Gründe gewesen sein, und nichts spricht dagegen, daß es nacheinander beide waren.

Wer über alles erfreut schien, übers Reden und Schweigen, war die Dame des Hauses. Wiewohl sie zu mir besonders aufmerksam war, vergaß sie keineswegs das Gemälde und ihre Kinder. Sie beschaute das Gemälde und widmete sich ihren Kindern mit altgewohnter Zärtlichkeit, die zu erwähnen ich schon müde bin, und vielleicht war ihre Zärtlichkeit jetzt größer als die vorigen Male; jedenfalls zeigte sie eine gewisse Aufgewühltheit, wie wenn eine Seele ein junges oder unverhofftes Glück buchstabiert; ich sage nicht alles, um mich keinem Irrtum auszusetzen.

Um die Wahrheit zu sagen: ich, der ich hatte gehen wollen, blieb und blieb, bis die Witwe Noronha ihre Arbeit unterbrach; fast eine Stunde war vergangen. Sie gestand, sie sei müde, und schickte sich an, die Pinsel einzusammeln und das Gemälde abzudecken, unterstützt vom jungen Tristão, der dies mit derselben Anmut tat wie sie, und mit dem Wunsch, gute Dienste zu leisten, der die Seele der Höflichkeit ist. Ich, abgesehen von meinem Alter, durfte die gute Carmo nicht im Stich lassen, die den beiden nur mit den Augen half und gut half; sie wanderten vom einen zur andern, nicht nur fröhlich, sondern mehr noch fragend. Die beiden erledigten alles, kamen herbei und setzten sich zu uns, er von Heiterkeit erfüllt, sie davon nicht erfüllt, sondern nur von der seinen berührt, beide mit dem Ausdruck von Güte und Dankbarkeit.

Meine Anwesenheit zog sich in die Länge und mochte trotz der engen Beziehungen, die zwischen uns bestehen, allmählich indiskret erscheinen. Es war Zeit zu gehen; ich wollte gleichzeitig gehen und bleiben, ein Ding der Unmöglichkeit; so fühlte ich mich einige Augenblicke hin- und hergerissen. Tristão hätte meinen inneren Widerstreit lösen und etwas erzählen können, was mich genötigt hätte, ihm zu lauschen, doch er war damit beschäftigt, der Künstlerin, der Witwe, der Schwester Liebenswürdigkeiten zu sagen, jenen drei Geschöpfen, die alle verkörpert waren in derselben bezaubernden Dame. Fidélia lächelte mit verschämter Freundlichkeit, und ebenso waren ihre Antworten. Ich empfahl mich und hatte den Eindruck, daß – wenn mich nicht alles täuschte – Dona Carmo meinen Weggang begrüßte, um sich ganz ihren beiden Kindern widmen zu können. Jedenfalls begegneten mir alle drei mit Achtung und Höflichkeit. Auf dem Heimweg dachte ich ständig an sie alle.

12. November

Es war falsch, gestern hier nicht festzuhalten, was ich aus Flamengo mitgebracht habe. Ich glaube, Tristão ist in Fidélia verliebt. In meiner Jugendzeit sagte man *gebissen*; das war kraftvoller, wenn auch weniger stilvoll, und hatte nicht die Vergeistigung des anderen, klassischen Ausdrucks. *Liebelei* klingt banal, da denkt man an das Treiben von Müßiggängern oder Lüstlingen, aber *verliebt* klingt hübsch. *Das Fähnlein der Verliebten*, das waren jene Ritter, die aus Liebe zu ihrer Dame in den Kampf zogen... O Zeiten!

Nach meinem Eindruck ist er in die Witwe verliebt oder beginnt sich in sie zu verlieben. Ein weiterer Eindruck, den ich ebenfalls noch nicht aufgeschrieben habe, ist der, daß seine Patin ebendies zu bemerken scheint und darüber einigermaßen aufgewühlt ist. Wenn ich hingehe, muß ich alle Segel meines Scharfsinns spannen, um zu sehen, ob ich diese beiden Eindrükke bestätigt oder widerlegt finde. Es kann ein Irrtum, kann aber auch die Wahrheit sein.

Heute, da ich nicht ausgehe, werde ich über diesen Eindruck sinnieren. So gebe ich dem Bedürfnis nach, mit mir selbst zu reden, da ich es ja nicht mit anderen kann, das ist meine Schwäche. Das Naturell und das Leben haben mir das Gespräch zum Vergnügen und zur Gewohnheit gemacht. Die Diplomatie hat mich gelehrt, eine Unzahl unausstehlicher Personen, die diese Welt zu ihren unerforschlichen Zwecken nährt, geduldig zu ertragen. Der Eintritt in den Ruhestand hat mich mir selbst zurückgegeben; doch da ist mancher Tag, an dem ich, zuhause geblieben und des Lesens müde, zu sprechen genötigt bin; und außerstande, allein zu sprechen, schreibe ich.

13. November

Aguiar kam auf mich zu und sagte:

»Ich weiß, daß Ihnen das Seestück gefallen hat.«

»Und zwar sehr. Ist es schon weit gediehen?«

»O ja«.

»Hat die Künstlerin ihre Arbeit nicht unterbrochen?«

»Nein, sie geht täglich nach Flamengo und malt mit Liebe.«

»Mit Liebe? Das ist der Grundton ihrer Seele. Ich weiß

nicht, ob ich es Ihnen schon gesagt habe: was mich an der Zuneigung entzückt, die sie Ihnen beiden und insbesondere Dona Carmo entgegenbringt, ist ein Zug von anmutvoller Fügsamkeit, der ihr etwas ganz und gar Töchterliches verleiht. Das ist es, die zartfühlende, vollkommene Ergebenheit, mit der sie die Wünsche ihrer Herzenseltern erfüllt.«

»Das haben Sie schön gesagt, Geheimrat.«

Wir waren im Schatzamt, wo wir geschäftlich zu tun hatten, und gingen von dort zum Rocio, um die Tram zu nehmen, doch wir nahmen gar nichts. Das Gespräch war das beste Verkehrsmittel; eines von denen, die auf leisen und schnellen Rädern rollen und die Menschen ohne Erschütterungen befördern. Indem wir heimwärts gingen, setzten wir die Unterhaltung fort und sagten interessante Dinge, ich jedenfalls, denn er war mehr Augen und Ohren als Mund. Er hörte aufmerksam zu, gelegentlich auch unaufmerksam; im letzteren Falle war er ganz Augen, die aber so ferne waren, daß sie die Straße und den Weggefährten vergaßen.

Eine der vertraulichen Mitteilungen, die er mir machte, verdient hier aufgenommen zu werden. Um meine Bemerkung über die anmutvolle Fügsamkeit der Witwe zu bestätigen, berichtete er mir, die beiden Damen hätten früher die Sonntagsmesse in der Glória-Pfarrkirche besucht; die Witwe sei stets, um Dona Carmo zu begleiten, nach Flamengo gekommen, von wo sie gleich darauf nach Botafogo zurückgekehrt sei, sofern sie nicht mit dem Ehepaar zusammen das Mittagessen eingenommen habe.

Carmo, um sie nicht zu nötigen, von so weit zu kommen, habe gelegentlich sonntags die Messe in Botafogo hören wollen, aber Fidélia sei fast immer in die Glória-Kirche gekommen.

»Und jetzt kommt sie nicht mehr?«

»Jetzt geht Carmo weder in die eine noch in die andere Kirche, oder nur selten. Meine arme Frau ist ständig müde; zuhause hat sie ihr Buch mit den Gebeten, die sie sich angestrichen hat. Sonntags, zur selben Stunde wie die Messe, bevor sie die Zeitungen auf Neuigkeiten durchsieht, kehrt sie bei sich selbst und beim Gebetbuch ein und folgt dem gesamten Gottesdienst. Ich kenne schon die Uhrzeit und störe sie nie; wenn ich dennoch aus Versehen den Raum betrete, wo sie ihren Hausaltar und ihren Gekreuzigten hat, ziehe ich mich gleich zurück, ohne daß sie meinetwegen die Augen vom Gebetbuch wendete; es ist, als wäre niemand eingetreten. Sie betet zu Ende, küßt ihren Christus und kehrt in die Welt zurück. Auch geht sie nicht aus dem Haus, ohne vorher die Figur zu küssen, wie um Schutz zu erbitten; und sie kehrt nicht nach Hause, ohne, noch angetan mit Hut und Straßenkleid, dies zu wiederholen, wie um Dank zu sagen. Das gleiche beim Schlafengehen und beim Aufstehen.

Wie von diesen, berichtete Aguiar auch von anderen häuslichen Gepflogenheiten seiner Ehegefährtin, die ich mit Wohlgefallen hörte. Nicht daß sie von besonderem Interesse wären, aber mein Gemüt ist so geartet, daß ich auch das Geringste zu würdigen weiß, sofern es wahrhaftig ist. Von Angesicht zu Angesicht würde ich das niemandem sagen, aber dir, Papier, dir, der du mich mit Geduld und bisweilen mit Genugtuung aufnimmst, dir, alter Freund, sage ich es jetzt und immer wieder, selbst wenn es mir schwer fallen sollte, aber es fällt mir gar nicht schwer. Ich glaube, auch andere Damen lesen die Messe zuhause, entweder weil sie matt oder krank sind, oder weil es regnet, und immer ist es lobenswert, wenn ein Mensch seine geistlichen Bande achtet. Mich ärgert nur jemand, der sie sich umhängt wie eine Halskette, um sie zur Schau zu stellen. Jene gute Dame aus Flamengo aber ist nicht so. Ihre Frömmigkeit schließt das Andenken an Vater und Mutter ein, die Sehnsucht nach ihren Freundinnen und – wiewohl ich des Wiederholens überdrüssig bin – die Zärtlichkeit für ihre beiden Leihkinder.

20. November

Drei weitere Male bin ich schon dort gewesen. Stets traf ich Dona Carmo, Fidélia und Tristão. Beim dritten Mal kam Aguiar früher als sonst nach Hause und schaute den letzten Pinselstrichen zu.

Ich glaube, so ist es; ich glaube, der junge Mann bewundert weniger das Bild als die Malerin, oder die Malerin mehr als das Bild, wie man will. Dem sei, wie ihm wolle, fest steht, daß er verliebt ist. Und zwar so sehr, daß er uns vergißt und gefesselt ist von ihr, trunken von ihr, hingerissen von ihr. Ich, dank der Kunst, die der Teufel mir geschenkt hat, teile meine Aufmerksamkeit zwischen der Mutter und ihren beiden Kindern, um die Höflichkeit mit der Neugier in Einklang zu bringen, und diese beiden sind am Ende mit meinem Verhalten zufrieden.

Als ich vor Tagen – zwei oder drei Mal – schrieb, »die junge Fidélia flieht vor etwas oder flieht vor sich selbst«, meinte ich ihr Fernbleiben vom Haus ihrer Freundin. Nun geht sie weiter dorthin und läßt sich bei dem Bruder blicken, den die Freundin ihr geschenkt hat. Entweder will sie vor ihm nicht fliehen, oder – gewichtiger noch – sie will vor sich selbst nicht fliehen. Doch nichts habe ich deutlich gesehen; sie scheint vor allem zu verzeihen.

30. November

Tristão hat mich eingeladen, morgen mit ihm zur Paineiras-Straße hinaufzufahren; ich habe zugesagt und fahre mit.

Seit zehn Tagen habe ich nichts geschrieben. Es ist nicht Krankheit oder irgendein Unwohlsein oder Trägheit. Auch nicht Mangel an Stoff, im Gegenteil. In diesen zehn Tagen habe ich erfahren, daß neue Briefe Tristão nach Europa rufen, nunmehr ausdrücklich, wenn auch ohne Dringlichkeit; Wahlen stehen bevor. Tristão hat beschlossen, nicht sofort zu reisen, nicht vor Jahresbeginn, aber reisen muß er. Dies die Neuigkeiten, die ich in Flamengo und anderswo vernommen habe. Anderswo, das heißt aus dem Mund der witzigen Cesária, die mir mit melancholischer Stimme sagte:

»Er hat Fidélia gern, aber selbstverständlich gibt er der Politik den Vorrang.«

Es war die Melancholie des klammheimlichen Vergnügens, oder wie immer man einen köstlichen Fund erklären mag, den man in Traurigkeit hüllen muß. Etwas wie eine Verurteilung des jungen Mannes lag in jenem Wort, doch nur scheinbar; in Wahrheit empfand sie Genugtuung darüber, die junge Dame zurückgesetzt zu sehen. Um dies gut zu verbrämen, sagte Dona Cesária alles Böse, das sie dem jungen Mann unterstellt, und das ist nicht wenig. Der gewohnte Witz, die scharfzüngigen Anspielungen, die eleganten Formulierungen. Natürlich widersprach ich lachend oder schwieg. Eigentlich fand ich ihre Meinung unbillig, doch vielleicht ist meine Auffassung Frucht der Zuneigung, die ich dem jungen Mann immer mehr entgegenbringe. Diese wächst mit dem Anblick und der Entfaltung seiner Vorzüge, und natürlich auch mit dem Vertrauen und der Zuneigung, die er zu mir hat oder zu haben scheint. Wie dem auch sei, wahr ist, daß ich ihn nicht ganz und gar verteidigte, sondern nur teilweise, und die witzige Dame appellierte an meinen Geschmack, an meine abwägende Denkungsart, an meine langjährige Menschenkenntnis… an alle großen Eigenschaften dieser Welt.

1. Dezember

Ich komme verblüfft vom Ausflug zur Paineiras-Straße zurück. Dort war ich heute mit Tristão. Gegen Ende des Mittagessens, hoch über Stadt und See, vernahm ich von ihm nicht mehr und nicht weniger als das Bekenntnis der Liebe, die er der herrlichen Fidélia zueignet. Ich gebrauche seine eigene Formulierung: die er der herrlichen Fidélia zueignet. Das Zeitwort ist nicht sehr lebendig, aber vielleicht erlesen, und jedenfalls drückt es die gemeinsame Bestimmung aus. Normalerweise eignet man akademische Prüfungsarbeiten Eltern, Verwandten, Freunden zu; die Liebe ist eine Arbeit für einen einzigen Menschen.

Eine Neuigkeit war das nicht; was mich verblüffte, war das Bekenntnis als solches, und wahrscheinlich las er diese Wirkung an mir ab. Ich gab nicht gleich eine Antwort, abgesehen von einer zustimmenden Geste, die in solchen Fällen notwendig ist, denn an der Richtigkeit der getroffenen Wahl darf man keinen Zweifel lassen, im Gegenteil.

»Niemandem habe ich das gesagt, Geheimrat, weder meiner Patin noch meinem Paten. Wenn ich es Ihnen sage, dann weil ich mich den beiden gegenüber nicht getraue, und es gibt keinen Dritten, dem ich es sagen könnte. Ich würde es Ihrer Schwester sagen, wenn ich mich getraute; aber trotz unseres freundlichen Umgangs finde ich bei ihr nicht die gleiche Offenkeit wie bei Ihnen. Haben Sie den Eindruck, daß mein Herz die richtige Wahl getroffen hat?«

»Eine müßige Frage, Doktor; man braucht nur zu lieben, um richtig zu wählen. Und wäre es der Teufel selbst, es wäre immer die richtige Wahl.«

»So ist es in der Regel, ich weiß; was aber den besonderen Fall dieser Dame betrifft, meinen Sie nicht auch, daß sie bewundernswert ist?

»Gewiß.«

»Das will ich meinen. Ganz unabhängig von der Blindheit, mit der die Leidenschaft mich schlagen könnte, sehe ich deutlich, daß meine Wahl vollkommen ist. Wir hatten schon Gelegenheit, über sie zu sprechen, und stimmten in unserer Meinung überein. Ich gestehe sogar, daß dies der Grund ist, warum ich mich Ihnen heute anvertraue. Erinnern Sie sich, vor einiger Zeit, an Ihrem Mittagstisch...? Wir waren uns einig, bei Fidélia alle seelischen und körperlichen Vorzüge zu finden. Ich erkannte, daß Sie mir beipflichten würden, und ich beschloß, mit Ihnen über dieses Gefühl und seine Folgen zu sprechen.«

»Die Antwort ist schon gegeben, Sie sagen es selbst; es gibt keine neue Frage.«

»Doch; ich habe Ihnen noch nicht alles gesagt.«

»Dann tun Sie es. Ich höre Ihnen gerne zu, als wäre ich selbst ein junger Mann. Haben Sie sie schon lange gern?«

»Gleich nach meiner Ankunft begann ich sie gern zu haben.«

»Das habe ich nicht bemerkt.«

»Auch Fidélia nicht, noch ich selbst. Ich fühlte, daß mich etwas zu ihr hinzog, aber die Strenge ihrer Witwenschaft und meine bevorstehende Rückreise ließen mich nicht recht erkennen, was es war. Es hätte eine jener Neigungen sein können, die man bisweilen Frauen entgegenbringt, ohne Absicht oder Möglichkeit, mit ihnen das Leben zu teilen. Abgesehen von diesem *gewissen Etwas* hörte ich sie gerne reden, teilte ihr gern Gedanken oder Betrachtungen mit, und alle unsere Unterhaltungen waren interessant. Ihre Umgangsformen, jener sanfte, wortlose Ausdruck des Einverständnisses, alles fesselte mich. Eines Tages begann ich so beharrlich an sie zu denken, daß ich mißtrauisch wurde. Erinnern Sie sich, als ich mich entschloß, mit ihr und ihrem Onkel aufs Landgut Santa-Pia zu fahren?«

»Gewiß.«

»Schon damals fiel es mir schwer, ohne sie in Rio zu bleiben, ich wußte ja nicht, wie lange es dauern würde; und dann rechnete ich damit, daß ich auf dem Lande, wo ich länger mit ihr allein wäre, sie dazu bringen könnte, alles, was mir auf der Seele lag, zu fühlen und mich anzuhören. Der Entschluß war vergeblich; sie fuhr nicht aufs Land, und ich mußte den Obergerichtsrat allein begleiten; wenig später kam ich zurück…«

»Ich entsinne mich.«

Da hielt Tristão inne und richtete seine Blicke zu Boden und in die Ferne. Ein Kellner kam und servierte uns Kaffee, während zwei große, schwarze Vögel die Luft durchschnitten, einer hinter dem andern herjagend. Es mochte ein Pärchen sein, er der Verfolgende, sie die Verweigernde. Da brachte ich, als heiteren Kommentar zu seinem Bekenntnis, den Gedanken ins Spiel, die schöne Fidélia verhalte sich ebenso wie der flüchtende Vogel; vielleicht möge sie ihn schon. Er sagte nicht ja und nicht nein, doch sein Gesichtsausdruck war verneinend, und ich, um zu retten, was zu retten war, fragte ihn:

»Wer sagt Ihnen, daß nicht, Doktor?«

Die Neugier ließ mich über die Grenzen der Diskretion und vielleicht der Gefaßtheit gleiten; es war nicht nur meine Neugier, auch ein wenig mein Temperament. Man hat schon so manchen jungen Mann gesehen, der von geliebten Damen sprach, und so manche Witwe, die ihr Witwentum aufgab oder auch daran festhielt. Im vorliegenden Falle mußten beide Figuren der Romanze besonderen Reiz verleihen. Gleichzeitig ging mir Ritas Behauptung durch den Kopf. Daß Fidélia nicht heirate. Daß sie niemals heiraten werde. Die Situation der beiden, das Leben, das Tristão in die Ferne ruft, der Tod, der die Witwe an die Heimat und ihre wehmutsvollen Erinnerungen bindet, dies alles machte ihre Romanze besonders reizvoll, abgesehen davon, daß angesichts dieser trennenden Umstände ich selbst nach anderen Ausschau hielt, die für eine mögliche Verbindung der beiden sprachen.

Tristão ließ sich nicht lange bitten und zählte verschiedene seiner Täuschungen und Enttäuschungen auf. Anfangs fiel ihm das schwer, doch kaum war eine Episode zur Sprache gekommen, folgten andere, und binnen kurzem wußte ich, welche Trugbilder seine Hoffnungen genährt und welche Ernüchterungen sie zerstört hatten. Jetzt rechnet er wahrhaftig mit dem Schlimmsten.

Ich kam ihm nicht mit Gegengründen; sie wären womöglich nichts weiter als Trugbilder gewesen. Auch erwähnte ich nicht die Befürchtungen, die ich der Patin und dem Paten unterstelle; sie können sich ebenso irren wie ich. Im übrigen – und das ist die Hauptsache – würde dies meine Rolle weniger seriös erscheinen lassen als angemessen. Genug, daß diese Unterhaltung ihn immer mehr aus sich herausgehen ließ, und mich desgleichen; als wir mit den Zigarren fertig waren, fühlten wir uns fast wie zwei Kommilitonen im ersten Studienjahr und bei der ersten Liebelei, wenn auch mit unterschiedlichem Lebensstil.

Als es talwärts ging, begann er, glaube ich, sein Bekenntnis bedauerlich oder peinlich zu finden; er wechselte das Thema, wir sprachen über beliebige Dinge, über die Bahn und die Straße, den Wald und den Berg, und unten angelangt, ein wenig über die Politik in beiden Ländern.

2. Dezember

Eine Beobachtung. Wieso war Tristão gestern auf der Paineiras-Straße so offenherzig, und an jenem Tag auf dem São-Francisco-Platz so vorsichtig, als ich ihn in den Anblick der jungen Frau, die in die Kutsche stieg, versunken sah? »Ein großes Talent«, hatte er damals ausgerufen und Fidélias pianistisches Talent gemeint, das sie doch nicht am Rocksaum trug. Und schon damals mochte er sie, wie ich gestern aus seinem Munde vernahm, hatte er doch bald nach seiner Ankunft Neigung zu ihr gefaßt. Der Grund ist der Umstand, daß erst jetzt seine Leidenschaft diese Höhe erreicht hat, und ebenso das Vertrauen, das ich ihm einflöße. Er konnte nicht an sich halten, das war es.

3. Dezember

Aires, lieber Freund, gestehe, daß, als der junge Tristão dir von seinem Schmerz über unerwiderte Liebe erzählte, du ein gewisses Vergnügen verspürtest, das allerdings weder anhielt noch wiederkam. Du willst Fidélia nicht für dich, empfändest aber einiges Mißvergnügen, sie in ihn verliebt zu wissen; rechtfertige dich, wenn du kannst, du kannst es nicht. Gleich darauf bist du in dich gegangen und hast erkannt, daß kein göttlich Gesetz den beiden ihr Glück verwehrt, wenn beide es gemeinsam wollen. Entscheidend ist, es zu wollen, und sie will es anscheinend nicht.

5. Dezember

Das Seestück ist beinahe fertig. Mein Schwesterherz war, als sie zu mir kam, ganz bezaubert von dem Gemälde, der Künstlerin und der Besitzerin, denn Fidélia hat das Werk für Dona Carmo bestimmt.

Rita traf in Flamengo nur die beiden Freundinnen an, weder Tristão noch Aguiar, und die drei Damen unterhielten sich ausgiebig, bis die Witwe sich empfahl, um nach Botafogo zurückzukehren, obwohl sie dringend gebeten wurde, zum Abendessen in Flamengo zu bleiben; sie konnte nicht und ging vor Einbruch der Dunkelheit.

Rita blieb, und es war gut, daß sie blieb, denn sie vernahm von Dona Carmo die Kunde von Tristãos Liebe, mit einem Zusatz, den ich hier wiedergebe und der das ergänzt, was ich in den letzten Tagen geschrieben habe. Dieser Zusatz ist nichts Geringeres als Dona Carmos Wunsch, die beiden verheiratet zu sehen.

»Das sage ich nur Ihnen und bitte Sie, es niemandem weiterzuerzählen«, schloß Dona Carmo, »ich würde sie gern verheiratet sehen, nicht nur, weil sie einander würdig sind, sondern auch wegen der Freundschaft, die ich ihnen entgegenbringe und die sie mir in gleicher Münze entgelten.«

Rita fand, daß Dona Carmo recht hatte, und fand außerdem, daß, wenn sie die beiden verheiraten würde, dies für sie ein Mittel wäre, den Sohn an Rio zu binden. Schwesterherz gehört zu den Menschen, die, was sie denken, nicht für sich behalten können, und vertraute den Gedankenfund sogleich ihrer Freundin an. Dona Carmo lächelte wie zustimmend, so schien es Rita selbst und so sagte sie es mir. Auch mir schien es so, doch wollte ich meinen üblichen Galletropfen hineinträufeln und sagte:

»Vielleicht ist der dritte Grund der wichtigste, wenn nicht der einzige.«

Rita beeilte sich zu widersprechen. Der einzige sei es nicht, das sei unmöglich. Ich beharrte, aus Bosheit und Scherz, auf meiner Meinung, aber innerlich stimmte ich ihr schließlich bei. Die drei Gründe konnten sich in jener Dame ohne weiteres verbinden. Allenfalls gab der letzte den beiden ersten größere Lebendigkeit, das war natürlich. Nicht lange, und sie würde den Ersatzsohn verlieren, der ja fortgeht, und die Leihtochter kann sich schließlich in einen andern verlieben und ihn heiraten, und selbst wenn sie Rio nicht verläßt, so wird sie zu einer anderen Familie gehören. Lebten die beiden hier vereint, hier geliebt, dann hielte Dona Carmo sie an ihren Busen gedrückt, und die beiden würden ihr das Sterben erleichtern. So fasse ich zusammen, was ich damals dachte und jetzt bestätige, und füge hinzu, daß ich es auch meinem Schwesterherz anvertraute.

»Was ich eben gesagt habe, war nur zum Spaß; ich glaube, du

hast recht. Was meinst du, wird sie erreichen, was sie sich wünscht?«

»Ich sage weder ja noch nein, aber ich meine, es wird schwierig, und zwar aus folgendem Grund: Tristão und Aguiar trafen kurz vor dem Abendessen ein, dann aßen wir. Aguiar erkundigte sich nach dem Gemälde, Dona Carmo antwortete ihm, er hörte ihr aufmerksam zu, und ich glaube, er und sie betrachteten hin und wieder ihren Patensohn; Tristão sagte die ganze Zeit über nichts; er schien ihre Worte nicht einmal zu beachten.«

»Vielleicht tat er nur so.«

»Am Ende der Mahlzeit, vor dem Kaffee, erklärte Tristão den Pateneltern, er werde vielleicht vor Jahresende abreisen....«

»Vor?«

»Vor.«

»Und sie wußten es nicht?«

»Anscheinend nicht, denn sie waren untröstlich, und das Abendessen klang traurig aus.«

»Aber wieso hatte er es nicht dem Paten gesagt, als er mit ihm nach Hause kam?«

»Sie sind ja nicht zusammen gekommen; Tristão ist später als Aguiar eingetroffen. Wir dachten sogar, er habe bereits außer Haus zu Abend gegessen. So war es: am Ende teilte er seine Abreise mit. In einem verspäteten Brief habe gestanden, daß... aber er zeigte ihn nicht; er wird den Brief wohl gezeigt haben, als ich gegangen war.«

Ich dachte nach und versuchte eine Erklärung:

»Schwesterherz, es kann sogar sein, daß es diesen Brief überhaupt nicht gibt; er flieht vor ihr, er ist ohne Hoffnung, er will möglichst schnell fort. Allein schon, daß er so spät kam, beweist, daß er die Witwe nicht treffen will; so stehen die Dinge. Haben die beiden Alten nicht versucht, ihm seine Absicht auszureden?«

»Anfangs sagten sie nichts; sie waren niedergeschlagen. Dann begann Aguiar etwas zu sagen, was Dona Carmo anhörte und nur mit den Augen bekräftigte; sie war traurig, und um mich nicht zu vernachlässigen, sprach sie mit mir; ich antwortete, indem ich aufrichtig mitfühlend ihre Finger faßte. Schau Bruderherz, sogar ich bat schließlich den jungen Mann, länger zu bleiben. Er dankte mir für meine Worte mit einem gleichfalls traurigen Lächeln, erklärte dann aber, das könne er nicht; man bitte ihn inständig, zurückzukehren.«

»Nun«, sagte ich lachend zu Rita, »da hast du dich also deiner Freundin Dona Carmo erbarmt, aber jetzt im Monat Dezember vergißt du die Wette, die du Anfang Januar mit mir abgeschlossen hast. Weißt du denn nicht mehr, was du mir auf dem Friedhof gesagt hast? Hast du nicht gewettet, die Witwe Noronha würde nicht wieder heiraten? Wie konntest du also Tristão heute bitten, hier zu bleiben, in der stillen Hoffnung, daß er sie heiraten werde?«

Am Ende griff ich ihr ans Kinn und nötigte sie, mir, der ich vor ihr stand, ins Gesicht zu schauen. Schwesterherz gestand den Widerspruch ein und erklärte ihn. Ihr gehe es vor allem darum, Carmos Traurigkeit zu lindern; sie sollten ein paar zusätzliche Tage oder Wochen gemeinsam verbringen können, die beiden Eheleute und der Patensohn. Doch könne es sehr wohl auch dahin kommen, daß Fidélia den Rat der Aguiars befolgen und am Ende Tristão ehelichen würde: dann wäre die Lage eine andere.

»Dann hatte ich also an jenem Tag recht?«

»Nicht ganz; aber in dieser Welt ist alles möglich.«

»In dieser und der anderen Welt.«

Ich wollte das Gespräch beenden und bemerkte, daß Rita entgegen Dona Carmos Bitte, über die ihr anvertraute tiefinnerste Absicht Stillschweigen zu wahren, mir soeben alles offenbart hatte; doch mein Herz vereitelte mir die Stichelei, wie brüderlich und harmlos sie mir auch geraten wäre. Sie hätte sich gekränkt fühlen können, und das verdient sie nicht; sie ist ein guter Mensch.

Kurz, vielleicht hatte Rita damals auf dem Friedhof recht. Wenn die Witwe Noronha, wie ich vor Tagen schrieb, vor sich selbst flieht, so deshalb, weil sie Angst hat, schwach zu werden, und den Witwenstand jenem anderen vorzieht.

10. Dezember

Fidélia weiß schon, daß Tristão beschlossen hat, am 24. abzureisen. Er selbst hat es ihr gesagt, als er bei ihr war.

15. Dezember

Wüßte ich sicher, ich könnte die beiden verheiraten, ich würde es tun, wie schwer es mir auch fiele, es mir einzugestehen, und eigentlich fällt es mir nicht besonders schwer. Ich bin allein, zwischen vier Wanden, und meine dreiundsechzig Jahre verwerfen keineswegs den Gedanken an den Gottesdienst. *Ego coniugo vos...*

Der Grund für dieses Gefühl ist die Traurigkeit, die ich den Pateneltern ansehe, in dem Maße wie der 24. näher rückt. Dona Carmo fragte Tristão flehentlich, ob er die Reise nicht auf den 9. Januar verschieben könne; es wären weitere vierzehn Tage, die er ihr schenken würde. Er antwortete, das könne er nicht. Ich fragte ihn etwas ungläubig, ob er die Schiffskarte schon gekauft habe; er sagte uns, er werde sie morgen kaufen. Meine Vermutung ist die, daß er wartet, bis alle Passagen ausverkauft sind und er die Reise wegen höherer Gewalt verschieben muß. Ich habe es ihm nicht gesagt, aber den Menschen ist alles zuzutrauen, und ganz besonders den Verliebten.

Gestern sprachen wir drei darüber; Aguiar war zugegen und äußerte sich nicht. Wenig später kam der Obergerichtsrat mit seiner Nichte; sie hatten dem Gerichtspräsidenten einen Besuch abgestattet, doch kaum auf der Straße, hatte Fidélia dem Onkel vorgeschlagen, den Abend in Flamengo zu verbringen, so waren sie gekommen, es war neun Uhr.

Alles, was bis halb elf Uhr vor sich ging, würde hier drei oder vier Seiten füllen, wenn ich nicht einige Mattigkeit in den Fingern spürte. Es wären Seiten voller Mutmaßungen, weil die beiden kaum miteinander sprachen, Mutmaßungen, die aber Bestätigung fanden in der sichtbaren Erschütterung beider und darin, daß Fidélia in Phasen des Schweigens verfiel, die sie jedoch mit Zuvorkommenheit für die Freundin drapierte. Wir vier Männer rückten allmählich zusammen. Campos regte ein Kartenspiel an, keiner von uns dreien schlug ein. Aguiar wollte schon einschlagen, wenn auch halbherzig, aber Tristão führte Kopfschmerz oder Schulterschmerz an, und es stimmte; den ganzen Morgen hatte er in gebückter Haltung zugebracht, um alte Sachen zu ordnen. Die erwähnte Fingerermattung ist eine Folge der Übermüdung von gestern; wir unterhielten uns weiter, bis die beiden Besucher gingen, und ich mit ihnen.

20. Dezember

Es ist gekommen, wie ich vermutet hatte. Tristão fand alle Schiffskarten für den 24. ausverkauft. Nun fährt er am 9. Januar. Das Schlimmste aber ist folgendes: obwohl die Passage natürlich sofort gekauft werden sollte, damit ihm das gleiche nicht noch einmal widerfährt, hat er überhaupt nichts gekauft. Das erfuhr ich von ihm selbst, als ich ihn fragte, ob er nicht schon Reisevorbereitungen treffe; er verneinte, es sei ja noch Zeit. Jetzt stelle ich mir vor, daß, wenn noch Zeit ist und er eine Passage findet, er vielleicht das Bedürfnis, die junge Frau zu lieben, in den Wunsch überführt, den beiden Alten gefällig zu sein, und weitere zwei oder drei Wochen bleibt. Die Alten sind wohl nicht der wahre Grund, doch gibt es nicht nur Leihkinder, es gibt auch Leihgründe.

22. Dezember

Der wahre Grund – oder einer von ihnen – war heute in Flamengo, um das Seestück zu beenden. Tristão war ebenfalls dort, und beide verhielten sich ästhetisch zueinander. Er bewunderte weniger das Gemälde als die Malerin, sie weniger die Szenerie als deren Bewunderer, und ich sah sie beide mit diesen Augen, die die kalte Erde eines Tages verspeisen wird.

Dona Carmo schenkte mir das Maß an Aufmerksamkeit, das ihr die Höflichkeit gebot, doch lediglich dieses. Sie blickte immer wieder nach den beiden, um sie zu beobachten, und soweit nötig, sie aufzumuntern. Dies aber war nicht mehr nötig. Beide vergaßen sie uns und überließen sich dem Klang dieser inneren Musik, die für Fidélia nichts Neues ist.

Beim Beobachten der jungen Frau und ihrer Mimik bedachte ich, was man mir vor einer Woche gesagt hatte, daß sie nämlich mit dem Gedanken spiele, den Sommer auf dem Gut Santa-Pia zu verbringen, das sie noch nicht veräußert hat. Es würde ihr nichts ausmachen, dort bei ihren Freigelassenen zu verweilen; was ihr fehlte, war jemand, der sie begleiten könnte. Letzthin dachte sie daran, nach Petrópolis zu gehen, doch dann würde Tristão wahrscheinlich mitgehen, und ihre Absicht war, vor ihm zu fliehen, glaube ich. Auch glaube ich, daß sie beim Erwägen beider Vorhaben aufrichtig war. Am Tor ihres Herzens hörte Fidélia das Pochen jenes anderen Herzens, und sie spürte diese oder jene Anwandlung, das ihre zu verschließen. Ich sage Anwandlung, denn eine solche ist nicht imstande, den Menschen zu binden oder mitzureißen. Der Mensch will Anderes und Entgegengesetztes, und das Gefühl, hat es die Oberhand noch nicht gewonnen, drängt dorthin.

Ein Eindruck, den ich aus Flamengo mitbringe, ist der, daß Dona Carmo, als ich aufstand, um zu gehen, mich mit dem gleichen Vergnügen entließ wie vor einigen Tagen, um mit den beiden allein zu sein. Sie wird ihnen nichts mit Worten mitgeteilt haben, aber so weit die Seele ohne Worte gehen kann, ist sie gewiß gegangen. Nur ihre Gefaßtheit dürfte die gute Dame gehindert haben, die beiden zu umarmen und ihnen zu sagen:

»Liebt euch, meine Kinder!«

28. Dezember

Ich habe mich heute mit Tristão getroffen und von ihm nichts weiter gehört, als daß er Briefe aus Lissabon erhalten hat, politische Briefe; auch Briefe von Vater und Mutter. Seine Mutter sagt, wenn er lange ausbleibe, werde sie in ihre Heimat kommen. Er erzählte mir von seinen anderen, hiesigen Eltern, sprach aber nicht von der jungen Frau.

1889

2. Januar

Endlich, sie lieben sich. Die Witwe ist vor ihm und ist vor sich selbst geflohen, solange sie konnte, aber sie kann nicht mehr. Jetzt scheint sie die seine, sie lacht mit ihm, und am 9. Januar wird sie seinetwegen natürlich weinen, falls er die Tränenquelle nicht mit einer Tat verschließt. Die Besuche finden jetzt täglich statt, die Abendessen häufig; Dona Carmo begleitet gelegentlich den Patensohn nach Botafogo, und Aguiar holt die beiden dort ab.

Ob sie sich schon ausdrücklich erklärt haben, weiß ich nicht; ihm werden wohl Gelegenheit oder Mut gefehlt haben, ihr anzuvertrauen, was sie durch Blicke schon weiß, doch wird es nicht mehr lange dauern. Was ich hier sage, schließe ich aus Beobachtungen und Vermutungen, und hauptsächlich aus dem Glück, das dem Ehepaar Aguiar ins Gesicht geschrieben steht. Schwesterherz hat in den letzten Tagen das Haus nicht verlassen; am Neujahrstag war ich bei ihr zum Abendessen, doch darüber haben wir nicht gesprochen.

7. Januar

Tristão reist nun nicht mehr am 9. Januar; den Grund hat er mir weder gesagt, noch habe ich ihn danach gefragt. Er sagte mir nur, daß er nicht reise; er hatte Briefe nach Lissabon geschrieben und war im Begriff, sie zur Post zu bringen.

9. Januar

Der zweite Jahrestag meiner endgültigen Rückkehr nach Rio. Heute habe ich die Rufe des Staubwedelverkäufers vom letzten und vorletzten Jahr nicht gehört. Diesmal kam mir das Datum ohne jeden äußeren Laut in den Sinn, es fiel mir von selbst ein. Ich war darauf gefaßt, die Schwester mit der Aufforderung eintreten zu sehen, mit ihr zum Friedhof zu fahren. Sie ist nicht gekommen – es ist vier Uhr nachmittags –, entweder, weil sie nicht daran gedacht hat, oder weil es ihr nicht jedes Jahr nötig scheint.

Wer weiß, ob wir die Witwe Noronha nicht am Grab ihres Ehemanns träfen, die Hände gefaltet, betend, wie vor Jahresfrist? Würde mir der Eindruck, der mich mit Rita um die Heirat der jungen Dame wetten ließ, noch einmal geboten, ich könnte mir vorstellen, daß ich an solcher Gegenwart und solcher Stellung Gefallen fände. Ich sähe darin ein Zeichen, daß sie Tristão nicht liebt, und da ich selbst sie nicht ehelichen kann, zöge ich es vor, sie liebte den Verstorbenen. Doch nein, das ist es nicht; ich will sagen, was es ist.

Erblickte ich sie an selbiger Stelle in selbiger Haltung, würde ich dennoch nicht an der Liebe zweifeln, die Tristão ihr einflößt. Alles könnte in demselben Menschen beieinander wohnen, ohne die Heuchelei der Witwe und ohne die Untreue der künftigen Gattin. Es wäre die Übereinstimmung oder der Gegensatz zwischen Individuum und Spezies. Das Gedenken an den Hingegangenen lebt in ihr fort, unbeschadet der Wirkung ihres Verehrers, lebt mit allen süßen und melancholischen Erinnerungen an früher, mit den Debütgeheimnissen eines Herzens, das bei dem Toten in die Lehre gegangen ist. Doch der Genius der Spezies läßt den Erloschenen in neuer Gestalt wieder aufleben und gewährt ihn ihr jetzt, schenkt ihn ihr jetzt und vertraut ihn ihr an. Solange sie fliehen konnte, floh sie, wie ich vor Tagen schrieb und jetzt wiederhole, um es niemals zu vergessen.

12. Januar

Morgen, am 13., hat die schöne Fidélia Geburtstag. Dies der Grund, weshalb Tristão seine Reise vom 9. auf einen noch unbestimmten Tag verschoben hat. So sagte er es den Pateneltern, die ihm natürlicherweise und fröhlicherweise Beifall zollten; denselben Grund bekannte er mir heute, als ich ihn damit beschäftigt fand, ein Andenken für die Witwe zu besorgen. So seine Worte, doch ohne innere Überzeugung gesprochen. Der Grund für sein Bleiben ist ein anderer.

13. Januar

Bevor ich mich entkleide, will ich aufschreiben, was ich soeben – es ist Mitternacht – von der anzüglichen Cesária gehört habe. Mit ihr und ihrem Ehemann bin ich vom Haus des Obergerichtsrats, wo wir mit der anmutigen Witwe Tee getrunken hatten, nach Catete gekommen. Deren Freunde hatten sich eingefunden, mit Ausnahme Ritas, die eine Karte mit Glückwünschen schickte, sie scheint unpäßlich.

Wenn ich aufschreibe, was Dona Cesária mir sagte, dann nicht, weil es wahr wäre, sondern weil es boshaft ist. Hätte diese Dame keine Galle, würde sie vielleicht nicht taugen; ich sehe sie nie ohne Galle, und das ist eine Wonne. Entweder wußte sie schon von der Neigung der Witwe zu Tristão, oder sie hat sie an diesem Abend bemerkt. Wie dem auch sei, sie sagte mir, Tristão werde nicht so bald nach Lissabon zurückkehren.

»Ja«, stimmte ich bei, »anscheinend fällt es ihm schwer, sich von den Paten zu trennen.«

»Von den Paten?«, entgegnete Cesária lachend. »Hören Sie, Geheimrat! Damit meinen Sie wohl die beiden Augen der Witwe, die ziemlich schlechte Paten sind. Aber sie hat ja Weihwasser für die Taufe bei sich.«

Etwas begriffsstutzig fragte ich sie, was denn das für Weihwasser sei, und was für eine Taufe. Ihr Ehemann erwiderte mit seinem gewohnten Mißmut, das Weihwasser sei das Geld, und rieb Daumen und Zeigefinger gegeneinander; sie lachte zur Bestätigung, und ich begriff, daß sie dem jungen Mann eine Neigung aus Interesse unterstellten.

Ich wollte der Dame zu bedenken geben, was sie mir da sage, widerspreche dem, was ich vor einiger Zeit von ihr selbst gehört hätte. Damals hörte ich von ihr – ich glaube, ich habe es in diesem Tagebuch festgehalten – Tristão werde der Politik den Vorrang geben und daher die Witwe verlassen. Aus zwei Gründen erinnerte ich sie nicht daran, erstens, weil es vergeblich gewesen wäre, und sogar schädlich für unsere Beziehungen; und zweitens, weil es die Natur selbst beleidigen würde. Dona Cesária glaubt das Böse, das sie behauptet, wirklich. Ihr Widerspruch ist nur scheinbar; er liegt ganz und gar in ihrem Haß auf Fidélia beschlossen, und dieses Gefühl ist die tiefinnere und einzige Ursache für die beiden entgegengesetzten Meinungen.

Ob nun der Politik wegen zurückgesetzt oder des Geldes wegen hochgeschätzt – alles läuft darauf hinaus, die andere Dame zu verkleinern. Zu diesen beiden Gründen, die ich hatte, Dona Cesária schweigend anzuhören, kam die Form. Alles entströmt ihr in recht sanften, ehrbaren Worten, deren Gift oder Absicht auf ihrem Grunde liegen. Zuweilen spricht Dona Cesária mit einer Witzigkeit, die einen bedauern läßt, daß ihre Worte unwahr sind, und ohne weiteres verzeiht man ihr.

Bedachte ich alles dies und außerdem die Tageszeit, die kurze Fahrt, den anwesenden Ehemann – was zum Teufel würde ich gewinnen, wenn ich ihre Behauptungen zerpflückte? Bei mir selbst aber, sobald sie mich allein ließen, begann ich an Tristão zu denken, und daß er ebenfalls reich ist, daß er die Witwe wirklich liebt, von ihr geliebt wird und sie schließlich heiraten wird. Ich vergegenwärtigte mir den Abend und seine Episoden, die ich nicht aufschreibe, weil es spät ist, immerhin waren sie interessant. Der Onkel scheint Fidélias Neigung schon entdeckt zu haben und mißbilligt sie nicht. Das Paar Aguiar war beglückt, es blieb noch länger, um gemeinsam mit dem Patensohn nach Hause zu gehen.

23. Januar

Was mir soeben einfällt: morgen jährt sich die Silberhochzeit der Aguiars. Bei dieser familiären Feier, die mir sehr gefallen hat, war ich ja dabei. Auch Fidélia war dabei und brachte der guten Carmo ihren töchterlichen Trinkspruch aus, der ganze Abend verlief in bester Harmonie. Tristão war hier noch nicht angekommen und wurde auch nicht erwartet. Hoffentlich vergesse ich nicht, dem Paar beizeiten mein Glückwunschbillett zu schicken, und vielleicht gehe ich abends hin. Jawohl, ich gehe hin.

Rita hat mir soeben – es ist sechs Uhr nachmittags – geschrieben und bittet mich, morgen abend auf sie zu warten, damit wir zusammen nach Flamengo gehen. Ich gehe mit, seit sechs Tagen bin ich nicht mehr dort gewesen.

25. Januar

Keine zahlreiche Gesellschaft in Flamengo. Die vier, das Ehepaar Aguiar, Tristão und Fidélia – den Obergerichtsrat rechne ich nicht, er spielte Karten –, die vier also schienen von einer frischen und erwünschten Neuigkeit zu leben. Vielleicht ist die Bitte um die Hand der Witwe schon ausgesprochen und von ihr erhört worden. Diese Vermutung teilte ich Rita mit, die mir sagte, sie nehme das ebenfalls an.

29. Januar

Am Abend des 24. Januar hatten wir recht. Die Verliebten haben sich erklärt. An jenem Tage, just weil es das 26. Ehejubiläum von Tristãos Pateneltern war, wurde in Botafogo, im Haus des Onkels und in seinem Beisein, um die Hand der Witwe angehalten, und sie wurde von ihrer Besitzerin gewährt, mit Billigung des Obergerichtsrats, der gegen zwei sich liebende

Herzen ohnehin nichts einzuwenden hatte. In dieser Sache drängte aber auch alles zu diesem Ausgang, die einen im Einklang mit den andern und ein jeder mit sich selbst.

Dona Carmo und Aguiar, die Tristão vor und nach seinem Antrag zärtlichst umarmt hatten, erlebten an jenem Abend das Morgenrot einer Glückseligkeit. Gott steh mir bei, sie schienen noch glücklicher als die beiden Verlobten. Die Witwe, durch die Nähe zwischen dem alten und dem künftigen Familienstand genötigt, wahrte in ihrer Beglücktheit eine gewisse Mäßigung, gab sie aber mehrfach auf und am Ende ganz und gar. Die anderen wußten zu jener Stunde nichts von der Neuigkeit, und auch jetzt, glaube ich, weiß nur ich davon, so sagte es mir heute der Verlobte; einige werden sie ahnen, wie etwa Rita, die sie schon zur Hälfte kannte; die weniger Scharfsichtigen werden sich beim Anblick der beiden gesagt haben, wie gut, daß Fidélia ihr Herz allmählich von der Last der Trauer erleichtert.

Als er mir berichtete, was vor fünf Tagen geschehen ist, erklärte Tristão mir seine neuerliche Mitteilung so: er fühle sich verpflichtet, mir den idyllischen Ausgang einer Geschichte zu erzählen, deren Anfang er mir in elegischen Worten anvertraut habe. Er gebrauchte ebendiese Ausdrücke, und beinahe hätte er Theokrit zitiert. Ich drückte ihm ehrlich erfreut die Hand und versprach Verschwiegenheit.

Wahrhaftig, ich sehe die beiden gern vereint. Dies sei, so schrieb ich vor einiger Zeit, ein Mittel, der Traurigkeit des Ehepaars Aguiar abzuhelfen. Jetzt füge ich hinzu – falls ich es nicht auch schon gesagt habe –, daß sie einander würdig sind, sie sind jung, wohlgestalt, sie lieben sich und haben das natürliche, legitime Recht, einander zu besitzen.

»Unsere bevorstehende Heirat geben wir formell noch nicht bekannt«, schloß Tristão, »denn ich habe meinen Eltern geschrieben, und heiraten werden wir erst, wenn ich ihre Antwort in Händen habe. Die Antwort kennen wir schon, und könnte sie auch ablehnend sein, so würden wir uns dadurch nicht vom Heiraten abhalten lassen; dennoch will ich unser Verlöbnis jetzt nicht öffentlich machen, es ist eine Frage der Achtung vor den Alten.«

Darauf begann er die vortrefflichen Eigenschaften der jungen Dame aufzuzählen. Einige hatte ich aus seinem Munde schon vernommen, und ich kannte sie alle, aber der Umgang mit dieser Spezies Mensch erfordert die größte Nachsicht der Welt. Tristão sprach so ehrlich und freudig, daß es eine Schroffheit gewesen wäre, ihm nicht wohlwollendes Gehör und zustimmende Worte zu gönnen; ich gönnte ihm beides, und schließlich bat er mich um die erste Umarmung eines Außenstehenden; ich drückte ihn fest.

2. Februar

Die oben erwähnte Umarmung tut mir gut, sie war ehrlich. Sie hätte affektiert oder nur höflich sein können, war es aber nicht; gern sah ich den jungen Mann glücklich und mit ihm seine Dame, und mit ihnen die beiden Elternpaare, hüben und drüben.

Ich kann mich irren, aber mir kommt die Witwe jetzt schöner vor. Das mag am bevorstehenden Wechsel ihres Familienstandes liegen. Ihre frühere Melancholie war echt und war doch eine Fremde oder ein Gast, ich weiß nicht, wie ich mich ausdrücken soll, um eine Art Beileidsbesuch von wenigen Minuten und wenigen Worten zu bezeichnen. Oben, vor drei Wochen schon, am 9. Januar, habe ich etwas geschrieben, was in gewisser Weise den einen wie den andern Familienstand erklärt und beide verknüpft.

6. Februar

Nichts spricht sich so schnell herum wie ein großes Geheimnis. Schon gibt es außer mir, der ich es kenne, und Rita, die es ahnt, Leute, die versichern, die beiden würden heiraten; entweder, weil sie es wissen, oder weil sie es lediglich ahnen und dennoch versichern. Für Osório, als ihm das zu Ohren kam, war es ein weiterer Schlag, schwer und unerwartet. Auch wird es nicht an anderen Männern fehlen, die von ihr angetan sind oder vor Liebe zu ihr sterben und Tristão zum Teufel wünschen.

Zwar war Osório schon vorher enttäuscht, doch diese neue Nachricht hat seine Wunden wieder aufgerissen. Die Enttäuschung, die sie ihm damals zufügte, war ihre Treue zum Toten; wenn sie jetzt einen andern wählt, hätte sie auch ihn wählen können, und das erbittert ihn, wie es einem Spieler beim Tricktrack ergeht, der mit dem Becher aufs Brett schlägt, weil er die schlimmstmögliche Augenzahl gewürfelt hat.

10. Februar

Das Glück ist schwatzhaft. Dona Carmo hat mir noch nichts von der baldigen Heirat der beiden gesagt, mir aber heute schon anvertraut, sie habe ihrer Gevatterin geschrieben, Tristãos Mutter, der sie schon lange nicht mehr geschrieben hatte. Ihr Brief ist mit demselben Dampfer abgegangen, der den ihres Patensohns befördert. Natürlich unterstützte sie seine Bitte und legte Fidélias körperliche und seelische Vorzüge dar, und wenn sie sie nicht gebeten hat, die beiden hier zu lassen und ebenfalls herzukommen, so wird sie es schließlich tun. Dann, oder schon vorher, wird sie mir alles übrige erzählen.

12. Februar

Ich hatte nicht übel Lust, einen Monat in Petrópolis zu verbringen, doch das Vergnügen, jenen beiden Liebesleuten Gesellschaft zu leisten, läßt mich ein wenig zögern und wird mich hier wohl festhalten. Rita empfindet das gleiche Vergnügen und trifft sich nun öfter mit ihnen. Gestern sagte sie mir, die Hochzeit stehe nun fest.

»Aber wer hat dir gesagt, daß sie heiraten?«

»Niemand hat es mir gesagt, ich habe es erraten. Dona Carmo, die ich darauf ansprach, war zunächst ein wenig verlegen; sie wollte es nicht zugeben und schämte sich es zu leugnen, so war es; ich aber wechselte das Thema und sprach von anderen Dingen. Es sei denn, die beiden hätten ihr noch nichts gesagt…«

Ich weiß nicht, welcher Skrupel mir die Zunge band; ich erzählte ihr nicht, was ich von Tristão persönlich wußte, doch fiel mir das nicht schwer, und ich entgegnete mit gespielter Ahnungslosigkeit:

»Nun gut, die Witwe heiratet nicht mich, sie heiratet einen andern, wie du vermutest, dann gib aber zu, daß du die Wette verloren hast.«

»Ich sage nicht nein. Alles liegt in Gottes Hand.«

»Erinnerst du dich an den Tag auf dem Friedhof?«

»Gewiß, vor einem Jahr.«

Ich wiederhole, es ist mir nicht schwergefallen, diskret zu bleiben; an dieser Tugend habe ich kein Verdienst. Eines Tages, wenn ich fühle, daß es mit mir zu Ende geht, werde ich Schwesterherz Rita diese Seite vorlesen; und sollte das Ende plötzlich kommen, so möge sie mich lesen und entschuldigen; wenn ich ihr, was oben geschrieben steht, nicht erzählt habe, so hatte das nichts mit Zweifeln an ihr zu tun.

Sie lese mich, und lese auch dieses weitere Bekenntnis, das ich von ihren Vorzügen als Dame und als Verwandte ablege. Vielleicht, lebten wir zusammen, würde ich einen winzigen Fehler an ihr entdecken, oder sie an mir, doch so getrennt, wie wir leben, ist es ein besonderer Genuß, wenn wir uns sehen. Als ich noch Klassiker las, fand ich, wie mir erinnerlich ist, bei João de Barros eine gewisse Antwort eines afrikanischen Königs an portugiesische Seefahrer, die ihn baten, ihnen, seinen Freunden, ein Stück Land für eine Niederlassung zu gewähren. Der König gab ihnen zur Antwort, sie sollten lieber Freunde aus der Ferne bleiben; Freunde aus nächster Nähe seien wie jene Klippe und das Meer, das heftig gegen sie anbrande. Das war ein anschauliches Bild, und sollte der afrikanische König es so nicht ausgesprochen haben, es wäre dennoch wahr.

12. Februar, elf Uhr abends

Vor dem Schlafengehen habe ich meine Aufzeichnungen von heute Mittag nachgelesen und habe sie gegen Ende für allzu skeptisch befunden. Schwesterherz möge mir verzeihen.

Soeben komme ich aus Flamengo, wo ich Aguiar mit einer halben Unpäßlichkeit angetroffen habe, im Wohnzimmer auf einer Chaiselongue, die Türen geschlossen, tiefe Stille, die beiden allein. Tristão hatte sich nach Botafogo begeben, nicht daß er nicht hätte bleiben wollen, aber Pate und Patin hatten ihn gedrängt, denn Fidélia könne sich Sorgen machen, wenn er nicht erschiene, er solle sie von ihnen grüßen. Tristão gab nach und ging hin. Auch ich gäbe nach, ohne lange zu widerstehen, so wie dieser wohl keinerlei Widerstand geleistet hat.

Sie sagten mir die Dinge nicht mit genau diesen Worten, doch die sie gebrauchten, liefen darauf hinaus. Über die Sache mit der Hochzeit hüllen sie sich weiter in Schweigen.

Aguiars Erkrankung ist offenbar eine Erkältung, die mit einem Schwitzbad verschwinden wird, und sie war für ihn kein Grund, mich früher gehen zu lassen. Dona Carmo drängte ihn beharrlich, sich zur Ruhe zu begeben, und ich wollte immer wieder gehen, doch der gute Mann befürchtete, ich könnte mich, zuhause angekommen, hier einsam und verdrossen fühlen; das sagte er mir selbst und hielt mich fest, solange er konnte. Ich ging nicht sehr spät, hatte aber Zeit, die Dame des Hauses innerlich hin- und hergerissen zu sehen zwischen der Sorge um den einen und der Freude über den anderen. Mit fragender, unruhiger Miene befühlte sie Stirn und Puls ihres Mannes; dann wieder ließ sie sich auf das Häppchen Plauderei über Tristão und Fidélia ein, das er ihr bot, und in solchem Wechselspiel verging der Abend, zwischen dem Wellenschlag des Meeres und dem Stundenschlag der Uhr.

Ich ließ nach Aguiars Befinden fragen; beim Aufwachen heute morgen fühlte er sich wohl; er geht nicht aus, um sich keiner Gefahr auszusetzen, ist aber wohlauf. Er schrieb mir, ich solle zum Abendessen kommen. Ich schrieb ihm zurück, seine Krankheit sei für ihn ein Anlaß, den heutigen Tag an der Seite seiner Frau zu verbringen, und ebendeshalb könne ich unmöglich diese Szene eines Theokrit aus der Nähe betrachten.

In der Tat, ich kann es nicht, ich bin mit dem belgischen Geschäftsträger zum Abendessen verabredet. Ich gestehe, ich ginge lieber zu den Aguiars, nicht daß der Diplomat ein Langweiler wäre, im Gegenteil, aber die beiden Alten passen zu meinem Alter und bei ihnen finde ich ein wenig von meiner verlorenen Jugend. Der Belgier ist jung, aber er ist Belgier, will sagen, ich bin müde geworden, Französisch zu hören und zu sprechen, und habe nunmehr ein neues, ursprüngliches Leben in meiner Sprache gefunden, und mit ihr im Mund und im Ohr will ich den Tod erwarten. Alle meine Tage sind gezählt, nicht ein Schatten von dem, was verlorengeht, läßt sich wiedergewinnen.

»Szene eines Theokrit«, schrieb Aguiar auf meine Absage hin, »hat in diesem Fall wohl eine speziellere Bedeutung, als es scheint. Kommen Sie morgen und erklären Sie es mir zwischen Suppe und Kaffee, und berichten Sie mir von den Geheimplänen Belgiens. Tristão sagt mir, er werde gleichfalls bei uns zu Abend essen, falls Eure Exzellenz unser Gast ist. Schauen Sie, wie weit es mit diesem Undankbaren gekommen ist, der nur dann bei uns ißt, wenn Besuch ins Haus steht; wenn nicht, entschwindet er. Werden Sie kommen, Geheimrat?«

Ich sagte zu, und ich gehe hin. Der letzte Satz des Billetts enthält eine gespielte Kränkung, etwas wie ein verhülltes Vergnügen; mit anderen Worten, die Aguiars genießen solche Abwesenheit des jungen Mannes, denn alles, was sie wollen, ist, daß zwei Wesen sich lieben, von denen sie geliebt werden und die sie ebenfalls lieben. Nach dem Abendessen werde ich es erleben, daß sie selbst die ersten sind, die ihn nach Botafogo schicken.

Nein, Tristão haben sie nicht nach Botafogo geschickt. Sie hatten es, glaube ich, vor und hätten es getan, doch blieb ihnen keine Zeit. Kaum war das Abendessen zu Ende, erschienen Fidélia und ihr Onkel. Daraus schloß ich, daß ebendies zwischen den Liebenden abgesprochen war.

Ein guter Abend für alle. Ich selbst genoß es, die beiden zu beobachten. Nicht daß sie sich nicht zu verstellen suchten, vor allem sie, doch keine Verstellung der Welt genügt in solchen Lebenslagen. Die innere Erregung störte alle Berechnung, und die Augen verkündeten alle Geheimnisse. Sprachen sie wenig oder nichts, dann sagte ihr Schweigen mehr als alle Worte, und sie erlebten sich, wie einer am anderen hing und beide am Himmel. So schien es mir. Nicht weniger schien es mir, daß der Himmel sie ermunterte und daß sie uns zu allen Teufeln wünschten, mich und die drei anderen Alten, und Tristãos Eltern, die Dampfschiffe, die Postsäcke, die erwarteten Briefe, alles was nicht Priester und Latein war – ein rasches Latein und ein noch rascherer Priester, der sie von Ledigenstand und Witwenstand erlösen sollte. Und auf diese Weise sagten sie alles, was sie voneinander wußten.

Sie wußten alles. Es scheint unglaublich, wie zwei Menschen, die sich niemals gesehen haben, oder jedenfalls nur beiläufig und ohne besonderes Interesse, es scheint unglaublich, wie buchstäblich und auswendig sie sich heute kennen. Sie waren dabei, sich ganz und gar kennenzulernen. Wenn es eine Zelle oder Nische gab, die noch zu entdecken war, traten sie kurzerhand ein, und sie durchdrangen einander bei einem hellen Licht, das niemand entzündet hatte. Was ich sage, mag dunkel klingen, ist aber keine Einbildung; ich habe es mit eigenen Augen gesehen. Und ich beneidete sie. Ich korrigiere diesen Satz nicht, ich beneidete das Paar, denn bei diesem Austausch verschwand der Unterschied der Geschlechter, so daß nur ein einziger Zustand blieb.

16. Februar

Gestern habe ich etwas zu notieren versäumt, das sich vorgestern zugetragen hatte, zu Beginn des Abendessens in Flamengo. Hier folgt es, vielleicht benötige ich es morgen oder danach.

Die ersten Löffel Suppe wurden mehr oder weniger still und stumm eingenommen. Briefe aus Europa waren eingetroffen, zwei an der Zahl, und Tristão las sie rasch am Fenster, vom Inhalt offenbar nicht erfreut. Anfänglich aß er ohne Teilnahme und ohne Genuß. Natürlich argwöhnten die Pateneltern etwas, wagten ihm aber keinerlei Frage zu stellen. Verstohlen blickten sie auf ihn; ich, um ihr Gemüt nicht zu beunruhigen, brachte kein Thema auf, das hätte befremden können, und aß vor mich hin. Bald löste sich die Verlegenheit, und im weiteren nahm die Mahlzeit einen fröhlichen Verlauf. Ich habe hier schon notiert, wie der weitere Abend verlief.

Wollte ich in Erfahrung bringen, was die Briefe enthalten, brauchte ich nur indiskret oder unhöflich zu sein und Tristão unter vier Augen danach zu fragen. Er würde, glaube ich, es mir anvertrauen, da ich zum Herzen des jungen Mannes einen immer besseren Zugang finde. Er hört mich an, spricht mit mir, sucht mich auf, bittet mich um Rat und Meinung. Das Mißbehagen bei Tisch aber währte so kurz, daß es wohl nicht sehr ausgeprägt war, und schließlich dürfte Tristão seinen Pateneltern, als er mit ihnen allein war, alles berichtet haben, und noch gewisser am gestrigen Tage seiner Verlobten. Sie alle werden sich schon in der Ära der geteilten Geheimnisse befinden.

18. Februar

Telegramm von Tristãos Eltern, die Ja sagen, die zustimmen, die die Verlobten segnen. Der telegraphische Stil ist eigentlich bündiger, doch so hat Tristão ihn mir aus dem Gedächtnis übersetzt; Beglückung führt zur Herzensergießung. Ich drückte ihm freudig die Hand, er wollte eine Umarmung. Es war hier zuhause, ich wollte gerade ausgehen, um zwei Uhr nachmittags. Wir gingen zusammen, und ich hatte mir drei Lobreden anzuhören, eine auf seine Eltern, eine weitere auf seine Pateneltern, und die dritte – übrigens die zwanzigste – auf die Dame seines Denkens und Trachtens.

»Dona Fidélia war hocherfreut; sie habe, sagt sie, nie an der Antwort gezweifelt, doch die telegraphische Botschaft zeige, daß meine Eltern den Postweg nicht hätten abwarten können und sofort hätten antworten wollen. Jetzt warten wir auf ihre Briefe, doch die Hochzeit geben wir sogleich bekannt.«

Beim Verlassen der Straßenbahn hörte ich eine vierte Lobrede, nämlich auf seine politischen Vorgesetzten, die ungeduldig darauf warteten, ihn in der Abgeordnetenkammer zu sehen, und die ihm geschrieben hätten. Einer von ihnen habe ihm sogar anvertraut, er würde, wenn Tristão sich aus der Politik zurückzöge, ihr ebenfalls den Rücken kehren.

»Eine Übertreibung«, schloß er lächelnd, »doch das beweist, daß sie mich wollen. Auch ist es vielleicht ein Mittel, mich dringend zurückzurufen; der andere Briefschreiber hat sich darauf beschränkt zu sagen, meine Wahl stehe fest und meine Kandidatur werde nun angemeldet.«

»So? Ich beglückwünsche Sie.«

»Noch nicht, vor allem nicht öffentlich. Den Pateneltern habe ich nichts gesagt; Dona Fidélia ja, ihr habe ich es unter vier Augen erzählt und jetzt Eurer Exzellenz, mit der Bitte um größte Verschwiegenheit.«

Wahrscheinlich war dies der Inhalt der beiden kürzlich eingetroffenen Briefe. Aber wird er tatsächlich abreisen, oder ist er noch unschlüssig, ob er der Gattin nachgeben soll oder nicht, falls sie zu bleiben gedenkt? Die Verschwiegenheit, um die er mich bittet, würde die eine wie die andere Hypothese stützen…

22. Februar

Die Hochzeit von Tristão und Fidélia ist bekannt gegeben, nicht in den Zeitungen, was ich bedaure, ich hätte es sehr begrüßt! Nur im Umkreis der beiden Familien wurde sie bekannt gegeben…

Private Mitteilungen sehe ich gern gedruckt, ein guter Brauch, der das Leben jedes einzelnen zur Angelegenheit aller macht. Solche Mitteilungen habe ich nicht nur gedruckt, sondern sogar als Stich veröffentlicht gesehen. Es kommt eine Zeit, da wird die Photographie ins Zimmer der Sterbenden eindringen, um ihre letzten Augenblicke festzuhalten; und sollte es noch Privateres geben, wird sie gleichfalls eindringen.

25. Februar

Als Rita mir die förmliche Nachricht von der Hochzeit brachte, zeigte ich ihr die Heiratsanzeige, die ich bekommen hatte, und fragte sie mit triumphierender Geste, wer von uns beiden vor Jahresfrist auf dem Friedhof richtig vermutet habe. Wiederum gab sie zu, daß ich es sei, korrigierte sich aber zum Teil, indem sie sagte, bei unserer Wette sei es darum gegangen, daß Fidélia mich heiraten werde, und erinnerte an die Wette zwischen Gott und dem Teufel um Faust, die ich ihr hier zuhause aus Goethes Drama vorgelesen hatte.

»Nein, du Schelmin, *du* hast mich doch angestiftet, es zu versuchen, und hast mit hübschen Worten mein Alter klein geredet, weißt du noch?«

Sie wußte es noch, wir lächelten und begannen von den Brautleuten zu sprechen. Ich sprach von beiden gut, sie sprach von keinem schlecht, redete aber ohne Wärme. Vielleicht mißfiel ihr die Heirat der Witwe, als wäre sie etwas Verwerfliches oder Befremdliches. Da sie selbst nicht wieder geheiratet hatte, dürfe niemand, so schien ihr, eine zweite Ehe eingehen. Oder aber – meine liebreiche Schwester verzeihe mir, so sie eines Tages diese Zeilen liest – oder aber es zwickten sie nunmehr da und dort Gefühle der Reue, es nicht gleichfalls getan zu haben… Doch nein, das wäre zuviel des Argwohns gegen einen so vortrefflichen Menschen.

Dies, knapp zusammengefaßt, unsere Unterhaltung. Weder sprachen wir über das Datum der Hochzeit, noch über die Abreise des Paares, wenn es denn abreisen sollte. Mit Vorliebe erzählte Rita Histörchen, Sprüche und Gerüchte, sämtlich frei von Bosheit oder Häßlichkeit, sämtlich interessant, die sie vom Paar Aguiar vernommen hatte.

Sechs Uhr nachmittags
Ich komme soeben von der Straße, wo mir bestätigt wurde, daß der Makler Miranda heute morgen einen Gehirnschlag erlitten hat. Rita hatte es mir erst beim Weggehen gesagt, und ich hatte es vergessen aufzuschreiben. Wir standen auf dem Treppenabsatz, als sie mir erzählte, sie habe es von zwei Unbekannten in der Trambahn gehört.

»Und das erzählst du mir erst jetzt?« sagte ich zu ihr. Sie hat es richtig gemacht; das Leben hat seine unaufschiebbaren Rechte; zuerst kommen die Lebenden und ihre Vereinigungen; die Toten und ihre Beerdigungen mögen warten.

Auch ich habe es so gehalten; jetzt erst spreche ich von diesem Menschen.

26. Februar

Miranda ist gestern um zehn Uhr gestorben; heute um vier wird er beerdigt. Ich glaube, er hinterläßt seine Familie in geordneten Verhältnissen. Wir verstanden uns gut, ohne große Freunde zu sein. Ich würde, wenn ich die Freunde zählte, die ich in den letzten Jahren da und dort in der Welt verloren habe, auf einige Dutzend kommen. Die Zeitungen sagen, zur Beerdigung werde nicht gesondert eingeladen, ich gehe ohne Einladung hin.

Zehn Uhr abends
Da bin ich also zu Mirandas Beerdigung gegangen. Das zu erzählen würde nicht lohnen, wäre da nicht etwas, das mir zum Schluß widerfahren ist. Viele Leute, die üblichen Trauer-

gefühle. Sogar Cesária schien bedrückt; ich sage nicht, ob sie weinte oder nicht. Aguiar und Campos waren ebenfalls erschienen, und weitere Bekannte.

Auf dem Friedhof, die letzte Schaufel Erde war in die Grube geworfen, kam mir der Gedanke, zum Grab der Meinen zu gehen. Ich entfernte mich von den anderen und ging hin; ich fand es gewaschen wie gewöhnlich, und nach einigen Minuten, als ich sah, wie die Trauergäste immer noch dabei waren, den Friedhof zu verlassen, schritt ich zum Grab von Noronha, Fidélias Ehemann. Ich wußte, wo es lag, war aber noch nicht hingegangen.

Jetzt, da die Witwe sich anschickt, ihn erneut zu beerdigen, erschien es mir reizvoll, es ebenfalls zu besehen, sofern der Grund nicht der war, daß ich einen gewissen Geschmack daran gefunden hätte, Shelleys Vers, den ich mit Blick auf dieselbe schöne Dame bereits mir selbst in den Mund gelegt hatte, auf den Verstorbenen zu münzen: *I can*, etc. Ein ernstes, schmukkes, gut gepflegtes Grab, worauf zwei Vasen mit natürlichen Blumen standen, die nicht darin wurzelten, sondern an demselben Morgen geschnitten und gebracht worden waren. Dieser Umstand ließ mich vermuten, die Blumen stammten von Fidélia selbst, und ein vorüberkommender Totengräber erwiderte auf meine Frage: »Sie sind von einer Dame, die sie ab und zu daher bringt…«

Die Frage war so natürlich gestellt, daß weder der Totengräber zögerte, sie zu beantworten, noch ich, die Sache hier zu erzählen. Auch will ich nicht verhehlen, was mir die ganze Zeit durch den Kopf ging. Schon war niemand mehr von Mirandas Trauergesellschaft da. Eine andere näherte sich, und zwischen beiden Beerdigungen nahm ich die Kutsche heimwärts. Unterwegs bedachte ich, daß die Witwe Noronha, wenn sie tatsächlich noch Blumen aufs Grab ihres Mannes legt, dies aus alter Gewohnheit tut, sofern sie es nicht aus fortbestehender Zuneigung tut. Möge, wer will, sich entscheiden, ich habe die Sache von beiden Seiten untersucht, und als ich kurz vor einer dritten Hypothese stand, hielt der Wagen vor meiner Haustür. Ich stieg aus, gab dem Kutscher das übliche Trinkgeld und betrat den Flur. Ich war müde, habe mich ausgekleidet, diese Zeilen hier aufgeschrieben und werde jetzt essen. Am späten Abend werde ich, wenn ich kann, die dritte Lösung sagen, wenn nicht, dann morgen.

Die dritte Lösung ist eine, die oben steht, mir fällt der Tag nicht ein… ach ja! Es war am zweiten Jahrestag meiner Rückkehr nach Rio de Janeiro, als ich mir vorstellte, ich könnte die Witwe im Angesicht ihres Verflossenen, als wäre er der Künftige, antreffen, beide zu einem einzigen, gegenwärtigen Geschöpf verschmelzend. Ich drücke mich nicht klarer aus, denn genau so verstehe ich mich, wenn auch wenig deutlich. Dona Cesária, falls ihr das zu Ohren kommt, bringt es fertig, es Tristão selbst zu erzählen und einen bitteren oder einen vergifteten Tropfen hineinzumischen, oder zur Abwechslung beide… Nicht sogleich, das nicht; ihr steckt noch der Tod ihres Schwagers im Hals, doch alles vergeht, sogar die Schwäger.

Undatiert

Da schreibe ich nun schon seit Tagen nichts. Anfangs war es ein wenig Rheuma in den Fingern, danach Besucher, Mangel an Stoff, schließlich Trägheit. Ich schüttele die Trägheit ab.

Gestern abend war ich bei der Witwe Noronha, fast mit ihr allein; auch der Onkel war da, ein Kollege vom Landgericht und eine ältere Verwandte. Tristão war nach Petrópolis gefahren, die Pateneltern hatten ihn zur Fähre nach Prainha begleitet, ebenso ich, der ich sie durch die Rua da Quitanda kommen sah und von ihnen zum Mitfahren in der Kutsche eingeladen wurde. Den Grund seiner Reise nach Petrópolis erzählten sie mir nicht, aber ich kannte ihn seit dem Vortag; er wollte ein Haus für die Flitterwochen in Augenschein nehmen. Ich kam zu dem Schluß, ich weiß nicht weshalb, die beiden würden in Brasilien bleiben.

Ich darf sagen, ich war tatsächlich mit ihr allein. Als ihr Onkel mir erzählte, seine Nichte sehne sich nach ihrem alten Freund – also nach mir –, dachte ich mir gleich, das sei gelogen und der Onkel suche einen Partner fürs Kartenspiel. Ich ging erst später hin und hatte recht; besagte Verwandte hatte es übernommen, mit den beiden Richtern Lomber zu spielen.

Ich durfte, was Fidélia betrifft, mir schon die Freiheit nehmen, sie zu fragen, ob sie nicht Sehnsucht nach ihrem Verlobten habe. Sie bejahte, doch wortlos – ein flüchtiges Lächeln und eine Regung der Augenbrauen. Tristão war der häufigste Gegenstand unseres Gesprächs, wobei ich alles Gute sagte, das ich von ihm denke, und das ist wahrhaftig eine ganze Menge, worauf sie ohne Eitelkeit reagierte, eher bescheiden und taktvoll; im Innersten mußte sie jubeln. Er habe Briefe von seiner Familie erhalten, die ausführlich bestätigten, was man ihm kurzgefaßt schon vorab mitgeteilt hatte. Der Brief seiner Mutter sei ganz Zärtlichkeit, sie zitierte einige Sätze ihrer künftigen Schwiegermutter und holte den Brief, um mich ihn gleichfalls lesen zu lassen.

»Sind keine politischen Briefe dabei?«

»Anscheinend doch.«

Ich las und rühmte den Brief der Paulistanerin, den ich wirklich zärtlich fand, wenn auch überschwenglich, doch mütterliche Zärtlichkeit kennt keine stilistische Nüchternheit. Er war an Fidélia selbst gerichtet.

Als ich sah, daß sie gern mit mir plauderte, unterließ ich es, sie um Musik zu bitten; von sich aus ging sie zum Piano und spielte eine Passage ich weiß nicht von welchem Komponisten, und wenn Tristão in Petrópolis sie nicht hörte, so lag es nicht an mangelnder Ausdruckskraft der Pianistin. Die Ewigkeit ist noch weiter entfernt, und doch hat Fidélia schon Teile ihrer Seele dorthin gesandt; es ist ein großer Vorzug der Musik, daß sie zu Toten und Abwesenden spricht.

Samstag

Fidélia scheint nunmehr, nach den ersten vertraulichen Worten, die sie mir geschenkt hat, einen Rückzug anzutreten, und das ist nur natürlich. Als ich sie nach Tristão fragte, gab sie zur Antwort, nichts Neues zu wissen, und wechselte das Thema; doch als ich ihr sagte, wie fröhlich Dona Carmo in der letzten Zeit sei, erzählte sie mir von dem Kummer, den ihre Freundin ihr eines Tages über die Abreise ihres Patensohns eingestanden, und von dem Rat, den sie selbst, Fidélia, ihr damals gegeben habe, nämlich mit ihm zu reisen; und die Antwort der guten Dame sei gewesen, dann müßte sie sich von ihrem Ehemann trennen, und das könnte sie nicht.

»Da können Sie sehen, wie gefährlich es ist, seine Seele zwischen zwei Menschen zu teilen; ich habe es nie getan, als ich jung war, und noch weniger täte ich es jetzt, seit ich alt bin.«

Darüber – ohne klare Bedeutung noch Absicht – sagten wir uns Dinge, die hier aufzuschreiben nicht lohnt. Sie sprach voller Anmut und wohl auch Wahrhaftigkeit, doch wir mieden das Herzensthema der jungen Frau. Ich genoß es, sie innerlich und äußerlich zu bewundern, und fand sie innerlich nicht weniger anziehend als äußerlich. Ohne ihre Zurückhaltung aufzugeben, die so gut zu ihr paßt, öffnet Fidélia ohne falsche Scheu ihre Seele, voll Vertrauen, wofür ich ihr von dieser Stelle danke.

9. März

Tristão ist aus Petrópolis zurück. Er hat ein Haus in Westfália gemietet, das Haus des Komturs Josino, der mit seiner Familie für einige Zeit in den Süden zieht; der hat ihm den Mietvertrag über drei Monate ausgestellt. Dona Carmo und Fidélia fahren diese Woche hinauf, es sich anzuschauen. Sie leisten einander jetzt weit öfter Gesellschaft, zuhause oder unterwegs, natürlich ist ihre Vertrautheit gewachsen. Auch ich, wenn ich sie treffe, leiste ihnen Gesellschaft, auch höre ich ihnen beiden zu.

»Schwesterherz«, sagte ich zu Rita, als ich ihr diese Dinge in Andaraí erzählte, »so endet ein alter, würdevoller Diplomat im Ruhestand, ohne die Beschwerlichkeiten des Berufes, gewiß, aber auch ohne Hoffnung auf Beförderung.«

Rita verstand und hätte mir fast die Ohren lang gezogen, sagte aber stattdessen voll Mitgefühl und Ermunterung, ich solle mir keine Friedhofsgedanken machen. Diese Anspielung auf unsern Besuch beim Familiengrab vor mehr als einem Jahr bewog mich beinahe, das väterliche Gefühl zu bekennen, das Fidélia irgendwie in mir weckt, doch rechtzeitig nahm ich mich zurück. Wahrscheinlich würde Rita mir sagen, wie schon einmal geschehen, dies seien Ausflüchte eines schlechten Verlierers. Schwesterherz frotzelt gern, ohne Gehässigkeit gegen irgendjemand und am wenigsten gegen mich. Letzendlich gibt es Dinge, die man nur schreiben und ansonsten beschweigen sollte, und das tue ich mit dieser Art von Neigung, die ich neuerdings für die Witwe hege.

13. März

Durch nichts wird Gewöhnliches so originell und Altersschwaches so jung wie durch Liebesleidenschaft. So im Falle der beiden Verlobten, denen ich nicht müde werde zu lauschen, weil sie so interessant sind. Jenes Liebesdrama, das der Niedertracht der Schlange und dem Ungehorsam des Mannes entsprungen scheint, sorgt immer noch weltweit für volle Theater. Immer wieder leiht ihm ein Dichter seine Zunge und entlockt den Zuschauern Tränen, das ist alles. Dieses Drama wird alle Tage und in allen Formen aufgeführt und ist neu wie die Sonne, die ebenfalls alt ist.

20. März

Dona Carmo hat es selbst übernommen, das Haus für die Flitterwochen zu verschönern. Das habe ich vom Obergerichtsrat erfahren, der aus Petrópolis eingetroffen ist und für den das Haus, wie er es bei seiner Abreise sah, ein »Schmuckstück« ist, dank Dona Carmos Geschick beim Aufstellen der Möbel und beim Anbringen der – teils selbstgefertigten – Dekorationen.

»So schnell?« fragte ich.

»Jawohl; Dona Carmo arbeitet schnell, und zur Zeit mit großer Hingabe; sie hat dem Brautpaar auch viele ihrer eigenen Handarbeiten überlassen. Sprich mit Aguiar, er wird dir dasselbe sagen, ebenso Tristão; und Fidélia hat denselben Eindruck.«

Rita, die noch nichts gesehen hat, glaubt, daß sich alles so verhält; dies der Inhalt ihrer Antwort. Was Dona Cesária betrifft, so hat sie gleichfalls noch nichts gesehen, doch sie neigt zu der Ansicht, es herrsche ein gewisser Mangel an Harmonie.

»Vielleicht auch nicht«, warf ich ein.

»Ich behaupte nicht, daß Dona Carmo nicht etwas Ordentliches zustande brächte, aber in solcher Eile, Hals über Kopf, ist das wenig wahrscheinlich. Außerdem besitzt sie nicht soviel Geschmack, wie zu wünschen wäre; einigen hat sie, aber es fehlt ihr an Stil. Ebenso den beiden Verlobten; er kommt mir wichtigtuerisch vor…«

Ich wollte die drei verteidigen, aber die Gewißheit, daß sie von mir selbst keine bessere Meinung hat, ließ mich Zurückhaltung üben und ihr sagen, niemals hätte ich sie so geistreich erlebt. Ich ging noch weiter und rühmte ihre Augen. Als sie sich dann mit den Fingern über die Augenbrauen strich, rühmte ich ihre Hand und wäre auch bis zu den Füßen gegangen, hätte sie mir ihre Füße gezeigt, doch sie zeigte mir weiter nichts.

21. März

Ich erläutere den Text von gestern. Es war nicht Furcht, was mich Dona Cesárias Geist, Augen, Hände – und unausgesprochen alles übrige an ihr – bewundern ließ. Einige ihrer Meriten habe ich schon zugegeben. Wahr ist allerdings, daß das Vergnügen, schlecht über andere zu reden, keineswegs schwindet, wenn man gelobt wird, und daß jene Dame, wie hübsch ich ihre Zähne auch finden mag, nicht zögern wird, sie mir in den Rükken zu schlagen, wenn es ihr opportun erscheint. Nein, ich habe sie nicht gelobt, um sie zu entwaffnen, sondern um mich zu belustigen, und im weiteren Verlauf des Abends ist es mir nicht übel ergangen. Ich war bei ihr zuhause, wo ihre Schwester mit ihrer unlängst eingetretenen Witwenschaft alles verdunkelte. Dona Cesária sagte allerhand Süßes und Saures, vertauschte und ergänzte beides so kunstvoll, daß das eine gelegentlich wie das andere aussah, und ein jedes wie beides zusammen.

22. März

Die Überlegung, die ich jetzt anstellen werde, ist kurz; wäre sie es nicht, würde ich sie besser für morgen aufheben, oder für nachher, wenn ich schlafen gehe, doch sie ist kurz.

Kurz und klar. Vielleicht wird Tristão seine politische Kandidatur letztendlich im Meer versenken. Nach dem, was ich vergangenes Jahr über den ersten Teil seines Lebens gehört und geschrieben habe, hat er sich nie von Anfang an auf eine einzige Sache festgelegt, hat seine Neigungen geändert, seine Vorlieben geändert, eine andere Laufbahn als die geplante ergriffen und ist schließlich Arzt und Politiker geworden; und selbst jetzt beendet er seine Geschäfts- und Vergnügungsreise nach Brasilien damit, daß er heiratet. Das ist nicht weiter verwunderlich; das Schicksal hat ihm eine glückliche Begegnung gewährt, und auch Handschellen billigt der Mensch, wenn sie schön sind, und hier sind sie wunderschön.

Schon spricht er weniger von Parteien und Wahlen und erzählt mir nicht, was seine Vorgesetzten ihm schreiben. Mit mir zumindest spricht er nur über die Witwe, und ich glaube nicht, daß er anderen gegenüber offener ist und ausführlicher von seinen näheren und ferneren politischen Ambitionen spricht. Nein; er ist ganz Fidélia, und mag sehr wohl den Sitz in den Cortes zum Teufel fahren lassen, wenn seine Braut ihn darum bittet. Soll man ihn wetterwendisch nennen, Gefangenen seiner jüngsten Bezauberung? Vielleicht, um so besser für die Aguiars. Falls es so kommt, werde ich diese Seite den beiden Alten vorlesen, mit ebendieser letzten Zeile.

25. März

Heute, am Jahrestag der Verfassung, wollte ich eigentlich dem Kaiser meine Aufwartung machen, doch da Tristão zu Besuch kam, sah ich davon ab. Ich überließ mich dem Vergnügen, über Tausenderlei mit ihm zu plaudern, anschließend gingen wir aus dem Haus, machten einen Spaziergang und kehrten zurück.

Meine Einladung zum Abendessen schlug er aus, weil er mit ihr zum Essen verabredet ist. Natürlich sprachen wir mehrmals über sie, er mit Begeisterung, ich mit Sympathie. Vielleicht sprach ich weniger als er, gewiß, aber ich bin ja mit beiden nur befreundet und höre aus Gewohnheit lieber zu.

Ein anderes Thema, das uns ebenfalls gefangennahm – weniger als Fidélia –, war die Politik, nicht die hüben oder drüben, sondern die anderer Länder mit anderen Sprachen. Tristão hat die *Commune* in Frankreich erlebt und scheint außerhalb Englands vom Naturell her ein Konservativer, in England ist er ein Liberaler, in Italien bleibt er ein Romane. Alles trifft sich und fügt sich in diesem vielseitigen Geist. Vor allem habe ich bemerkt, daß er überall, wo es auch sei, an Politik Gefallen findet. Man sieht, daß er auf ihrem Boden geboren ist und auf ihrem Boden lebt. Und man sieht auch, daß er die Politik des Hasses weder kennt noch betreibt; kurz, er ist ein guter Kerl, ich werde nicht müde, es zu schreiben, jetzt erst recht nicht, da er heiratet; alle Bräutigame sind gute Kerle.

26. März

Or bene, der Hochzeitstag von Tristão und Fidélia ist anberaumt, es ist der 15. Mai. Insgeheim war das Datum zwischen beiden schon vorher vereinbart, damit die Formalitäten in Lissabon rechtzeitig beantragt werden konnten. Hierzulande werden sie sogleich beantragt werden.

Dona Carmo selbst hat mir heute die Neuigkeit mitgeteilt, bevor ich brieflich davon erführe, als seien sie, Braut und Bräutigam, meine Verwandten, so häufig sind wir drei oder vier zusammen, doch gleich darauf bezog sie alles auf sich selbst.

»Ein großer Traum geht für mich in Erfüllung, Geheimrat«, sagte sie. »Endlich werde ich die jungen Leute bei mir haben. Ich hoffe, ich kann ihnen gleich hier in Flamengo eine Wohnung besorgen. Sie hat mir einmal gesagt, sie sei meine Tochter…«

»Das war bei Ihrer Silberhochzeit, nicht wahr?«

»Haben Sie es gehört?«

»Das nicht, aber ich habe sie bei einer Geste gesehen, die dasselbe bedeutet. Sie erinnern sich doch, ich saß neben Ihnen, und Fidélia neben Ihrem Mann; der Abstand war gering, und ich vergesse nichts.«

»Genauso war es. Damals überkam mich ein Glücksgefühl, aber ich ahnte nicht, daß das Glück noch größer werden würde.«

Ich wiederholte, um die Unterhaltung in eine andere Richtung zu lenken, ich vergäße nichts, und erzählte ein paar lebhaft erinnerte Anekdoten, die allesamt wahr sind, aber aus meiner Jugendzeit stammen. Heute entgeht mir vieles, vieles gerät mir durcheinander, manches verwechsele ich.

Immerhin gelang es mir, das Gespräch in eine andere Richtung zu lenken, just was ich wollte, um das Glück der guten Frau Aguiar nicht mit einer unbedachten Frage zur Politik zu verkürzen. Ich rechnete nicht damit, daß sie selbst das Thema anschneiden würde, doch ebendies tat sie. Tristão erwähne ihr gegenüber die Politik schon gar nicht mehr, und die Briefe, die er bekomme, würden seltener oder enthielten Mißliches, das er niemandem mitteile, indem er sie beiseite lege oder nur flüchtig lese. Kürzlich habe seine Mutter ihr geschrieben.

»Meine Gevatterin hat behauptet, ich wolle ihr den Sohn rauben und hat mir gedroht, sie werde ihn mit einem Geschwader zurückholen; ich habe ihr in ebenso scherzhaftem Ton zurückgeschrieben.«

Dona Cesária erfuhr das Hochzeitsdatum, als sie ins Wohnzimmer trat; sie hatte bereits davon gehört und kam sich vergewissern. Die Gemütsbewegung und Liebenswürdigkeit, die sie im Gespräch mit der anderen zeigte, machte großenteils wett, was sie mir an Schlechtem über sie gesagt hatte, und andererseits bestätigte sie etwas, das ich schon einmal gedacht – ich weiß nicht mehr, ob auch geschrieben – habe, nämlich zu der Frage, wem diese Welt gehöre. Hier nun war Gott im Begriff, den Teufel mit einem so sanften und liebreichen Lächeln zu besiegen, daß man die Existenz des widerlichen Gesellen vergessen könnte. Der Ehemann jener Dame wäre, glaube ich, zu so gegensätzlichen Verhaltensweisen nicht imstande; dazu fehlen ihm Begabung und insbesondere Umgangsformen. Dieser Mensch wäre imstande, die Nachricht, er habe das große Los gewonnen, dem Überbringer mit einem Fußtritt zu entgelten. Er weiß nicht glücklich zu sein, auch wenn es ihn gar nichts kostet; ich weiß nicht, ob ich mich verständlich ausdrücke, aber es reicht, wenn ich es so empfinde. Diese und andere Dinge, die ich bei mir bedachte, brauchten die Zeit allmählich auf, und um elf Uhr war ich zu Hause.

Vor dem Schlafengehen habe ich überlegt, daß Tristão mir tatsächlich von Politik nichts mehr sagt und auch die eingehenden Briefe nicht erwähnt, vielleicht, daß sie wirklich nur noch spärlich kommen. Könnte ich Verse schmieden, würde ich mit einem Hymnus auf den Liebesgott schließen; da ich es nicht kann, möge Prosa hier genügen: »O Liebe, du große unter den Parteien, du bist die stärkste Partei auf Erden…«. Diese neue Seite werde ich den beiden jungen Leuten vorlesen, wenn sie verheiratet sind.

4. April

Damit hatte ich nicht gerechnet. Tristão ist gekommen und hat mich gebeten, Trauzeuge zu sein. Ich konnte es ihm nicht abschlagen und nahm die Einladung an, wenn auch ohne große Lust. Er hätte ja auch Aguiar oder Campos fragen können, aber schließlich will ich jedermanns Glück befördern. Er teilte mir weitere Einzelheiten mit: eine prunklose Trauung zwischen elf und zwölf Uhr, Mittagessen bei den Aguiars im Familienkreis, dann, ohne besonderen Aufwand, Fahrt mit den Neuvermählten nach Prainha, wo sie die Fähre nach Petrópolis nehmen. Bagatellen, doch alles, was von einem liebenden Herzen kommt, verdient ein aufmerksames Ohr.

8. April

»Wissen Sie, was Dona Fidélia mir soeben schreibt?«, fragte mich Aguiar. »Die Bank soll den Auftrag bekommen, Santa-Pia zu verkaufen.«

»Davon glaube ich schon gehört zu haben…«

»Ja, vor einiger Zeit, aber der Gedanke hätte aufgegeben werden können, und ich sehe jetzt, er wurde nicht aufgegeben.«

»Haben die Freigelassenen in letzer Zeit weiter gearbeitet?«

»Ja, aber sie sagen, sie täten es ihretwegen.«

Ich weiß nicht mehr, ob ich irgendeine Bemerkung über Freiheit und Sklaverei gemacht habe, möglich aber ist es, wobei es mich in keiner Weise interessiert, ob das Gut Santa-Pia verkauft wird oder nicht. Mein besonderes Interesse gilt der Gutsherrin, dieser städtischen Gutsherrin, die sich in der Stadt verheiraten wird. Von dieser Heirat redet man bereits mit einiger Beharrlichkeit, mit ziemlichem Staunen und vermutlich auch Neid. Es fehlt nicht an solchen, die nach Noronha fragen. Wo ist Noronha? Was wohl aus Noronha geworden ist?

Nicht viele sind es, die so fragen, überwiegend jedenfalls Frauen – entweder weil Fidélias Tränen sie rührten, oder weil sie Tristão vielleicht interessant finden, oder weil sie der Witwe Schönheit nicht absprechen können. Vielleicht sind es auch alle drei Gründe zusammen, die soviel Neugier erregen; immerhin wird diese Frage gestellt und mit einer Geste beantwortet, die der folgenden oder einer ähnlichen Antwort gleichkommt: »O, meine Liebe – oder mein Lieber –, wenn ich nachforschen wollte, wo die Toten geblieben sind, so wäre mein Weg unermeßlich und würde in der Ewigkeit enden.«

Eine geistvolle, doch keine gute und vor allem keine richtige Antwort. Die Toten bleiben auf dem Friedhof, und dorthin wandert die Zuneigung der Lebenden mit ihren Blumen und Erinnerungen. So wird es auch Fidélia selbst ergehen, wenn sie dorthin kommt, so ergeht es Noronha, der dort liegt. Entscheidend ist, daß dieses Band nicht auch in geistiger Hinsicht reißt, und daß, was dem Leben und dem Tod gehört hat, nicht vom Gesetz des Lebens zerstört wird. Ich glaube an Fidélias zwiefache Zuneigung; ich glaube sogar, daß beide eine einzige, durchgehende bilden.

Als Diplomat in Amt und Würden glaubte ich nicht an das Miteinander von soviel Verschiedenem, ich war unruhig und mißtrauisch; doch wenn ich in den Ruhestand gegangen bin, dann just mit dem Vorsatz, an die Ehrlichkeit der anderen zu glauben. Überlassen wir das Mißtrauen denen, die in Amt und Würden sind!

15. April

Santa-Pia steht schon nicht mehr zum Verkauf, nicht aus Mangel an Käufern, im Gegenteil; in fünf Tagen haben sich zwei gemeldet, die das Landgut kennen, und nur der erste war mit dem Preis nicht einverstanden. Es steht nicht zum Verkauf, so hat man mir heute früh gesagt. Ich habe daraus geschlossen, das Ehepaar Tristão werde sein weiteres Leben dort verbringen. Das könnte sein, wäre aber noch unverhoffter.

Später ist mir zu Ohren gekommen, daß Tristão, als er vom Entschluß der Witwe erfuhr, einen Plan entwarf, den er ihr unterbreitete. Er formulierte ihn nicht in klaren, eindeutigen Begriffen, sondern als Anregung. Da die Freigelassenen aus Liebe zur jungen Herrin die Hacke in der Hand behielten, was hinderte sie als Eigentümerin, die Fazenda zu nehmen und sie ihren früheren Sklaven zu schenken? Mochten diese das Land für sich selbst bearbeiten! Er sagte es ihr nicht genau mit diesen Worten; er wählte bewußt einen nüchternen Ton, um dem Vorschlag den Anstrich der Großzügigkeit zu nehmen. So hat Fidélia selbst den Plan gedeutet, als sie ihn Dona Carmo mitteilte, die mir davon erzählte und hinzusetzte:

»Der Vorschlag und seine Einkleidung passen zu Tristão, aber ich halte es auch für möglich, daß sein Hauptmotiv darin bestand, jeden Verdacht, er könnte aus Eigennutz heiraten, zu zerstreuen. Wie dem auch sei, es hat den Anschein, daß es so geschehen wird.«

»Und da streiten Kritiker andauernd über Romantismen und Naturalismen!«

Offenbar fand Dona Carmo meinen Ausruf nicht sehr witzig, und ich selbst finde ihn weder witzig noch sinnvoll. Ich begrüßte den neuen Plan, der mir im übrigen richtig scheint. Wenn die beiden nicht auf dem Lande leben müssen und nicht auf den Erlös aus dem Verkauf des Landguts angewiesen sind, sollte man es besser den Freigelassenen schenken. Ob diese imstande sind, die gemeinschaftliche Aufgabe zu leisten und sich der guten Absicht der *jungen Herrin* würdig zu erweisen? Das ist eine andere Frage, doch ich bin nicht darauf erpicht zu sehen, ob sie gelöst wird oder nicht; auf dieser Welt gibt es vieles, das interessanter ist.

19. April

Tristão, den ich auf die Schenkung von Santa-Pia ansprach, wollte mir seine insgeheimen Beweggründe nicht anvertrauen; er sagte mir nur, Fidélia werde die Urkunde morgen oder übermorgen unterzeichnen. Wir saßen beim Kaffee im Carceler. Auch erfuhr ich von ihm, daß er Briefe aus Lissabon erhalten hat, zwei Briefe politischen Inhalts, die ihn zur Rückkehr drängen. Ich wollte von ihm wissen, ob er dem Rufe folgen werde, doch der Ausdruck, mit dem er den Zigarrenqualm aufsteigen sah, schien ausschließlich der Braut zu gelten, dem Altar und dem Glück; ich wagte nicht weiterzufragen.

Als wir das Carceler verließen, äußerte er die Absicht, eine Besorgung zu machen; vielleicht irgendein Geschenk für seine Braut, doch sagte er mir weder Inhalt noch Zweck. Wohl sprach er von der Patin und der Zuneigung, die sie für ihn hege, was ich bestätigte:

»Ich kann Ihnen versichern, daß diese Zuneigung groß ist.«

»Groß und seit langem bestehend.«

Er erzählte mir, was ich schon weiß, Anekdoten aus Kindheit und Jugend, und damit unterhielt er mich viele Minuten lang; er scheint mir tatsächlich ein guter, freundlicher Mensch zu sein. Das jugendliche Alter, in dem er Brasilien verließ, und die lange Zeit, die er dort draußen verlebt hat, haben ihm einen Tonfall verliehen, worin sich der von Rio und der von Lissabon mischen und der ihm nicht übel ansteht, im Gegenteil. Wir trennten uns vor der Tür eines Goldschmieds, es geht wohl um irgendeinen Schmuck.

28. April

Da ist nun Santa-Pia an die Freigelassenen übergegangen, die es wahrscheinlich mit Tänzen und Tränen in Empfang nehmen werden; aber es kann auch sein, daß diese neue oder erste Verantwortung...

6. Mai

Die Aguiars scheinen bestürzt. Tristão hat neue Briefe und etliche Zeitungen aus Lissabon erhalten und lange für sich allein darin gelesen, bald frohgestimmt, bald mißgelaunt. Was er in den Zeitungen las, waren mit blauem Stift und schwarzer Tinte angestrichene Stellen, und nichts davon teilte er den beiden Alten mit. Im Gegenteil, er nahm die Zeitungen mit aufs Zimmer, und keiner der beiden ging hin, um sie von ihm zu erbitten oder zu sehen. Sie fragten ihn gar nichts, er brachte die Zeit mit Grübeln zu, und so verging der weitere Nachmittag. Nach dem Abendessen fuhren sie nach Botafogo. Dort lösten sich die dunklen Schatten auf, denn jede Begegnung von Tristão und Fidélia war für die Aguiars eine Morgenröte, ihre Sorge schwand, und als der Abend ausklang, war dieselbe Familie der Glückseligen wieder da.

Ich war nicht dabei; ich habe es durch Rita erfahren, die mit Dona Carmo gesprochen hatte und mir alles »wie einem Tresor«, so ihre Worte, anvertraut hat. Ich erklärte mich zur Verschwiegenheit bereit und dankte für den Vergleich, und mit dieser Zeile verlasse ich beide Damen. Wahrhaftig, Tristão ist so geartet, daß die Politik ihn ohne weiteres mitreißen, und Fidélia ihn mühelos zurückhalten kann.

8. Mai

Tristão möchte von Pfarrer Bessa getraut werden und hat ihn darum gebeten. Kaum hatte dieser die Bitte vernommen, da stimmte er schon zu und dankte überwältigt. Es liegt eine Idee von Symmetrie darin, wenn derselbe Pfarrer, der ihn getauft hat, ihm nun den Hochzeitssegen gibt, was für den Entschluß des Bräutigams von einiger Bedeutung gewesen sein dürfte; vielleicht aber ging es ihm hauptsächlich darum, den Geistlichen glücklich zu machen. Jener unbekannte, an der Praia Formosa vergessene Priester wird die Freitreppe der Glória-Pfarrkirche, wo die Trauung stattfindet, emporsteigen, um die Ehe zweier glänzender, prächtiger Menschen zu segnen. Aguiar sagte mir, der Pfarrer sei in einer Stimmung, als wäre er selbst der Bräutigam.

«Denken Sie nur, Geheimrat«, schloß er, als er mir diese Mitteilung machte, die nun schon einige Tage zurückliegt, »denken Sie nur, als Tristão dem Pfarrer eine neue Soutane schenkte, nahm der sie voller Verlegenheit in Empfang, denn in diesem Augenblick trat ihm um so deutlicher vor Augen, wie alt seine eigene war. Nun aber ist seine Freude groß und ganz unbefangen, Sie können es sich gar nicht vorstellen. Ich glaube, das kommt von der seelsorgerlichen und sakramentalen Rolle, die ihm geboten wird; seit vielen Jahren hat er kein Paar mehr getraut.«

15. Mai

Endlich getraut. Ich komme gerade aus Prainha, wohin ich das Paar zur Fähre nach Petrópolis begleitet habe. Die Trauung fand Punkt zwölf Uhr in der Glória-Pfarrkirche statt, klein die Gemeinde, groß die Ergriffenheit. Fidélia trug ein dunkles, hochgeschlossenes Kleid, an den Manschetten Knöpfe aus Granat, die Haltung feierlich. Dona Carmo, wenn auch ernst gekleidet, lächelte übers ganze Gesicht, ebenso wie ihr Mann. Tristão strahlte. Beim Emporsteigen der Freitreppe wechselte ich einen Blick mit meinem Schwesterherz, und ich glaube, wir lächelten uns zu; ich weiß nicht, ob es ihr ebenso ging, in mir jedenfalls war es die Erinnerung an jenen Tag auf dem Friedhof und an ihre Worte über die Witwe Noronha. Da gaben wir ihr jetzt das Geleit zur zweiten Vermählung. So wollte es das Destinum. Ich nenne es so, um dem, woran die Lektüre der antiken Autoren mich gewöhnt hat, einen Namen zu geben, und offen gesagt, er gefällt mir. Er hat etwas Festes und Endgültiges. Schließlich reimt er sich auf Divinum und erspart mir philosophische Grübeleien.

In der Kirche hatten sich Schaulustige aus dem Viertel eingefunden, besonders Damen, und jede von ihnen brannte darauf, einen Blick auf die Brautleute zwischen Portal und Hochaltar zu erhaschen. Bewegung, Geflüster, gesenkte Köpfe, all das würde dieses Blatt hier nutzlos füllen. Interessanter wäre, was irgendeine Zunge über die erste Ehe und ihre Freuden sagte, und über die Witwe und ihre Traurigkeit und über die sonstigen Phasen dieses immerwährenden Mondes der Schöpfung.

Als die Zeremonie vorüber war und der Pfarrer Bessa den Altar verlassen hatte, ging der Patin das Herz über. Ich sah sie die Brautleute umarmen, einen nach dem andern, und schließlich beide zugleich; Tristão küßte ihr die Hand, Fidélia ebenfalls, beide gerührt, und sie, tiefer gerührt als die beiden, besiegelte alles mit zwei mütterlichen Küssen. Um ein Uhr waren wir zurück in Flamengo, und wenig später saßen wir beim Mittagsmahl. Als ich nach Hause kam, war ich zu müde, um alles aufzuschreiben, was dort vor, während und nach dem Essen ablief, bis zu der Stunde, als wir die Frischvermählten zur Fähre nach Prainha brachten. Alles lief ab wie üblich, abgesehen von der persönlichen Art und Weise, mit der die vier mich empfingen und die tiefempfunden war. Unter den Anwesenden habe ich Campos zu nennen unterlassen, der nicht zu den wenigst Erfreuten gehörte, obwohl Tristão ihm die Nichte entführt, halb Gattin, halb Tochter, dank der Ordnung, die sie, seitdem sie bei ihrem Onkel wohnte, in seinen Haushalt brachte. Auch seinen Sohn habe ich unerwähnt gelassen, ihren Vetter. Die wenigen sonstigen Gäste waren enge Freunde.

Ein Zwischenspiel, so passend, als wäre es bestellt: Während des Hochzeitsmahls erhielt Tristão ein Telegramm aus Lissabon, das zwei Wörter, zwei Namen und das Datum enthielt: »Gott segne…«. Tristãos Eltern, die aus Briefen wußten, daß die Trauung heute stattfinden würde, wollten dem Brautpaar per Kabel ihren Segen geben. Tristão las die Worte erst für sich und dann für alle, und das Blatt ging rund um den Tisch. Die Jungvermählten schüttelten natürlich Hände, und Dona Carmo mit ihrem Ersatzmutterblick machte sich den Text der wirklichen Mutter zu eigen. Ich ließ mich von dieser Zärtlichkeit anziehen, nicht daß ich sie teilte, aber sie tat mir gut. Ich bin schon nicht mehr von dieser Welt, doch wenn man sich vom Strand entfernt, schadet es nicht, die Augen auf die zu richten, die bleiben.

So fiel es mir nicht schwer, auf die Brautleute anzustoßen; ich tat es mit Umsicht und schloß das Paar Aguiar in den Trinkspruch ein, wofür es mir Dank wußte. Rita sagte mir bei der Rückkehr aus Prainha, meine Worte seien wunderbar gewesen. Ich gestand ihr, sie wären passender gewesen, hätte ich, frei nach Bernardim Ribeiro, sie so zusammengefaßt: »Witwe und

Braut, wurde ich aus meiner Eltern Haus in ferne Lande geführt...«. Doch abgesehen davon, daß dies eine Reminiszenz an den ersten Ehemann gewesen wäre, hätten die fernen Lande über Petrópolis hinausweisen und die doch so schöne Feier trüben können.

»Ich habe gut daran getan, es bei den wunderbaren Worten zu belassen«, schloß ich bescheiden.

26. Mai

In den letzten Tagen habe ich nur das Ehepaar Aguiar besucht, das mich anscheinend immer mehr ins Herz schließt. Sie leben im Glück, empfangen und schicken Nachrichten an ihre beiden Leihkinder. Diese kommen nächste Woche aus Petrópolis herab, nur um die beiden Alten zu umarmen, und fahren an demselben Tag erneut hinauf.

In Petrópolis hat es in letzter Zeit geregnet, aber es gibt auch schöne Tage, und von ihnen und den Regenfällen teilt Fidélia unterhaltsame Eindrücke mit; deren vielleicht wichtigster Grund ist der Ehestand selbst. Unsere Seele verleiht den äußeren Dingen Leben, ein bitteres oder liebliches, je nach Wesensart oder Umständen, und Fidélias Text ist überaus lieblich. Gestern hat Dona Carmo mir den jüngsten Brief der jungen Frau gezeigt, vier engzeilig beschriebene Seiten in kleiner, gedrängter Schrift. Die Zärtlichkeit tut dem Taktgefühl keinen Abbruch, noch wird dieses durch jene gemindert. Gegen Ende des Briefes deutet Fidélia an, daß sie zu viert nach Europa reisen könnten, oder zu dritt, wenn Aguiar die Bank nicht verlassen kann. Die alte Dame wird antworten, daß dies vorerst nicht möglich sei.

»Vorerst nicht und auch in alle Zukunft nicht«, sagte sie und faltete den Brief; »ich bin müde und ermattet, Geheimrat, und halb krank. Reiseabenteuer sind nichts für mich.«

»Reisen spenden Kraft und Gesundheit«, gab ich zu bedenken.

»Mag sein, aber in einem anderen Lebensalter; wenn man so alt ist wie ich, ist es damit vorbei.«

Es folgte eine Pause, Aguiar sah verstohlen auf seine Frau, sie auf sich selbst und ich abwechselnd auf beide. Ein Nachbar trat ein, und wir wandten uns anderen Dingen zu.

Donnerstag

Tristão und Fidélia sind heute für einige Stunden von Petrópolis herabgefahren, und Aguiar hat sie in Prainha in Empfang genommen. Dann fuhren die Frischvermählten zum Mittagessen nach Flamengo, wo Dona Carmo schon auf sie wartete und sie aus vollem Herzen umarmte. Aguiar hatte zugesagt, am Nachmittag von der Bank nach Prainha zu kommen, wenn die Fähre nach Petrópolis ablegen würde.

Das alles hörte ich abends von den beiden Alten, und des weiteren hörte ich, daß die alte Dame und die beiden jungen Leute einen allerergötzlichsten Nachmittag genossen hatten. Nicht daß sie genau diese Vokabel verwendet hätte; ich sagte schon an anderer Stelle, daß der hochtrabende Stil nicht Dona Carmos Sache ist. Aber was sie mir alles in allem sagte, läuft darauf hinaus.

Die drei unterhielten sich über Verschiedenes, über Petrópolis, Musik und Malerei; die beiden Jungen spielten Klavier und gingen dann mit der alten Dame an den Strand. Just am Strand griff Fidélia den Gedanken auf, den sie brieflich geäußert hatte, nämlich den einer gemeinsamen Europareise, und den Dona Carmo verwarf, da sie schwach und müde sei. Da ging Fidélia näher auf die Reise ein, die vor allen Dingen kurz sein werde, man werde zunächst nach Lissabon fahren, um Tristãos Mutter zu besuchen, dann nach Paris, und wenn genügend Zeit bliebe, nach Italien; im August oder September würden sie abreisen, und im Dezember wären sie wieder zurück. »Es ist nicht die Zeit, meine Tochter«, erwiderte Dona Carmo, »ob kurz oder lang, sobald ich dort wäre, würde ich alles bis zum Ende mitmachen, es ist vielmehr dieser Körper mit seiner Erschöpfung, und außerdem, wenn Aguiar nicht mitkommt, wer wird sich dann um ihn kümmern?«

»Dann soll er doch mitkommen«, warf Tristão ein.

»Dieses Jahr kann er nicht.«

So lief die Unterhaltung mit ihnen am Strand entlang weiter, dort, wo das Meer mit seinem Kommen und Gehen sie einzuladen schien, sich ihm anzuvertrauen, bis sie »im Hafen des ruhmreichen Ulyssabon« anlegen würden, wie der Dichter sagt. Dona Carmo kam auf die Frage zurück, warum sie die Reise nicht aufs nächste Jahr verschieben wollten, dann könne Aguiar mitreisen. Sie gaben keine Antwort.

»Ich für mein Teil wäre nicht einverstanden«, sagte Aguiar, als die beiden mir am Abend davon erzählten. »Dies erwiderte ich den beiden in Prainha, als ich sie zur Fähre brachte. Ich würde Carmo auch nicht allein lassen.«

11. Juni

Erstmals traf ich heute die Frischvermählten, eine zufällige Begegnung um zwei Uhr nachmittags auf der Rua do Ouvidor; sie machten Einkäufe. Ich freute mich, die beiden zu hören, noch mehr aber, Fidélia zu sehen. Die Grazie, mit der sie ihrem Mann den Arm gab und über die Straße schwebte, war noch vollendeter als vor der Eheschließung, ein Werk der Ehe und des Glücks. Sie ergingen sich im Hören, im Sprechen, im Schaufenstersehen. Am 20. dieses Monats werden sie endgültig aus Petrópolis herabkommen, und in den ersten Augusttagen nach Lissabon reisen, bald darauf nach anderen Orten.

»Warum fahren Sie nicht mit, Geheimrat?« fragte mich Tristão.

»Nach so vielen Reisen? Jetzt sehne ich mich danach, mich mit *unserer* Heimat zu versöhnen.«

Ich unterstreiche dieses *unser*, weil ich es halb unterstrichen aussprach; doch ich glaube, er hat das Wort – unterstrichen oder nicht – gänzlich überhört. Er blickte unverwandt auf seine Gattin, wie um das Programm der Reise, die sie unternehmen würden, zu bekräftigen, und sie schritten weiter die Straße entlang, mit derselben ruhigen Grazie.

25. Juni

Sowohl Campos wie auch Aguiar wollten das junge Paar bei sich beherbergen und führten zur Begründung an, es sei ja nur für wenige Tage, da sie bald an Bord gehen müßten. Tristão und Fidélia schlugen beide Einladungen aus und wählten das Hotel dos Estrangeiros. Ihre Begründung war dieselbe, es sei ja nur für wenige Tage, und ich glaube, das war aufrichtig; hauptsächlich aber wollten sie keinen von beiden bevorzugen.

»Wir werden diese letzten Tage abwechselnd in beiden Häusern verbringen, in Flamengo wie in Botafogo«, regte Tristão an.

»Nein, nein«, beeilte sich der Obergerichtsrat zu sagen, »wir werden alle Tage in Flamengo verbringen.«

Das war ebenso naheliegend wie höflich, da er allein, Aguiar aber im Ehestand lebt. So halten sie es seit dem 20. Juni, dem Tag, als die beiden jungen Leute aus Petrópolis wiederkamen; ich habe sie gestern, am Johannistag, bei den Aguiars gesehen.

Was sich dort begab, lasse ich ungeschrieben, um mich nicht damit aufzuhalten, alles zu berichten, das wäre recht viel. Alle vier habe ich glücklich gesehen. Dona Carmo schien ihre Traurigkeit über die nahende Abreise zu verbergen oder mit dem Gedanken an die Rückkehr zu lindern, die sie häufig und bei jeder sich bietenden Gelegenheit erwähnte, wie um diese Verpflichtung zu bekräftigen. So verrannen die Stunden im Nu. Ich begleitete die Gäste zum Hotel, von dort begab sich Campos nach Botafogo, und ich kam heim nach Catete.

29. Juni

Der andere Besuch fand am Abend des Johannistages statt; heute, am Abend von Sankt Peter, werde ich ebenfalls nach Flamengo gehen, und wenn es sich ergibt, werden wir auch von den alten Zeiten plaudern.

30. Juni

Da war ich nun bei den Aguiars. Wir plauderten weder von alten noch von neuen, vielmehr nur von künftigen Zeiten. Gegen Ende des Abends bemerkte ich, daß wir alle redeten, außer dem frischvermählten Paar, das nach einigen wenig zusammenhängenden Worten zu sich selbst zu sprechen begann, ein tonloses, zerdehntes und ineinander fließendes Sprechen. Hin und wieder steuerten die beiden irgendeine Silbe zur Unterhaltung bei und kehrten gleich darauf zur reinen Wortlosigkeit zurück. Auch spielten sie Klavier. Auch gingen sie zu einer Fensternische, um sich dort zu unterhalten. Als wir vier Älteren unter uns waren – der Obergerichtsrat, die Aguiars und ich – schmiedeten wir Zukunftspläne.

Zwar folgte Dona Carmo gelegentlich dem Paar mit ihren besorgten Augen, als wollte sie die beiden fragen, welche Rolle sie in der von ihr und uns gedachten Zukunft spielen würden; doch die Befürchtung, sie könnte die beiden in ihrer Glückseligkeit stören, verschloß ihr den Mund, und die heiligmäßige Dame begnügte sich damit, das Paar zu mustern und zu lieben. Beim Tee beteiligten sich alle an der Konversation, und Tristão erzählte etliche Histörchen aus Lissabon, Histörchen aus Politik und Lustbarkeit.

Auf dem Heimweg kam mir ein Gedanke, der sicherlich taktlos ist, den ich zum Glück aber niemandem mitgeteilt habe; kaum, daß ich ihn dem Papier hier anvertraue. Nämlich der Gedanke, mich zu fragen, ob Fidélia nach ihrer Heirat zum Friedhof zurückgekehrt sei. Womöglich ja, womöglich nein. Ich werde sie nicht tadeln, falls nein: die Seele eines Menschen kann zu eng für zwei große Neigungen sein. Falls ja, werde ich ihr nicht böse sein, im Gegenteil. Die Toten können sehr wohl die Lebenden bekämpfen, ohne sie ganz zu besiegen.

Heute war der letzte Empfang bei den Aguiars, und ich wollte von den Reisenden, die übermorgen an Bord gehen, Abschied nehmen. Eine ansehnliche Gesellschaft, darunter Faria und Dona Cesária, und die Witwe des Maklers Miranda, die noch niedergebeugt ist. Die Atmosphäre war insgesamt wenig heiter, im Gegenteil; alle suchten sich der Stimmung des Hauses anzugleichen, die schwermütig war. Fidélia selbst schien neben ihrer Freundin dahinzuwelken, und einmal war Rita Zeugin, wie sie zu ihr sagte:

»Dona Carmo, warum fahren Sie nicht mit uns? Noch ist es Zeit, Schiffskarten zu kaufen, und wenn es keine mehr gibt, dann verschiebt Tristão die Reise, und wir nehmen den nächsten Dampfer.«

Dona Carmo sagte nein; sie fühle sich müde und abgeschlagen.

»Reisen macht doch nicht müde, und wenn Sie erst einmal drüben sind, werden Sie wieder aufleben.«

Rita schloß sich dem Wunsch der jungen Frau an, und beide bedrängten Dona Carmo, vermochten aber nichts. Als letztendlicher Grund kam die Trennung von ihrem Mann, der alte, offenbar allesentscheidende Grund. Rita stellte fest, daß beide ehrlich untröstlich waren, doch Dona Carmo suchte sich zu fassen, während Fidélia ihren Kummer nicht zu meistern vermochte.

»Sieh mal, Bruderherz, ich glaube noch immer, sie sagt die Reise ab…«

Auf dem Heimweg am Strand war es dunkel, und so konnte Schwesterherz meine ungläubige Geste nicht sehen, aber sie erriet sie gewiß und verbesserte sich: »Nein, daß sie die Reise absagt, will ich nicht behaupten, aber sie gäbe viel darum, sie hätte ihr nicht zugestimmt.« Sie wiederholte Fidélias Worte über Dona Carmo, die sie gut und heilig nannte, »die heilige Aguiar«.

Ich gestehe, ich kam mißmutig nach Hause; lieber wäre ich gar nicht hingegangen oder gleich wieder aufgebrochen. Tristão kommt morgen zum Mittagessen.

Tristão hat Wort gehalten und ist zum Essen gekommen, es war halb zwölf. Er war traurig – traurig und stumm. Das heißt, wir redeten sehr wenig. Da es kein passenderes Gesprächsthema gab als ebendieses Schweigen, kam mir in den Sinn zu bemerken, ich verstünde die Sehnsucht, die er mitnehme, Sehnsucht nach dem Land, nach den Menschen und vor allem nach zweien von ihnen, die ihm so sehr zugetan seien. Es war eine gute Gelegenheit, über die beiden Alten das Allerbeste zu sagen oder zu wiederholen, denn er selbst hatte mir derartiges öfter anvertraut, und mich außerdem nach seinen Zukunftsplänen zu erkundigen, zu fragen, bis wohin die Reise gehen und wann er mit seiner herrlichen Gattin zurückkehren werde. Er sagte mir nichts, nickte und tauchte erneut in sein tiefes Schweigen vom Anfang ein. Von dem, was ich sagte, hat er, glaube ich, kaum die Hälfte gehört.

Nach dem Mittagessen, beim Rauchen, nannte er mir noch einmal seine Adresse in Lissabon, den Namen der politischen Zeitung, für die er arbeitet, und wollte mir, so schien es mir, noch etwas anvertrauen, das er ungesagt ließ. Wieder tauchte er ins Schweigen ein. Ich achtete diese Melancholie und überließ mich dem Rauch der Zigarre. Schließlich nahm Tristão Abschied.

»Sehen wir uns nicht mehr?« fragte er mich.

»Ich komme zum Cais Pharoux, vielleicht auch an Bord.«

»Bis morgen; schreiben Sie die Sachen auf, die ich Ihnen mitbringen soll.«

Ich brachte ihn zur Treppe, die er, nicht ohne mir vorher kräftig die Hand zu drücken, langsam hinabstieg. Auf halber Höhe hielt er inne und kam wieder herauf.

»Schauen Sie, Geheimrat, Fidélia und ich haben alles getan, damit unser altes Freundespaar mit uns reist; sie können nicht, sie, weil sie zu müde sei, er, weil er sich nicht von ihr trenne, und beide warten darauf, daß wir wiederkehren.«

»Nun, dann kehren Sie eben bald wieder«, war mein Rat.

Tristão starrte mich mit geheimnisvollen Augen an und trat wieder ins Wohnzimmer, ich desgleichen.

»Geheimrat, ich will Ihnen etwas anvertrauen, das ich niemandem sonst gesagt habe oder sage; ich baue auf Ihre Verschwiegenheit.«

Ich machte eine zustimmende Gebärde. Tristão steckte die Hand in die Hosentasche, zog einen farbigen Zettel heraus, entfaltete ihn und gab ihn mir zu lesen. Ein Telegramm seines Vaters, datiert von gestern; er kündigt ihm die Wahl binnen acht Tagen an.

Wir blickten uns eine Weile an, beide stumm, er wie mit zusammengebissenen Zähnen. Nach einigen Sekunden:

»Die Wahl ist sicher«, sagte er. »Die Briefe hatten es mich schon vermuten lassen, doch ich dachte nicht, daß es so schnell gehen würde.«

Ich reichte ihm das Telegramm zurück. Er wiederholte die Bitte um Verschwiegenheit und setzte hinzu:

»Ich wollte, daß die beiden mit uns kämen; an Bord würde ich ihnen alles Nötige erklären, und das übrige würde zwischen den beiden Damen geregelt, oder zwischen den dreien, zählt man meine Mutter hinzu. Fidélia selbst hat mir diesen Vorschlag gemacht und hat dafür gearbeitet, aber wir haben nichts erreicht; die Aguiars bleiben hier und warten.«

Ich wollte schon bemerken, das hieße auf den Sankt Nimmerleinstag warten, versagte mir aber diese Redensart und besann mich anders. Da er nichts weiter sagte, wurde ich ein wenig verlegen; Tristão aber brachte den Gedanken, der ihn hergeführt hatte, zu Ende:

»Ich bekenne Ihnen dies alles, damit jemand, dem unser aller Achtung gebührt, eines Tages bezeugen kann, was ich versucht und unternommen habe, um mich von meinen alten Herzenseltern nicht zu trennen; lassen Sie sich sagen, daß ich nichts erreicht habe. Was soll man da machen, Geheimrat? So ist das Leben, voller Verkettungen und Überraschungen…«

Ich weiß nicht, was er sonst noch sagte; mir war ein anderer Gedanke gekommen, den ich gleichfalls ungesagt ließ, um nicht taktlos zu sein. Nämlich die Frage, ob Fidélia von dem Telegramm schon wußte, er hatte ja behauptet, es niemand gezeigt zu haben, aber natürlich war seine Frau er selbst und also von der Verschwiegenheit ausgenommen, die er gegen die anderen gewahrt hat.

18. Juli

Ich komme von Bord, wohin ich – zusammen mit dem alten Aguiar, dem Obergerichtsrat Campos und anderen Freunden – das junge Paar begleitet habe. Dona Carmo ist nur bis zum Kai mitgegangen, sie war völlig aufgelöst und wischte sich die Augen. Dort stand sie, der Barkasse nachblickend, in der wir hinüberfuhren, und winkte mit dem Taschentuch Lebewohl; es dauerte nicht lange, bis die Entfernung unsere Blicke trennte.

Fidélia war wirklich traurig; das Meer würde nicht säumen, ihr die Schatten zu vertreiben, wie auch später das andere Land, das, zusammen mit der anderen Familie, sie in Empfang nehmen würde. Ich, auf dem Deck des Dampfschiffs stehend, stellte mir den Friedhof vor, das Grab, die Gestalt, die gefalteten Hände und alles übrige. Tristão richtete zum Abschied herzliche, wehmütige Worte an Aguiar, ließ weitere an die Patin ausrichten, und mich bat er, seine Leiheltern nicht zu vernachlässigen, vielmehr sie zu besuchen und zu trösten. Ich versprach es. Wir stiegen in die Barkasse herab und entfernten uns vom Dampfschiff.

Viele Male bin ich an Bord und von Bord gegangen und sollte abgestumpft sein. Nun, ich bin es nicht. Die Trennung, das ist wahr, spürte ich nicht; meine Blicke wanderten zum alten Aguiar und meine Gedanken zur alten Carmo. Was den Obergerichtsrat betrifft, so zeigte er sich über die Trennung betrübt, doch im letzten Augenblick hatte ihm seine Nichte das Versprechen abgenommen, sie nächstes Jahr zu besuchen, und er hatte nicht bemerkt, daß sie mit dieser Bitte ihr eigenes Versprechen, Ende des Jahres nach Rio de Janeiro zurückzukehren, widerrief.

Wir verabschiedeten uns am Kai. Aguiar begab sich zur Bank, ich mich nach Hause, wo ich dies hier niederschreibe. Heute abend gehe ich nach Flamengo, um ab sofort das Tristão und Fidélia gegebene Versprechen einzulösen.

Diese Seite werde ich nicht beenden, ohne zu erwähnen, daß mir soeben Fidélias Gestalt vor Augen getreten ist, wie ich sie an Bord zurückgelassen habe, doch ohne Tränen. Sie hat auf dem Kanapee Platz genommen und wir haben uns eine Weile angeblickt, sie die Grazie selbst, ich mit allen Kräften, die mir als einem Sechziger geblieben sind, bemüht, Shelley zu widerlegen. Ach! Genug! Machen wir uns jetzt auf zu den Alten.

Zehn Uhr abends.

Soeben aus Flamengo zurück. Ich wollte länger bleiben, doch die Aguiars mußten sich vom Abschied erholen. Campos war ebenfalls dort, und beide gingen wir früh, es war halb zehn; von den Abgereisten wurde nicht gesprochen.

29. August

Ein Postdampfer ist aus Europa gekommen und hat Briefe und politische Nachrichten aus Lissabon gebracht. Die Briefe waren sehnsuchtsvoll und die Nachrichten interessant; übrigens trafen sie erst abends ein. Aguiar sagte mir auf der Straße, was in Tristãos und Fidélias Briefen stand, und auch in dem der Gevatterin an Dona Carmo; ich ging nach Flamengo sie lesen. Der Brief der Gevatterin war des Lobes voll über die Schwiegertochter, die sie schöner fand als auf dem Photo, und zartfühlender als sonst irgendjemand, so ihre eigenen Worte, die mir für eine Schwiegermutter nicht übel klangen. Das sagte ich zu Dona Carmo, die beifällig lächelte, mit einer Art morbider Zärtlichkeit. Wir drei waren allein, und die Sehnsucht groß.

Wenig später traf Campos ein. Er wirkte bestürzt, und als er meiner ansichtig wurde, schien er mit mir unter vier Augen reden zu wollen. Unter vier Augen, in einem Winkel, sagte er mir, Tristão habe ihm geschrieben, bei seiner Landung in Lissabon sei er von seiner Wahl zum Abgeordneten unterrichtet worden, und er bitte ihn, Campos, dies dem Paar Aguiar in der Weise mitzuteilen, die er für die beste halte; ihnen selbst schreibe er nichts davon, um ihnen eine Erschütterung zu ersparen. Was ich dazu meinte.

»Auf jeden Fall soll man ihnen alles sagen«, erwiderte ich; »am besten sofort, und es ist jetzt an uns, die Dinge behutsam zu sagen.«

»Das meine ich auch.«

»Ich werde eine Geschichte erfinden…«

Ich erfand, was ich konnte. Ich sprach davon, welcher Schlag es für den jungen Mann gewesen sei, plötzlich als Abgeordneter an Land zu gehen und sich dem Jubel nicht nur seiner Eltern, sondern auch seiner politischen Freunde gegenüber zu sehen; ich hätte auch sagen sollen, Tristãos erster Gedanke sei gewesen, die Ernenungsurkunde zurückzuweisen und nach Santa-Pia zu kommen, doch die Partei, die Vorgesetzten, die Eltern… So weit ging ich nicht, das wäre der Lüge zuviel gewesen. Letztlich wäre dafür auch keine Zeit geblieben. Die beiden Alten waren vom Blitz getroffen, die Ehefrau weinte stille Tränen, und ihr Mann versuchte sie ihr zu trocknen.

So nahmen die Dinge ihren Lauf, die Lüge und ihre Folgen. Campos und ich bemühten uns, die beiden aufzurichten. Ich nahm einige Reflexionen und Metaphern zu Hilfe, und versicherte, die beiden würden noch dieses Jahr oder zu Beginn des nächsten kommen; sie brauchten nur von dem Schmerz zu erfahren, den die Nachricht hier verursache.

Dona Carmo schien mich nicht zu hören, er ebensowenig; sie schauten dorthin, in jene Ferne, wo das gegenwärtige Leben verschwindet und alles sich rasch verflüchtigt. Aguiar nahm immerhin den Brief, den der Obergerichtsrat ihm zeigte; schweigend las er Tristãos Worte, die ungeachtet des Tones, den der Schreiber ihnen beizulegen suchte, als solche mißlich waren. Dona Carmo bat ihn mit einer Geste um den Brief, er steckte ihn ein. Die gute Dame beharrte nicht auf ihrer Bitte. Wenig später zogen Campos und ich uns zurück.

30. August

Beim Heimweg auf der Strandstraße – das vergaß ich gestern zu notieren – unterhielten wir uns über jene umgekehrte Verwaisung der beiden Aguiars, und in Erinnerung an Fidélias verstorbenen Ehemann fügte ich hinzu:

»Obergerichtsrat, wenn die Toten schnell vergehen, so vergehen die Alten noch schneller als die Toten... Es lebe die Jugend!«

Campos verstand mich nicht, weder sofort noch vollkommen. Ich mußte ihm also sagen, daß ich Fidélias verstorbenen Ehemann und die beiden von den Jungen verlassenen Alten meinte, und ich schloß, die Jugend habe das Recht zu leben und zu lieben und sich vom Erloschenen und vom Hinfälligen fröhlich zu verabschieden. Er war nicht dieser Meinung, woraus hervorgeht, daß er mich noch immer nicht völlig verstanden hat.

Undatiert

Seit sechs oder sieben Tagen war ich nicht mehr in Flamengo gewesen. Heute nachmittag kam mir der Gedanke, dort vorbeizuschauen, bevor ich nach Hause käme. Ich ging zu Fuß, fand das Gartentor offen, trat ein und blieb stehen.

»Dort sind sie«, sagte ich zu mir.

Hinten, am Hauseingang, gewahrte ich die beiden Alten, wie sie da saßen und einander anblickten: Aguiar an den rechten Türflügel gelehnt, die Hände auf den Knien; Dona Carmo zur Linken, die Arme in der Taille verschränkt. Ich zögerte, ob ich vor- oder zurückgehen sollte; einige Sekunden blieb ich reglos stehen, bis ich Schritt für Schritt zurückwich. Als ich die Gartenpforte querte und auf die Straße trat, sah ich in ihrer

Miene und Haltung einen Ausdruck, für den ich keine treffende oder klare Bezeichnung finde; ich sage, wie mein Eindruck war. Sie wollten heiter sein und konnten sich kaum trösten. Was sie tröstete, war ihre Sehnsucht nach sich selbst.

Tagebuch des Abschieds – Der Originaltitel lautet *Memorial de Aires*, wörtlich etwa: »Tagebuch des Aires«. ›Memorial‹ kann ähnlich wie im Englischen ›Erinnerungsbuch‹, ›Erinnerungsheft‹, ›Tagebuch‹, ›Denkschrift‹, ›Eingabe‹, ›Gedenkstätte‹, ›Denkmal‹ und ähnliches heißen. Aires ist ein nicht sehr häufiger Eigenname, der ein wenig spanisch, und auch vornehm klingt und keine spezifischen Assoziationen weckt.

5

Esau und Jakob – Im Jahre 1904 veröffentlichte Machado de Assis den Roman *Esaú e Jacó*, die Lebensgeschichte zweier verfeindeter, ehrgeiziger Zwillinge, zwischen denen die von beiden geliebte Frau sich nicht entscheiden kann. Erzähler dieses Romans ist auch hier der verstorbene Geheimrat Aires. Er hinterließ sechs Hefte mit Tagebuchnotizen und ein weiteres Heft mit dem oben genannten Roman. Das *Tagebuch des Abschieds* beruht auf einem der Hefte, vermutlich auf dem sechsten, und wurde von dem Erzähler M. d. A. bearbeitet. Was den geschichtlichen Kontext betrifft, so umfaßt *Esaú e Jacó* einen Zeitraum von mehreren Jahrzehnten, spielt aber vor allem in den 90er Jahren des 19. Jahrhunderts und setzt damit in gewisser Weise *Tagebuch des Abschieds* fort. Handlung und Personal, vom Erzähler Aires und seiner Schwester Rita abgesehen, sind allerdings völlig verschieden.

Petrópolis – etwa 800 m hoch in der Serra da Estrela gelegener Ort, gut 60 km nördlich von Rio de Janeiro. Wegen seines gemäßigten Klimas und seiner landschaftlichen Schönheit seit den 40er Jahren des 19. Jahrhunderts als Erholungsort, Sommerfrische und Alterssitz der gehobenen Gesellschaft von Rio de Janeiro geschätzt. Der Name der Stadt weist auf die brasilianischen Kaiser Peter I. (1822–31) und Peter II. (1840–89). Stefan Zweig ist dort 1942 gestorben.

Geheimrat – »conselheiro«; ein reiner Ehrentitel, den der Kaiser hohen Beamten, Richtern, Diplomaten, Bischöfen und Gelehrten verlieh. Denselben Titel trugen, davon unabhängig, die 24 Mitglieder des Conselho do Estado (Staatsrat), die also ein Staatsamt ausübten.

jener anderen – der Roman »Esau und Jakob«.

M. de A. – Die scheinbare Identität von M. d. A. und Machado de Assis soll die Fiktion der Nicht-Fiktionalität erzeugen.

7

Cantiga – *cantiga de amigo*, mittelalterliches portugiesisches oder galizisches Liebeslied, dessen lyrisches Ich meist weiblich ist.

Joham Zorro – Dichter und Spielmann, lebte vermutlich im 13. Jahrhundert in Spanien und Portugal.

Dom Denis – König von Portugal, 1279–1325, Dichter, Förderer der Troubadourdichtung.

9

1888 – ein wichtiges Umbruchsjahr, vor allem wegen der Sklavenbefreiung am 13. 5. 1888, durch die die Monarchie ihren Rückhalt bei den traditionellen Großgrundbesitzern verlor. Zweieinhalb Monate nach dem letzten Eintrag des vorliegenden fiktiven Tagebuchs, am 15. 11. 1889, führte ein Militärputsch zur Ausrufung der Republik.

Catete – um 1888 ein gutbürgerliches Wohnviertel, zwischen der Stadtmitte und dem vornehmen Botafogo in Strandnähe an der Bucht von Guanabara (bzw. von Rio) gelegen, locker mit einer Mischung von Gartenhäusern, Villen, kleineren Miets- und Geschäftshäusern bebaut. 1897–1960 befand sich dort der Amtssitz des Staatspräsidenten.

9. Januar – lesbar als Anspielung auf den 9. Januar 1822, den »Dia do Fico« (Tag des Ich Bleibe), an dem Kronprinz Pedro (Peter), Sohn des portugiesischen Königs Dom João VI (Johann VI.), sich weigerte, der Aufforderung der portugiesischen *Cortes*, nach Portugal zurückzukehren, Folge zu leisten. Dies war ein wichtiger Schritt in Richtung Unabhängigkeit Brasiliens, die am 7. 9. 1822 ausgerufen wurde, ein Datum, das ebenfalls im Roman eine Rolle spielt.

Friedhof São João Batista – nach Johannes dem Täufer benannter Prominentenfriedhof in Botafogo. Der südliche Teil des Friedhofs zieht sich hügelan; das Hauptportal liegt auf dem Talboden an der Nordseite.

10

Betet für ihn! Betet für sie! – Im Portugiesischen klingt diese Bitte um Fürbitte altertümlich, da hier die alte 2. Person Plural verwendet wird, die außerhalb der religiösen Sphäre damals schon wenig gebräuchlich war.

11

neben dem großen Kreuz – in der Mitte des Friedhofs, wo die beiden Hauptwege sich kreuzen, stand und steht ein großes steinernes Kreuz.

Andaraí – damals Mittelschichts- und Kleinbürgerviertel im Norden von Rio, nahe Tijuca; heute Industrievorort.

Paraíba do Sul – Stadt im Paraíba-Tal nördlich von Rio; damals ein Zentrum des Kaffeeanbaus; nicht zu verwechseln mit der Provinz (heute Bundesland) Paraíba (Paraíba do Norte) in Nordostbrasilien, wo der Zuckerrohranbau dominierte.

Baron von Santa-Pia – In der Zeit der Monarchie (1822–89) verlieh der Kaiser für besondere Verdienste nichterbliche Adelstitel. Die Adelsnamen bezogen sich auf Orte oder Landgüter in Brasilien. Santa-Pia ist ein fiktives Landgut in der Provinz Rio de Janeiro; ansonsten bedeutet der Name soviel wie »die Heilig-Fromme« und stammt aus Dantes *Göttlicher Komödie*; siehe Eintrag vom 11. Februar 1888.

12

eine Tram – Die Trambahnen wurden zur Zeit der Romanhandlung

(1888–89) von Maultieren gezogen. Elektrische Straßenbahnen gab es erst ab 1892.

14

Fidélia – der Name erinnert an lateinisch *fidelis* (treu), portugiesisch *fiel* (treu) oder *fidelidade* sowie an Beethovens *Fidelio*.

politisch verfeindet waren – eine Anspielung auf den Gegensatz zwischen der konservativen und der liberalen Partei, die sich unter dem Kaisertum an der Regierung abwechselten. Gesellschaftliche Basis der Konservativen waren die traditionellen Großgrundbesitzer, Exporteure und hohen Beamten, während die Liberalen eher die Interessen der Freiberufler und eines Teils der Kaffeepflanzer repräsentierten. Ab 1870 entstand allmählich die republikanische Partei, deren Mitglieder und Unterstützer vor allem Studenten, Akademiker, Literaten, modern eingestellte Grundbesitzer aus São Paulo, mittlere Beamte, Offiziere der unteren Ränge und Unternehmer waren. Sie forderten die Abschaffung der Sklaverei und die republikanische Staatsform.

15

perdono a tutti – (italienisch) »Ich verzeihe allen«; aus dem III. Akt, letzte Szene, der Oper *Ernani* von Verdi; nach dem Drama *Hernani* von Victor Hugo.

Banco do Sul – offenbar fiktive Institution, möglicherweise nach dem Vorbild der realhistorischen Banco do Brasil, die ebenfalls im Roman genannt wird.

16

Shelley – Percy Bysshe Shelley, 1792–1822, englischer romantischer Schriftsteller und Dichter.

Thackeray – William Makepeace Thackeray, 1811–1863, englischer satirischer Romancier, bekanntestes Werk: *Vanity Fair* (*Jahrmarkt der Eitelkeit*), 1847/48.

19

Stanzen – ursprünglich aus acht Elfsilblern bestehende Strophenform der italienischen Renaissance.

Der von Machado de Assis zitierte Vers steht am Anfang der 2. Strophe von Shelleys Gedicht: *One Word is too often Profaned*, 1824 veröffentlicht:

ONE word is too often profaned
For me to profane it,
One feeling too falsely disdained
For thee to disdain it;
One hope is too like despair
For prudence to smother,
And pity from thee more dear
Than that from another.

II
I can give not what men call love,
But wilt thou accept not
The worship the heart lifts above
And the Heavens reject not, –
The desire of the moth for the star,
Of the night for the morrow,
The devotion to something afar
From the sphere of our sorrow?

Der Erzähler Aires übersetzt, wie er sagt, in »unsere Prosa«, er verzichtet also darauf, die ungewöhnliche, poetische Wortstellung des zitierten Verses nachzubilden.

22
Abrahams Schoß – Anspielung auf das *Neue Testament*, Lukasevangelium 16 (22–25).
Praia do Flamengo – Strand und gleichnamige Straße an der Bucht von Rio de Janeiro, parallel zur Rua do Catete verlaufend, in der offenbar Aires wohnt und in der auch Machado 1878–84 wohnte; Flamengo heißt auch der Ortsteil zwischen Catete und Botafogo. Der heutige Strand verläuft mehrere hundert Meter weiter östlich. In diesem Roman steht »Flamengo« für Haus und Garten des Ehepaars Aguiar.

23
Prainha – heute nicht mehr vorhandene Anlegestelle der Fähren für den Verkehr nach Petrópolis; sie lag nahe dem heutigen Platz Praça Mauá am nördlichen Rand der Stadtmitte von Rio. Die Überquerung der Bucht von Guanabara in nördl. Richtung bis Mauá (Munizip Magé) dauerte eine gute Stunde. In Mauá nahm man die Eisenbahn bis zu dem am Fuß des Gebirges gelegenen Ort Raiz da Serra, wo der Zug mit einer Zahnradlokomotive bespannt wurde, um die starke Steigung zum 800 m hoch gelegenen Petrópolis zu bewältigen. Insgesamt benötigte man für die Fahrt mit Fähre, Eisenbahn und Zahnradbahn etwa zweieinhalb Stunden. Die Bahnlinie bestand von 1883 bis 1964/65, war also zur Zeit der Romanhandlung noch jungen Datums.
Kommilitonen in São Paulo – die rechtswissenschaftliche Fakultät von São Paulo war zusammen mit derjenigen von Recife die bedeutendste Brasiliens. Die Rechts- und Medizinfakultäten waren die wichtigsten Ausbildungsstätten der Funktionseliten.

24
das Meer und die Stadt – das damalige Rio de Janeiro lag vor allem an der Meeresbucht (Baía de Guanabara). Die heutigen am offenen Meer gelegenen Viertel, wie Copacabana, Ipanema, Leblon, São Conrado, waren kaum oder gar nicht besiedelt und lagen außerhalb des städtischen Raums.

Hotel Bragança – dieser Name einer Stadt in Nordportugal weist auf die Dynastie, der die beiden brasilianischen Kaiser Dom Pedro I. und Dom Pedro II. entstammen. Ein Hotel dieses Namens gab es tatsächlich, es war eines der vornehmsten der Stadt.

25
Nova Friburgo – Stadt im Gebirge, etwa 150 km nordöstlich von Rio; Luftkurort; 1820 von Schweizern aus Freiburg/Fribourg gegründet.

26
Engenho Velho – ein nördlicher Vorort von Rio, damals noch halb ländlich. Der Name weist auf eine ursprünglich dort vorhandene Zuckerrohrfazenda mit Zuckermühle.

28
Minas Gerais – Diese Provinz – ab 1889 Bundesland – im Norden von Rio de Janeiro war im 18. Jahrhundert Zentrum des Gold- und Diamantenbergbaus; im 19. Jahrhundert eines der Zentren des Kaffeeanbaus, hinter Rio de Janeiro und São Paulo.

Kommissionär – Der *comissário de café*, hier wiedergegeben mit Kommissionär, war eine Art Verlagskaufmann, Bankier, Finanzberater, Makler, Exportagent der Kaffeepflanzer. Die meisten Kommissionäre stammten aus Portugal.

Provinz São Paulo – Die größeren Verwaltungseinheiten hießen in der Kaiserzeit Provinzen, an deren Spitze vom Kaiser ernannte Präsidenten (*presidentes*) standen; die Republik von 1889 nannte diese Landesteile nach dem Vorbild der USA Staaten (*Estados*) und ihre nunmehr gewählten Regierungschefs Gouverneure (*governadores*).

29
Tristão – offenkundig eine – mehr oder weniger ironische – Anspielung auf den Tristanstoff und die Wagneroper.

30
Doktor werden – Im damaligen Brasilien wurden Akademiker üblicherweise mit dem Doktortitel angeredet, der faktisch nicht die Promotion voraussetzte. Angesichts der winzigen Zahl der Hochschulabsolventen war ein akademischer Abschluß außerordentlich wichtig für die Karriere und das Sozialprestige und kam fast einer Nobilitierung gleich.

32
Contos – 1 Conto entsprach 1000 Mil Reis, also 1000 x 1000 *Reis*. Mil Reis war die 1846–1942 in Brasilien gebräuchliche Währung. Der Normalwert von 1 Mil Reis in Gold belief sich auf etwa 2,25 Mark. In den 1880er Jahren wurden in der Textilindustrie folgende Tageslöhne gezahlt: Männer 2 Mil Reis, Frauen 1 Mil Reis und Kinder 0,5 Mil Reis. Facharbeiter bei der Eisenbahn bekamen zwischen 2 bis 5 Mil Reis; qualifizierte Einwanderer aus Deutschland verdienten bis zu 90 Mil Reis im Monat. 1 Sklave kostete 1887 850 Mil Reis.

34

Residenz – Rio de Janeiro war Hauptstadt und bis 1889 auch Residenzstadt, also Sitz des Kaiserhofes, portugiesisch: *Corte* (Hof). Zur Zeit der Niederschrift des Romans, 1906–07, bezog dieses Wort sich also auf eine längst vergangene, oft nostalgisch evozierte Wirklichkeit.

Fazenda – Landgut, Gutshof, Großgrundbesitz; meist eine große Rinderfarm, Zuckerrohr- oder Kaffeeplantage. Ihr Besitzer ist der Fazendeiro.

in den Block geschlossen – diese häufig an Sklaven vollzogene Strafe bestand darin, daß sie auf dem Boden liegend mit den Füßen in einen schweren Holzblock eingeschlossen wurden.

37

Zu Ehren Beethovens – Machado de Assis schätzte Beethoven sehr. Zur Zeit der Handlung des Romans war er rühriges Mitglied des Clube Beethoven, der regelmäßig Kammerkonzerte veranstaltete.

Ricorditi di me, che son la Pia – wörtlich: »Erinnere dich meiner, denn ich bin die Pia (= die Fromme)«, Dante, *Göttliche Komödie*, Fegefeuer, V. Gesang, Vers 133. Der Übersetzer Karl Streckfuß kommentierte 1876: »*Pia*, die Gemahlin des Nello della Pietra, in Siena geboren, wurde, wie man glaubt, von ihrem Gatten im Ehebruch betroffen, auf eines seiner Schlösser in der Maremma, welcher er als Obrigkeit vorstand, geführt und dort heimlich getödtet. Der Dichter spricht am Schlusse des Gesangs seine Ueberzeugung von dieser That aus, die man im Volke nur vermuthete.«

38

Revolution von 1848 – die Februarrevolution in Frankreich, die die Monarchie stürzte und die II. Republik errichtete, wurde im wesentlichen vom mittleren und unteren Bürgertum sowie von Handwerkern und Arbeitern getragen. Chef der provisorischen Regierung von 1848 war für kurze Zeit der Dichter Alphonse de Lamartine (1790–1869). Auch in Recife (Provinz Pernambuco) gab es 1848 eine revolutionäre Bewegung: die von der liberalen Partei angeführte, von Mittel- und Unterschichten getragene *Revolução Praieira*, die Machado allerdings hier wohl nicht im Blick hat.

Banco do Brasil – eine staatliche Bank dieses Namens wurde bereits 1808 von König Dom João VI. gegründet und existiert noch heute.

Gloria-Pfarrkirche – portugiesisch: *Matriz da Glória*; neoklassizistische Pfarrkirche an dem Platz Largo do Machado, im Stadtteil Catete, 1872 geweiht. Heute viel bekannter ist die kleinere Igreja da Glória, ein spätbarockes ovales Gotteshaus aus dem 18. Jahrhundert, weithin sichtbar an der ehemaligen Strandstraße Rua do Russel im nahen Ortsteil Glória gelegen.

Militärfrage – Das Offizierskorps der Armee, durch den Paraguaykrieg 1865-70 zu einem zentralen Machtfaktor geworden und vom Positivismus geprägt, begann sich in den siebziger und achtziger Jahren als

Avantgarde der Modernisierung zu verstehen und mit republikanischen und abolitionistischen Ideen zu sympathisieren. Die Auseinandersetzungen spitzten sich 1884-87 in der sogenannten Militärfrage zu und waren eine der Ursachen für den Militärputsch von 1889.

39

João Alfredo – João Alfredo Correia (andere Schreibung: Corrêa) de Oliveira (1835–1915) führender Politiker der Konservativen Partei; wurde am 10. 3. 1888 mit der Bildung einer Regierung beauftragt, die bis zum 7. 6. 1889 amtierte. Als Ministerpräsident war er für die Gesetzesvorlage zuständig, die am 13. 5. 1888 zur Abschaffung der Sklaverei führte. Später wurde er Direktor der Banco do Brasil.

40

I can not, etc. (Shelley) – im Eintrag vom 25. Januar lautet das Zitat: »I can give not what men call love.«

in den Park – gemeint ist der kleine, dicht bewachsene Park auf dem Platz Praça do Machado im Stadtteil Catete, an dem die Pfarrkirche Matriz da Glória liegt.

45

Abraham Lincoln – Präsident der USA während des Sezessionskrieges (1861–65). In der Emanzipations-Proklamation vom 22. September 1862 verkündete er die Abschaffung der Sklaverei. Liberale Brasilianer empfanden die Sklaverei als nationale Schande, ein zentrales Thema in Öffentlichkeit, Kunst und Literatur. Die brasilianische Diplomatie stand unter internationalem Legitimationsdruck.

Kommt sie auch spät – Anspielung auf den Wahlspruch der *Inconfidência Mineira*, einer 1789 vorzeitig entdeckten Verschwörung in Minas Gerais, die die Unabhängigkeit von Portugal anstrebte: »Libertas, quae sera tamen«, meist übersetzt als »Liberdade, ainda que tarde« (»Freiheit, wenn auch spät«). Diese Losung wurde seit etwa 1870 auch von Republikanern und Abolitionisten verwendet, und sie ziert seit Ausrufung der Republik die Flagge des Bundeslandes Minas Gerais. Die lateinische Quelle ist ein Halbvers aus der I. Ekloge (Hirtengedicht) von Vergil.

Tiradentes – 1746–1792; einer der Anführer der Verschwörung, der als einziger hingerichtet wurde. Nach Ausrufung der Republik erklärte man ihn zum Nationalhelden.

46

Die Prinzregentin – Prinzessin Isabel, Tochter des Kaisers Dom Pedro II., die damals ihren in Europa weilenden Vater vertrat, unterzeichnete am 13. Mai 1888 das Gesetz zur Sklavenbefreiung.

Rua do Ouvidor – Diese Straße mit ihren Buchhandlungen, Zeitungsredaktionen und eleganten Geschäften war Flaniermeile, Informations- und Meinungsbörse, Seismograph für die Stimmungen im Lande.

Rua Nova – auf deutsch: »Neue Straße«, kleine Querstraße der Rua do Ouvidor, heute: Travessa do Ouvidor.

Stadtpalast – Paço da Cidade (Palast der Stadt), vorher auch Paço Real (Königspalast) genannt, heute als Paço Imperial (Kaiserpalast) bekannt. Dort nahm die Prinzessin Isabel am 13. 5. 1888 die Ovationen des Volkes entgegen. Der Platz davor und daneben heißt heute Praça XV de Novembro (Platz des 15. Novembers), zum Gedenken an die Ausrufung der Republik im Jahre 1889.

Rua Primeiro de Março – »Straße des 1. März«, eine der wichtigsten Straßen der Altstadt. Der Name erinnert zum einen an die Gründung von Rio de Janeiro am 1. März 1565, zum andern an einen entscheidenden Sieg der Dreierallianz im Paraguaykrieg (1. März 1870) bei Aquidabã (spanisch: Aquidabán). Der Stolz auf den gewonnenen Krieg war lange Zeit konstitutiv für das brasilianische Nationalbewußtsein.

Gesetze, Dekrete und Bekanntmachungen verbrennen – lesbar als Vorausdeutung darauf, daß der Finanzminister der jungen Republik, der Jurist und Schriftsteller Rui Barbosa, 1890 alle im Bereich seines Ministeriums vorhandenen Dokumente über die Sklaverei verbrennen ließ. Mit dieser Maßnahme wollte die republikanische Regierung die Kampagne ehemaliger Sklavenhalter für staatliche Entschädigungen unterlaufen. Historiker bedauern verständlicherweise die Zerstörung dieses Quellenmaterials.

Institution – gemeint ist die Sklaverei.

in jenen Versen von Heine – gemeint ist die Ballade *Das Sklavenschiff*, die Heinrich Heine (1799–1856) zwei Jahre vor seinem Tode schrieb. Heines Ballade inspirierte den spätromantischen Lyriker Antônio de Castro Alves aus Bahia zu seinem in Brasilien hochberühmten Gedicht: *Navio Negreiro* (wörtlich: »Das Negerschiff«) aus dem Jahre 1869. Machado hat Gedichte von Heine übersetzt.

50

Vida Nova – wörtlich – »Neues Leben«. Eine Zeitung mit diesem Titel scheint es in der außerliterarischen Wirklichkeit nicht gegeben zu haben. Angesichts der Nähe des Todes entbehrt der Name nicht einer gewissen Ironie, wie überhaupt der zeittypische formelhafte Nachruf auf den Verstorbenen als Parodie erkennbar ist.

51

Firma Goupil – 1827 gegründetes französisches Unternehmen für Kunsthandel, Kunstreproduktion und – später – Photographie, mit Niederlassungen in aller Welt.

52

Les morts vont vite – (französisch), zu deutsch etwa: »Die Toten vergehen schnell«, »Die Toten gehen rasch dahin«, das heißt, sie werden schnell vergessen. Die ursprüngliche Fassung des Satzes lautet: »Wir und die Toten reiten schnell!« und stammt aus der Ballade *Lenore* (1774) von Gottfried August Bürger (1747–1794). Die Ballade spielt, nicht unähnlich dem *Tagebuch des Abschieds*, im Zwischenraum von Leben und Tod und handelt von der tödlich endenden Suche einer jungen Frau, Lenore, nach ihrem im Siebenjährigen Krieg gefallenen Bräutigam. Das Gedicht, von Madame de Staël in ihrem Buch *De l'Allemagne* gelobt und von Gérard de Nerval ins Französische übersetzt, wurde auch in Frankreich berühmt und war Inspirationsquelle für das bekannte romantische Gemälde von Ary Scheffer: *Lenore, les morts vont vite* (1820/1825). Alexandre Dumas (Vater) hat den Satz *Les morts vont vite* zum Titel eines 1861 erschienenen Essaybandes über verstorbene französische Schriftsteller und Künstler gemacht. Hier ein Auszug aus Bürgers Ballade:

»Ach, wolltest hundert Meilen noch
Mich heut ins Brautbett tragen?
Und horch, es brummt die Glocke noch,
Die elf schon angeschlagen.« –
»Sieh hin, sieh her, der Mond scheint hell.
Wir und die Toten reiten schnell.
Ich bringe dich, zur Wette,
Noch heut ins Hochzeitbette.«

Auch hier ist von einer Wette die Rede, der zwischen Braut und Tod.

Largo de São Francisco – wichtiger Platz in der Altstadt von Rio, an dem zwei im Roman erwähnte Gebäude standen, die Kirche São Francisco und die Polytechnische Hochschule.

53

Tuyutí – portugiesische Schreibung: Tuiuti; Sumpfgebiet im südlichen Paraguay, wo die Dreierallianz Argentinien-Brasilien-Uruguay am 24. Mai 1866 in einer für alle Seiten äußerst verlustreichen Schlacht einen wichtigen Sieg gegen Paraguay errang.

Thermopylen – in der Antike ein Engpaß zwischen Gebirge und Meer in Mittelgriechenland; Ort einer Schlacht (480 v. Chr.) zwischen Persern und Griechen, die zum Inbegriff glorreicher Verteidigung bis zum letzten Mann wurde.

Jena – Schlacht bei Jena und Auerstedt 1806; Niederlage Preußens und seiner Verbündeten gegen die französische Armee unter Napoleon.

Renan – Ernest Renan (1823–1892); französischer Historiker, Religionswissenschaftler und Schriftsteller, verfaßte 1883 auf einer Griechenlandreise eine melancholische geschichtsphilosophische Betrachtung in Gebetform, zugleich Huldigung an die Antike und an die Schönheit, *Prière sur l'Acropole* (»Gebet auf der Akropolis«). Der letzte Absatz lautet in deutscher Übersetzung: »Ein ungeheurer Strom des Vergessens reißt uns in einen namenlosen Schlund. O Abgrund, du bist der einzige Gott. Die Tränen aller Völker sind wahre Tränen; die Träume aller Weisen enthalten ein Element von Wahrheit. Alles hier unten ist nur Symbol und Traum. Die Götter vergehen wie die Menschen, und es wäre nicht gut, wenn sie ewig wären. Der Glaube, der einem gegeben wurde, darf nie eine Kette sein. Man hat ihm Genüge getan, wenn man ihn behutsam in das Purpurtuch gewickelt hat, worin die toten Götter schlafen«. (Übersetzung BZ)

54

Dom Francisco Manuel de Mello – adliger portugiesischer Offizier, Politiker und Dichter (1608–1666); sein überaus bewegter Lebensweg führte ihn durch beinahe ganz Europa sowie nach Angola und Brasilien. Er gilt mit seiner Vorliebe für einen überladenen und überfeinerten Stil als portugiesischer Barockdichter par excellence; schrieb spanisch und portugiesisch.

aus dem Norden – Damals verstand man unter »Norden« weitgehend die Großregion, die heute Nordosten heißt. Heute bedeutet »Norden« vor allem Amazonien.

Sein Name lautet Osório – deutbar als ironischer Kontrast zu einem draufgängerischen brasilianischen General im Paraguaykrieg, Manuel Luís Osório, der auch ein konservativer Politiker war.

67

Johannisnacht – am Abend des 24. Juni begangenes Volksfest mit Freudenfeuern, kleinen Heißluftballons und allerlei Bräuchen, die einen Blick in die Zukunft erlauben sollen.

68

São Francisco de Paula – Barockkirche mit neoklassizistischen Elementen am Platz Largo de São Francisco; nach Umbau 1865 in Anwesenheit des Kaisers Dom Pedro II. neu geweiht.

70

mucamas und moleques – Sklaven, die von Kind auf im Haus des Gutsherrn dienten. Die heranwachsende *mucama* wurde eine Art Zofe der Hausherrin, gelegentlich Amme von deren Kindern, mitunter auch Konkubine des Hausherrn; der *moleque* war Spielgefährte der Herrenkinder, mit zunehmendem Alter ein vielseitig einsetzbarer Dienstbote; *moleque* auch Schimpfwort im Sinne von ›Lausejunge‹, ›Straßenjunge‹.

75

Plinius – Gaius Plinius Caecilius Secundus Minor (62–113 n. Chr.), Plinius der Jüngere, Schriftsteller und Politiker, Autor vieler Briefe, zum Beispiel an Domitius Apollinaris. Zeuge des Untergangs von Pompeji.

76

entrudo – Karnevalsbelustigung in zwei Spielarten: 1. in den Häusern der Oberschichten warfen sich die jungen Leute mit Duftwässern gefüllte Wachskugeln zu, um engere Verbindungen zwischen den Familien zu knüpfen; 2. unter den Sklaven und dem einfachen Volk auf der Straße bewarf man sich mit diversen Flüssigkeiten und Pulvern.

77

Wahlkampf – Die Wahlkämpfe im damaligen Brasilien waren oft von Betrug und Gewalt geprägt. Im übrigen besaß nur die kleine Minderheit der Bemittelten das Wahlrecht, und natürlich, wie überall, nur Männer.

80

Regierung Ferraz – Ângelo Moniz da Silva Ferraz, Baron von Uruguaiana, (1812–1867), war 1857–59 Präsident der Provinz Rio Grande do Sul, 1859–1861 Ministerpräsident des Kaiserreichs; 1865–1866 Kriegsminister.

81

Niterói – Praia Grande wurde 1835 in *Niterói*, damals *Nictheroy* geschrieben, umbenannt, ein Tribut an die patriotische Indianerromantik, der Machado de Assis distanziert gegenüberstand. Der Name bedeutet in der Tupi-Sprache »verstecktes Wasser«.

Ich bewundere soeben die Schönheiten unseres Landes – Die von Tristão verwendete Syntax ist typisch für das europäische Portugiesisch, so daß er auch sprachlich als akkulturierter Portugiese erscheint.

Überfahrt – die Fähren zwischen Rio und Niterói verkehrten halbstündlich; die Überfahrt dauerte etwa 20–30 Minuten.

82

Palast des Provinzpräsidenten – Niterói war damals Hauptstadt der Provinz Rio de Janeiro.

Cortes – Ständeparlament in Spanien und in Portugal; in Portugal bestand es bis zum Sturz der Monarchie im Jahre 1910. In Spanien heißt auch das heutige, demokratisch gewählte Parlament noch *Cortes*, beziehungsweise *Cortes Generales*.

89

daß meine Augen müde sind – autobiographischer Bezug; Machado de Assis litt im Alter unter Augenschmerzen und nachlassender Sehkraft.

90

Prediger Salomo – Das Buch *Prediger Salomo* oder *Ekklesiastes* im *Alten Testament* ist eine dem König Salomo zugeschriebene, tatsächlich weit jüngere Sammlung von Weisheitssprüchen und praktischen Lebensratschlägen, die eine skeptische Grundhaltung zeigen.

91

Rua de Ipiranga – Der Name erinnert an den *Grito do Ipiranga* (»Ausruf am Ipirangabach«) am 7. 9. 1822 in São Paulo, mit dem der portugiesische Thronfolger Dom Pedro die Unabhängigkeit Brasiliens proklamierte. Heute erinnert dort ein Museum an diese Begebenheit.

93

Die junge Herrin Fidélia – im Original »Nhanhã Fidélia«; *nhá* oder *nhanhã* (abgeleitet von *senhora*) waren von Sklaven und Dienstboten gebrauchte Bezeichnungen und Anreden für »(junge) Herrin«, »Dame«.

95

Sedan – am 2. September 1870 erlitt die französische Armee im Krieg 1870/71 nahe Sedan die entscheidende Niederlage. Bis 1918 feierte man im Deutschen Kaiserreich den *Sedantag*.

Eine weitere stilistische Preziosität – Die *préciosité* war ein von hochgestellten Damen vertretenes barockes Stil- und Geselligkeitideal im absolutistischen Frankreich des 17. Jahrhunderts. Dazu gehörten eine extreme Verfeinerung des Gefühlslebens und des sprachlichen Ausdrucks, gezierte, gesuchte, subtile Formulierungen, seltene Metaphern, überraschende Pointen, Vorliebe für Bukolik. Eine Vertreterin war Mme de Sévigné. Die *préciosité* wurde oft als Affektiertheit und Geschraubtheit verspottet, beispielsweise in Molières Komödie *Les précieuses ridicules* (*Die lächerlichen Preziösen*) aus dem Jahre 1659.

Madame de Sévigné – französische Schriftstellerin (1626–1696), Angehörige des französischen Hochadels, wurde vor allem durch ihre Briefe über die höfische Gesellschaft unter Ludwig XIV. berühmt. 1671 schrieb sie ihrer schwangeren Tochter: »Mon Dieu, ma bonne, que votre ventre me pèse!« (»Mein Gott, meine Gute, wie Euer Bauch mich drückt«), worauf vermutlich der Geheimrat Aires anspielt.

100

eine verheiratete Bediente – Die in der Realität meist unverheirateten Dienerinnen wohnten üblicherweise bei ihrer Herrschaft; Schwangerschaften waren, anders als im Hause Aguiar, oftmals außerehelichen Ursprungs.

Siebenter September – Nationalfeiertag zum Gedenken an die Ausrufung der Unabhängigkeit Brasiliens am 7. 9. 1822.

101

Tagesheilige – am 8. September wird Mariä Geburt gefeiert.

102

Sympathie für Kinder – In diesem Absatz ist »Kinder« die Entsprechung für zwei verschiedene Wörter: »filhos« (›Söhne und Töchter‹) und »crianças« (›sehr junge Menschen‹).

Rua da Glória – Straße zwischen den Ortsteilen Catete, Glória und Lapa; Verlängerung der Rua do Catete stadteinwärts. ›Glória‹, als Ortsname religiösen Ursprungs und auf die gleichnamige Kirche bezogen, bedeutet soviel wie ›Ruhm‹, ›Ehre‹, ›Glorie‹, ›Jubel‹ und ist in dieser Szene möglicherweise auf die Kinder gemünzt.

104

es blieb uns noch Zeit, das folgende Halbdutzend Worte zu wechseln – Die Verkehrsmittel und überhaupt das Lebenstempo waren um 1888 noch relativ gemächlich. In den beiden Jahrzehnten bis zur Niederschrift des Romans vollzog sich eine umwälzende Modernisierung und Beschleunigung der städtischen Lebenswelt: Elektrifizierung der Straßenbahnen, Beginn des Autoverkehrs, Ausbau der Straßenbeleuchtung, beginnende Abtragung von Hügeln samt ihrer kolonialzeitlichen Bebauung, Verlegung der Küstenlinie, Ausbau des Hafens, Anlegung von Boulevards nach Pariser Vorbild, Einführung des Telephons, Eröffnung der ersten Kinos.

105

Del mal perverso – Anspielung auf Dantes *Göttliche Komödie*, »Die Hölle«, Vers 92 des V. Gesangs, der in der Übersetzung von Karl Streckfuß (1876) überschrieben ist mit »Sünden der Liebe.« Der Übersetzer kommentiert: »Der Schatten, der hier spricht, ist Franziska, die Tochter Guido's von Polenta, welcher den verbannten Dante aufnahm. Ihr Vater *zwang ihr* den Johann Malatesta *betrüglicher Weise* zum Gatten auf statt ihres Geliebten Paolo, des Bruders des Johann. Mit diesem überraschte sie Jener im Verbrechen und tödtete Beide.«

Polytechnische Hochschule – am Platz Largo de São Francisco gelegen. Das Gebäude beherbergt heute das Instituto de Filosofia e Ciências Sociais (IFCS) der Universidade Federal do Rio de Janeiro.

108

doch sie wird bleiben – das weibliche Personalpronomen, portugiesisch »ela«, bezieht sich auf Fidélia; es könnte sich aber, als möglicher Subtext, zusätzlich auf »a morte«, also auf den Tod beziehen, ein Doppelsinn, der im Deutschen verloren gehen muß, da »der Tod« männlich ist.

110

Hüten Sie sich vor dem Abendtau – Im 19. Jahrhundert galt die feuchte, kühle Nachtluft vielfach als gesundheitsschädlich, insbesondere für Damen und für ältere Leute, eine in dieser Zuspitzung heute nicht mehr nachvollziehbare Sorge.

111

Rua da Princesa – heute Rua Corrêa Dutra, eine Straße in Catete, die von der ehemaligen Strandstraße Praia do Flamengo zur Rua do Catete und darüber hinaus zur Rua Bento Lisboa führt.

112

Alboni – Marietta Alboni (1823–1894), italienische Opernsängerin von einer gewissen Körperfülle, Altistin, weltweit berühmt für die Geschmeidigkeit und den Wohlklang ihrer Stimme.

einen philosophierenden Hund – deutbar als Anspielung auf Machado de Assis' Roman *Quincas Borba* (1891). Der gleichnamige kauzige Philosoph stirbt früh und überträgt seinen Namen auf einen Hund, der so die Erinnerung an seinen Herrn und dessen Lehre aufrecht erhält, den *humanitismo*, eine Parodie auf den Positivismus und Sozialdarwinismus. ›Cão‹ (›Hund‹) kann im brasilianischen Volksglauben für ›Teufel‹ stehen. Im übrigen erscheint auch Mephisto in Hundegestalt.

116
Praia do Russel – heute ist der Strand an der Rua do Russel zwischen den Ortsteilen Lapa und Glória aufgrund des *Aterro* (Aufschüttung) mit seinen Parkanlagen und der Stadtautobahn, die das Zentrum mit Botafogo und Copacabana verbindet, nicht mehr vorhanden.

129
Nahe dem Haus ihres Onkels – Die Wohnung des Obergerichtsrats Campos liegt im damals feinen Stadtteil Botafogo, in der Nähe des Friedhofs São João Batista. Die im Roman erwähnten Wohnviertel sind Ausdruck einer gesellschaftlichen Hierarchie mit einem Gefälle von Süden nach Norden: Botafogo, Flamengo, Catete, Glória, Laranjeiras, Andaraí, Engenho Velho, Praia Formosa. Heute ist Botafogo ein Mittelklasseviertel, in dem außerdem Dienstleistungsbetriebe, Kliniken, Kultur- und Bildungseinrichtungen ihren Sitz haben.

130
der tags zuvor geladene Gast – ein im letzten Augenblick geladener Gast. Wortspiel mit »convidada de véspera« – ›die am Vortag Eingeladene‹, eventuell aber auch ›der weibliche Gast, der am Vortag kommt‹. Eine so kurzfristige Einladung zu erhalten, kann als zwiespältige Freundlichkeit empfunden werden.

131
Bergkette im Hintergrund – die Berge bei und hinter Niterói, auf der anderen Seite der Bucht von Rio de Janeiro.
die Einfahrt der Bucht – die zwischen steilen Felsen gelegene Meerenge am Eingang beziehungsweise Ausgang der Bucht. Einer dieser Felsen ist der Zuckerhut, der damit für Fidélia zum Bildmotiv würde. Diese Meerenge passieren alle Schiffe nach und von Rio, sie ist das Tor nach Europa; siehe auch den Beginn des Eintrags vom 4. August 1888.

135
das nach ihnen benannte Tal – das nach den Tränen benannte Tal, das »Tal der Tränen«, in der *Vulgata* »vallis lacrimarum«; in den deutschsprachigen Bibelübersetzungen findet sich vor allem »Jammertal«, neuerdings auch »dürres Tal«. Siehe *Altes Testament*, Psalm 84, Verse 6 und 7.

141
O Zeiten – Anspielung auf die dem römischen Schriftsteller und Politiker Cicero zugeschriebene Klage über den Verfall der zeitgenössischen Sitten: »O tempora, o mores« (O Zeiten, o Sitten).

142
Rocio – großer Platz in der Stadtmitte von Rio de Janeiro, heute Praça Tiradentes.

144
Wahlen stehen bevor – Parlamentswahlen in Portugal fanden am 20. 10. 1889 statt. Der Autor hat sie gegenüber der außerliterarischen Wirklichkeit vorverlegt, auf Juli 1889.

145
Paineiras-Straße – Estrada das Paineiras, Straße und Spazierweg im Tijuca-Gebirge im Munizip Rio de Janeiro, unterhalb des 710 m hohen Corcovado-Felsens mit seiner Aussichtsplattform. Seit 1884 kann man vom Stadtteil Laranjeiras mit einer dampfgetriebenen, später elektrischen Zahnradbahn auf den Corcovado gelangen; auf halber Höhe, an der Paineiras-Straße, lagen zur Zeit der Romanhandlung eine Haltestelle sowie ein Hotel mit Restaurant. Die Straße ist gesäumt von *paineiras*, Bäumen mit ausladender Krone, die leuchtend rote Blüten tragen und deren Samen wie Baumwollflocken vom Winde verweht werden.
Prüfungsarbeit – das im Original verwendete Wort »tese« bedeutet 1. These, Hypothese, Argument; 2. Doktorarbeit, Dissertation; außerdem in der Umgangssprache jede andere akademische Abschlußarbeit. Diesen Doppelsinn im Deutschen nachzubilden ist unmöglich. Die gemeinsame Schnittmenge zwischen den beiden Bedeutungen ist eine gewisse Vorläufigkeit, ein Überprüfungsbedürfnis, ein Experimentalcharakter, die Notwendigkeit, beide »Thesen« gegen mögliche Einwände und Fragen zu verteidigen, damit sie als wahr und richtig anerkannt werden können.

148
über die Bahn und die Straße, den Wald und den Berg – gemeint sind wohl die Zahnradbahn zum Aussichtsberg Corcovado, die teilweise nebenher verlaufende Straße Estrada das Paineiras, das Gebirge Serra da Tijuca und der es bedeckende Wald Floresta da Tijuca, ein früh gerodeter und ab 1860 wieder aufgeforsteter Teil des Atlantischen Regenwaldes.

153
Ego coniugo vos – deutsch: »Ich verbinde euch«. Die ganze Trauformel des katholischen Ehesakramentes lautet: »*Ego coniugo vos in matrimonium, in nomine Patris et filii et spiritus sancti.*«

162
Theokrit – (ca. 310–250 v. Chr.) Dichter der Bukolik und der Idylle im alten Griechenland.

165
Friedhof – Der Friedhof bietet den Anblick einer riesigen Ansammlung

von Mausoleen, Steinfiguren und Stelen, mit vereinzelten Sträuchern und kleinen Bäumen dazwischen. Am Südhang befinden sich die Gräber der »Unsterblichen«, also der Mitglieder der von Machado de Assis 1897 gegründeten und bis zu seinem Tode geleiteten *Academia Brasileira de Letras*. Als der Autor am *Tagebuch des Abschieds* schrieb, wußte er, daß er bald ebendort seine letzte Ruhestätte finden würde.

João de Barros – portugiesischer Geschichtsschreiber und Schriftsteller (1496–1570); schrieb u. a. eine portugiesische Grammatik, Ritterromane und eine verherrlichende Geschichte der portugiesischen Eroberungen in Asien.

175

Paulistanerin – Tristãos Mutter, also Fidélias künftige Schwiegermutter, stammt aus Stadt oder Provinz São Paulo.

176

Westfália – Ortsteil von Petrópolis. Der Major Júlio Frederico Koeler gründete im kaiserlichen Auftrag um 1845 die Stadt und gab den Ortsteilen entsprechend der Herkunft der Einwanderer, die aus Deutschland kamen, Namen wie: Mosela, Bingen, Darmstadt, Ingelheim, Worms, Nassau, Westfália, und so weiter.

180

Jahrestag der Verfassung – Am 25. März 1824 wurde die erste Verfassung Brasiliens verkündet, die eine für die damalige Zeit relativ liberale konstitutionelle Monarchie begründete. Sie blieb, mit einigen Änderungen, bis 1889 in Kraft.

Commune in Frankreich – Aufstand und eine Art sozialistische Regierung des Pariser Proletariats und Kleinbürgertums März–Mai 1871, also während des deutsch-französischen Krieges; von der Regierung Thiers blutig niedergeschlagen. Daß Tristão Augenzeuge war, könnte ein wenig überraschen. Warum sollte ein junger Mann aus Brasilien in das vom Krieg 1870–71 aufgewühlte Frankreich reisen? Wäre er damals 18 Jahre alt gewesen, das anzunehmende Mindestalter für einen politisch urteilenden Reisenden, müßte er zur Zeit der Romanhandlung mindestens 35 Jahre alt sein.

Politik des Hasses – Daß Tristão die Politik des Hasses nicht kenne, mutet utopisch oder märchenhaft an, denn sowohl in Brasilien wie auch in Portugal ging es damals auf der politischen Bühne recht konfliktiv zu.

Or bene – im Italienischen soviel wie »Nun ja«, »nun also«, »je nun«; vielleicht eine Anspielung auf den ersten Akt von *Le nozze di Figaro*, wo es heißt: »Or bene, ascolta, e taci«, (»Nun also, höre und sei still«).

185

Carceler – Confeitaria Carceler (damals: Carceller), ein elegantes Café unweit des Paço Imperial (Paço da Cidade) gelegen, von einem Franzosen namens Carceller um 1870 eröffnet, heute nicht mehr bestehend.

187
Praia Formosa – trotz seines Namens (›schöner Strand‹) damals wie heute kein feines Viertel am nördlichen Rand der Stadtmitte; heute Gewerbegebiet in der Nähe des Hafens.

188
Endlich getraut – Trauungen wurden von Priestern vollzogen, die damit auch obrigkeitliche Funktionen erfüllten. Erst die Republik von 1889 setzte die Zivilehe durch.

189
Bernardim Ribeiro – portugiesischer Dichter der Renaissance (ca. 1482–1552); schrieb den nostalgischen, melancholischen, von unglücklicher Liebe handelnden Roman *Menina e moça*, der auch unter dem Titel *Saudades* erschien. Er verband Elemente der *cantigas de amigo* mit denen des Hirten- und des Ritterromans und prägte die Tradition des portugiesisch-brasilianischen *saudosismo*, einer Art Wehmuts- und Sehnsuchtskult. Das Zitat bezieht sich auf den 1. Satz am Anfang des Romans: »Menina e moça me levaram de casa de minha mãe para muito longe« (Mädchen und Fräulein, wurde ich aus dem Haus meiner Mutter in weite Ferne geführt).

192
der Dichter sagt – der Renaissancedichter Luiz Vaz de Camões (ca. 1525–1579) hat aufgrund einer gewissen Klangähnlichkeit zwischen Lisboa und Ulysses einen Gründungsmythos propagiert, wonach Lissabon auf Odysseus zurückgehe, und hat die Stadt daher mehrfach Ulisseia genannt. In seinem Nationalepos *Os Lusíadas* (»Die Portugiesen«) aus dem Jahre 1572 finden sich die von Machado zitierten Worte im IV. Gesang, Strophe 84.

193
Hotel dos Estrangeiros – »Hotel der Ausländer«; ein angesehenes Hotel für gehobene Ansprüche, am Platz Praça José de Alencar in Catete gelegen, heute nicht mehr existent.

196
Cais Pharoux – Kai in unmittelbarer Nähe des *Paço da Cidache* (Stadtpalast), der heute *Paço Imperial* (Kaiserpalast) heißt.

201
wenn die Toten schnell vergehen – Anspielung auf das Zitat *Les morts vont vite*, siehe Eintrag vom 23. Mai 1888.

»Zum Schluß stirbt ein Alter und zwei Junge heiraten sich – das ist so ziemlich alles, was auf 500 Seiten geschieht. Von Verwicklungen und Lösungen, von Herzenskonflikten oder Konflikten überhaupt, von Spannungen und Überraschungen findet sich nichts. [...] Alles Plauderei, Dialog, in dem sich die Charaktere geben, mit und in ihnen die Geschichte. Natürlich halte ich dies nicht nur für die richtige, sondern sogar die gebotene Art, einen Zeitroman zu schreiben«.

Was Theodor Fontane im Todesjahr 1898 über seinen letzten, im Jahr zuvor erschienenen Roman, *Der Stechlin*, geschrieben hat, gilt – bei grundlegenden Unterschieden des Umfangs, der Milieuschilderung, des Aufbaus und Stils – in vieler Hinsicht auch für *Tagebuch des Abschieds*, den 1908 erschienenen letzten Roman des Brasilianers Joaquim Machado de Assis (1839–1908). Der Tod bildet hier von Anbeginn einen Kontrapunkt zum Leben und zur Liebe, so daß sich alles Geschehen zwischen Diesseits und Jenseits abspielt, zumal der Ich-Erzähler, der Diplomat im Ruhestand Aires, vom Rande des Lebens her schreibt. Er notiert nicht nur zwanglose Gespräche, Briefe und Reflexionen, unter weitgehendem Verzicht auf eine äußere Handlung, sondern betreibt das Tagebuchschreiben überhaupt als eine Plauderei mit sich selbst. Auch dies ist ein Roman mit autobiographischen Bezügen, in denen der Autor vom Leben und von einer Epoche, der Gesellschaft der Kaiserzeit mit ihren hierarchisch-ständischen Zügen, Abschied nimmt und seine Figuren Abschied nehmen läßt.

Im Vordergrund stehen private, scheinbar banale Vorgänge und Episoden, deren lautlose, untergründige Dramatik sich nur bei genauem Lesen erschließt. Hin und wieder meldet sich im Hintergrund die große Geschichte, die nationale wie die internationale, mit ihren Gewalttaten, Kriegen und Revolutionen zu Wort. Des scheinbar schwerelosen Plaudertones ungeachtet werden grundlegende Fragen des Menschseins verhandelt, gute oder böse Anlagen der menschlichen Natur, Regeln eines zivilisierten Miteinanders, die charakter- und gesellschaftsbildende Rolle von Kunst und Literatur, die Beziehungen zwischen den Geschlechtern, den Generationen, den Ständen und Klassen, Kinderlosigkeit und nicht zuletzt Perspektiven und Schwierigkeiten des Alterns. Mehr noch als der Major Stechlin liebt der brasilianische Tagebuchschreiber das, was

Fontane »Eulenspiegeleien« nennt: Wortwitz, Paradoxe, Infragestellung von allem und jedem, eine scheinbare Standpunktlosigkeit, womit der ironisch-nostalgische Agnostiker seine Gesprächspartner – und seine Leser, wiewohl er angeblich nur für sich selbst schreibt – foppt. »Unanfechtbare Wahrheiten gibt es überhaupt nicht, und wenn es welche gibt, so sind sie langweilig« – dieser Ausspruch des märkischen Junkers könnte auch vom Geheimrat Aires stammen.

Joaquim Maria Machado de Assis war einer der erstaunlichsten Autodidakten, von denen man je gehört hat. Er wurde 1839 in einem nordwestlich der Stadtmitte gelegenen, damals noch ein wenig ländlich anmutenden Viertel von Rio de Janeiro geboren, als Sohn eines Anstreichers mit afrikanischen Wurzeln und einer Wäscherin aus Portugal, die starb, als er zehn Jahre alt war. Über seine Kindheit ist wenig bekannt. Nichts ließ ahnen, daß er seiner proletarischen Herkunft, seiner dunklen Hautfarbe, seiner Halbwaisenschaft, seiner fragilen Gesundheit, seinem rudimentären Schulbesuch zum Trotz sich zum bedeutendsten lateinamerikanischen Schriftsteller seiner Zeit emporschreiben würde. Rio de Janeiro, um 1880 eine weltoffene Handelsstadt von 500000 Einwohnern, die er ebenso wenig verlassen hat wie Kant das viel kleinere Königsberg, war ihm Voraussetzung seines Schreibens und Habitat seiner Gestalten.

Im damaligen Brasilien gab es Konventionen, welche die abgrundtiefen gesellschaftlichen Unterschiede in Einzelfällen zu überbrücken vermochten: Patenschaft und Gönnerschaft. Die Besitzerin des Anwesens auf dem Morro do Livramento, bei der Machados Eltern eine Art Hintersassen waren, die reiche und gebildete Witwe eines Senators, nahm den kleinen Joaquim Maria für eine Weile unter ihre Fittiche, und auch später fand der vielseitig begabte und überaus fleißige Junge einflußreiche Förderer, darunter den Direktor der Staatsdruckerei und Verfasser des ersten brasilianischen Schelmenromans, Manuel Antônio de Almeida. Der kleine Machado war vom entschiedenen Willen zum sozialen Aufstieg erfüllt, ein häufiges Motiv in seinen späteren Erzählungen und Romanen. Er brachte es vom Bonbonverkäufer und Ladengehilfen zum Buchhalter, Setzer und Korrektor, er frequentierte Buchhandlungen und literarische Cafés und machte sich schon in jungen Jahren, als Poet, Journalist, Übersetzer, Rezensent, Essayist, Theaterkritiker, Theaterautor und schließlich auch als Prosaerzähler einen Namen. Bereits 1855, im Alter von 15 Jahren, hatte er sein erstes, romantisch empfundenes Gedicht, *A Palmeira*, veröffentlicht, worin das lyrische Ich seinen Liebesschmerz einer Palme klagt. So gewann er nach und nach Zutritt zur Republik der Gebildeten seines Landes, der er sein Leben lang angehören und deren Spiritus Rector er eines Tages werden sollte. Bald standen ihm die bedeutendsten Blätter offen, und allmählich brachte er es zu Wohlstand und Ansehen. Zeitgenossen beschreiben ihn als überaus höflich und ein wenig schüchtern, dennoch gesellig und freundlich, obgleich nicht sehr beredsam, vielleicht eine Folge der Epilepsie.

Daneben war Machado Regierungsbeamter und brachte es schließlich zu einem Rang, der etwa dem eines Ministerialdirektors entspricht. Seinen Dienst versah er mit außerordentlicher Tüchtigkeit und Gewissenhaftigkeit. »Ofício« – Beruf, Dienst, Auftrag, Amt, Verpflichtung – ist gewiß nicht zufällig eines der Schlüsselwörter im *Tagebuch des Abschieds*; mehr oder weniger ironisch verwendet, deutet es dennoch auf einen Grundzug im Charakter des Autors.

Neben seinen drei höchst erfolgreichen Karrieren – als Journalist, Schriftsteller und Beamter – war er ehrenamtlich tätig, so als Gründungsmitglied und erster, lebenslanger Präsident der Academia Brasileira de Letras, der Brasilianischen Akademie für Literatur, die, 1897 nach dem Vorbild der Académie Française ins Leben gerufen, es sich zur Aufgabe machte, die brasilianische Literatur, die portugiesische Sprache und ganz allgemein die Nationalkultur zu pflegen und zu fördern.

Als er 1869 Carolina de Novais, eine Portugiesin, heiratet, ist er bereits, obwohl er noch keines seiner heute meistgeschätzten Werke veröffentlicht hat, einer der erfolgreichsten Journalisten und Literaten seines Landes, dessen Name in einem Atemzug mit dem des berühmten José de Alencar genannt zu werden beginnt, eines Hauptvertreters des romantischen Romans. Das Ehepaar wohnt 1878–84 in der Rua do Catete, derselben Straße, in der sich später der Geheimrat Aires niederlassen wird; 1884 beziehen die beiden ihr endgültiges Domizil, ein zweistöckiges Häuschen mit Garten in Cosme Velho, einem gutbürgerlichen Viertel am Fuße des Corcovado-Felsens, oberhalb von Laranjeiras. Machado, von Freunden und Bewunderern fortan »der Zauberer von Cosme Velho« genannt, gehört nun endgültig zur gehobenen Gesellschaft. Mit Carolina führt er über dreißig Jahre lang eine glückliche, wenn auch kinderlose Ehe, wohl das Modell für die des Ehepaars Aguiar in seinem letzten Roman. Als seine Frau im Jahre 1904 stirbt, ist er – ähnlich wie Fidélia und Rita nach ihrer Verwitwung – von Schmerz und Wehmut erfüllt. Jeden Sonntag pilgert er zum Friedhof São João Batista und legt ihr Blumen aufs Grab, eine Gepflogenheit, auf die er in seinem ergreifenden Sonett *Carolina* anspielt. Sein Lebenswille ist geschwächt und er ahnt, daß er nicht mehr lange zu leben hat. Von diversen Krankheiten geplagt, schreibt er an seinem letzten Roman, *Tagebuch des Abschieds*, der zwei Monate vor seinem Tode erscheint und von der Kritik seines Landes überaus freundlich aufgenommen wird.

Als Machado stirbt, am 29. September 1908, trauert die Nation. Er wird in der Academia Brasileira de Letras aufgebahrt, und Tausende geben ihm am nächsten Tag das letzte Geleit zum Friedhof nach Botafogo, wo er neben seiner Frau bestattet wird. Kirchlichen Sterbesegen hat er nicht gewollt; kein Priester hat ihn begleitet.

Außerhalb Brasiliens brauchte es einige Zeit, bis er ein größeres Publikum fand, ab der Jahrhundertwende in Uruguay und Argentinien, ab den vierziger Jahren des 20. Jahrhunderts in Europa und den USA, ab den fünfziger Jahren auch im deutschen Sprachraum, wo ihn unter anderen der Germanist und Komparatist Wolfgang Kayser bekannt gemacht und übersetzt hat. Spätestens seit der Würdigung durch Jorge Luis Borges, Harold Bloom und Susan Sontag hat sich unter Literaturliebhabern herumgesprochen, daß Machado de Assis einer der Großen der Weltliteratur ist.

Im Alter von 25 Jahren begann Machado regelmäßig kürzere und längere, zum Teil novellenartige Geschichten zu schreiben, in denen er sich vom romantischen Geschmack immer weiter entfernte; längst werden die in seiner Reifezeit geschriebenen Erzählungen denen eines Tschechow oder Pirandello an die Seite gestellt. Auch seine *crônicas*, Zeitungsglossen, humorvolle oder satirische Prosaminiaturen über Tagesnachrichten und Alltagsepisoden, die er fast sein ganzes Leben lang schrieb, oft unter Pseudonym, um mehr kritische Bewegungsfreiheit zu haben, waren von großem Einfluß auf seine Poetik als Erzähler, die im Unscheinbaren, Gewöhnlichen und Banalen das Seltsame, Komische und zugleich Erhellende hervorhebt.

Von 1872 bis zu seinem Tode schrieb er neun Romane, von denen die letzten fünf als Meisterwerke gelten: *Memórias póstumas de Brás Cubas* (*Die nachträglichen Memoiren des Brás Cubas*; 1880), *Quincas Borba* (1892), *Dom Casmurro* (1900), *Esaú e Jacó* (»Esau und Jakob«; 1904) sowie *Memorial de Aires* (*Tagebuch des Abschieds*; 1908).

Literaturkritik und Literaturwissenschaft haben sich vor allem mit den drei erstgenannten beschäftigt, die auch bislang als einzige ins Deutsche übersetzt waren, während man sich mit den beiden Alterswerken lange Zeit schwer tat, vielleicht, weil sie sich von den gängigen Vorstellungen, die man mit der Romanform verbindet, am weitesten entfernen. In den letzten Jahrzehnten sind beide Werke jedoch stärker ins Blickfeld des Leserinteresses und der Forschung gerückt und in mehrere Sprachen übersetzt worden.

Schon die vorherigen Romane hatten eine gewisse Ratlosigkeit hinterlassen. Spätestens seit dem Tod des großen Alencar (1877) ergab sich das Paradox, daß die meisten Kritiker Machado de Assis für den bedeutendsten Schriftsteller ihres Landes hielten, dies aber – überspitzt gesagt – nicht recht begründen konnten. Es fiel ihnen schwer, die gefühlte literarische Qualität seiner Erzählungen und vor allem seiner Romane auf den Begriff zu bringen, so daß manch einer schon bei den *Nachträglichen Memoiren des Brás Cubas* und erst recht beim *Tagebuch des Abschieds* Zweifel äußerte, ob dies denn überhaupt Romane seien. Der reife Machado ließ sich keiner Strömung zuordnen, war offenbar niemandes Schüler und bildete auch im Alter keine Schule. Man vermißte, je nachdem, ob man sich eher an Chateaubriand und Hugo oder an Zola und dem Portugiesen Eça de Queiroz orientierte, starke Gefühle, Schwung und Phantasie, eine ereignisreiche Intrige, eine fesselnde Liebeshandlung, ausgeprägte Charaktere, Darstellung von Sitten und Gebräuchen, Lokalkolorit, eine ausführliche Milieubeschreibung, einen deutlichen Erzählerstandpunkt oder eine erkennbare Botschaft, und man störte sich an der Dunkelheit mancher Passagen, an der Zufälligkeit der Vorgänge, an der Exzentrik des Erzählers, am weltanschaulichen Skeptizismus und Pessimismus. Andererseits bewunderte man Machados stilistische Eleganz, seinen subtilen Witz, seine genaue psychologische Beobachtung, seine scharfsinnige philosophische Reflexion, seine stupende Gelehrsamkeit, seinen kosmopolitischen Universalismus. Man ahnte das Neue und Große in seinem Werk, konnte es aber nicht recht benennen.

Eine zunächst sehr kleine und nach seinem Tode wachsende Schar von Kritikern, wie auch Machado selbst, sah seine Besonderheit in seiner Kunst der Andeutung und Anspielung, in seiner virtuosen Verwendung der Ironie als Stilmittel, aber auch als Erkenntnismethode. Das Wesentliche, so spürte man, waren nicht mehr Stoff und Handlung, nicht mehr das Erzählte und Beschriebene, sondern die suggestive, vexierbildhafte Form des Erzählens und Beschreibens, über die außerdem der Erzähler selbst des öfteren metaliterarisch reflektiert. Das Eigentliche des Romans liegt in der »Mache«, wie Fontane von seinem *Stechlin* gesagt hat, in der subtilen Kunst der Doppelbödigkeit, in der fast musikalischen Sorgfalt der Exposition und Durchführung von Themen und Motiven, in der scheinbaren Sprunghaftigkeit des Erzählers, der skeptischen Weltsicht, dem systematischen Zweifel, den er von den Aufklärern und Satirikern geerbt hat.

So werden die Leser, die einen Roman Machados aufschlagen, zwar einigermaßen unterhalten, erheitert und vielleicht belehrt, aber auch verunsichert und in den Erwartungen, die sie an diese Gattung richten, düpiert; und wenn die vielen Leerstellen und Rätsel sie auffordern, am Text gewissermaßen mitzuschreiben, so war und ist das nicht jedermanns Sache. Der vielleicht differenzierteste Kritiker im damaligen Brasilien, José Veríssimo, schrieb 1892: »Herr Machado de Assis ist weder ein Romantiker noch ein Naturalist noch ein Nationalist, noch ein Realist, er läßt sich unter keinen Begriff mit der Endung -ismus oder -ist subsumieren.« Trotz der »ironischen und humoristischen Form« erkannte er in seinem Werk »ein ausgezeichnetes Bild unseres Lebens und unserer Sitten«, wirft ihm andererseits jedoch vor, er stehe »außerhalb des brasilianischen Lebens«, ein gewisser Widerspruch, der nicht aufgelöst wird und der sich auch bei späteren Kritikern findet, so bei einem anderen großen Humoristen und Romancier Brasiliens, ebenfalls Nachkomme von Sklaven, Afonso Henriques de Lima Barreto. Mit beispielloser Neugier und Ausdauer las Machado sich in Themen, Motive und Techniken der Weltliteratur ein, ohne je den Blick von der eigenen Kultur und Gesellschaft abzuwenden. Prägend für seinen ironischen Stil und seine skeptische Weltsicht waren, neben vielen anderen, Lukian, Voltaire, Swift, Sterne, Xavier de Maistre, Garrett, Thackeray, Heine und Schopenhauer. Sein Sinn fürs Karikatureske und Skurrile erinnert gelegentlich an Gogol, den er kannte, und an Wilhelm Busch, den er offenbar nicht kannte.

Machado war nicht nur Gegenstand, sondern auch Subjekt der Kritik. Durch sein eindrucksvolles essayistisches und vor allem erzählerisches Werk hat er die brasilianische Literaturkritik und Leserschaft allmählich genötigt, traditionelle Gattungs- und Stilvorstellungen zu relativieren und sich Neuerungen zu öffnen. Bis zum heutigen Tage ist er gewissermaßen der literarische Erzieher seiner Landsleute.

Auch gelang ihm das Kunststück, die Gesellschaft seiner Zeit, vor allem ihre Eliten, satirisch bloßzustellen und von ihnen zugleich als repräsentativer, ja klassischer Nationalautor gefeiert zu werden. Das könnte verwundern, sind doch Handlung und Personal seiner Werke, bei Licht besehen, wenig erbaulich und noch weniger staatstragend. Ab den siebziger Jahren werden seine Figuren zunehmend vom individuellen Wunsch nach Aufstieg, Reichtum, Macht, Status und Lust getrieben, und wo sie sich auf Tugenden, Werte und Grundsätze berufen, verstellen sie sich meistens, ja, die Verstellung, auch die vor sich selbst, ist geradezu eine Kulturtechnik in seinem fiktionalen Kosmos und ein Markenzeichen seiner Charaktere. Wenn er über die höheren Stände mit besonderer Bissigkeit spottet, so hütet er sich doch, die unteren zu idealisieren. In den *Nachträglichen Memoiren des Brás Cubas* führt er einen ehemaligen Sklaven vor, der einst mißhandelt wurde und nun, zum Sklavenhalter geworden, seinerseits Sklaven mißhandelt, ein Beispiel für die enttäuschende Erkenntnis, daß Unterdrücktwerden nicht notwendigerweise besser macht. Überwindung der Eigenliebe – Ehrlichkeit, Güte, Zuneigung – findet sich allerdings, sofern überhaupt, eher bei den kleinen Leuten, vor allem aber bei Naiven und bei Verlierern aller gesellschaftlichen Gruppen, worin man eine resignative Einstellung zu sozialdarwinistischen Verhaltensweisen sehen mag, obschon er diese zugleich parodiert.

Tagebuch des Abschieds nahm lange in der Kritik eine Sonderstellung ein und galt fast als ein Solitär der Versöhnlichkeit in Machados Gesamtwerk. Hier fand man einen lyrischen Ton, ein friedvolles Welt- und Menschenbild, herzliches Einvernehmen, langjähriges Eheglück, idyllische Szenen der Freundschaft und Geselligkeit, wozu die mehrfache Nennung des Bukolikers Theokrit zu passen scheint. Den Generalverdacht der Selbstsucht, Launenhaftigkeit und Täuschung, der fast alle Figuren und Erzähler der vorherigen Romane trifft, habe Machado nunmehr überwunden. Und tatsächlich scheinen solche unerfreulichen Charakterzüge hier gemildert oder gar ersetzt durch Taktgefühl, Warmherzigkeit und Liebe – Bausteine einer privaten Utopie, Vorschein von Glück.

In den letzten Jahrzehnten ist es zu einer differenzierteren Sicht des Romans gekommen, die den Abstand von *Tagebuch des Abschieds* zu den früheren Werken nicht ganz leugnet, aber deutlich schrumpfen läßt. Wendet man Wörter und Sätze mehrfach um, liest man zwischen den Zeilen, folgt man Nebenbedeutungen und Anspielungen, vergegenwärtigt man sich den Gehalt von Metaphern und Symbolen, nimmt man das Wort beim Wort, so wird klar, daß auch diesem Erzähler nicht recht zu trauen ist, ebenso wenig wie seinen Gesprächspartnern und Gewährsleuten, obwohl der Geheimrat Aires mit der Pingeligkeit eines Protokollanten notiert, wo und wann ihm eine Neuigkeit bekannt geworden oder ein Gedanke gekommen ist. Ob es aber um Ereignisse oder Gedanken und Gefühle geht – fast alles bleibt Schein und Vermutung, auf nichts und niemand ist letztlich Verlaß.[1]

Einvernehmen und Freude beruhen zum Teil auf Irrtum und Täuschung, und wo diese aufbrechen, sind die Figuren – allem Wunsche nach Ausgleich, Maß und fast klassischer Dämpfung der Affekte und Konflikte zum Trotz – tief verunsichert, ja von Verzweiflung bedroht. Nur mit Witz und Humor und dem Lob der Entsagung, womit er sich vielleicht selbst belügt, kann Aires über den Schatten seiner Einsamkeit und seines erzwungenen Liebesverzichtes springen. Er ist viel weniger weise und abgeklärt als er sich einredet. Und die alten Eheleute Aguiar werden den halben Roman hindurch von der Sorge, ja Angst geplagt, sie könnten am Ende von ihren »Ersatzkindern« im Stich gelassen werden, ignorieren aber konsequent alle Hinweise darauf, daß es genau so kommen wird. Dabei sind hier, im Gegensatz zu früheren Werken des Autors, etliche Quellen von Konflikt und Täuschung, wie etwa soziale Asymmetrie unter Freunden und Liebenden, ausgespart. Andererseits können Irrtum und Täuschung auch im Dienste von Takt und Rücksicht stehen – ein implizites Plädoyer für eine Relativierung des kategorischen Imperativs. Vollkommene Ehrlichkeit und Selbstlosigkeit gibt es nicht, und gäbe es sie, würden sie das friedliche Zusammenleben stören oder zerstören.

---

[1] In der Übersetzung tritt der Zweifel des Erzählers am Wahrheitsgehalt seiner Tagebucheinträge besonders deutlich zutage, da die deutsche Sprache in der indirekten Rede den Schreibenden, hier den Geheimrat Aires, nötigt, sich zu entscheiden, ob er den Wahrheitsanspruch seiner Informanten übernimmt oder implizit in Frage stellt. Da Aires an fast allen Aussagen, Gedanken, Gefühlen, seien es fremde, seien es eigene, seine Zweifel hat, wählt er für die indirekte Rede im Deutschen vorwiegend den Konjunktiv.

Der idyllische Mikrokosmos, fragwürdig und ohnehin nur Privilegierten zugänglich, ist auch strukturell gefährdet, durch Patriarchat, Sklaverei, Gewalt und Armut. Die unumschränkte Macht des *pater familias* drohte schon in der Vorgeschichte das Glück Fidélias und ihres Verlobten Noronha zu zerstören; auch hält der Ich-Erzähler es nicht für ausgeschlossen, daß der vom Kaiser zum Baron geadelte Kaffeepflanzer, eine Stütze der Gesellschaft, seine eigene Tochter mit einer üblicherweise an Sklaven vollzogenen Strafe grausam mißhandeln könnte. Daß es bei Wahlen undemokratisch und gewalttätig zugeht, ist ebenso selbstverständlich wie Kinderarbeit in Stadt und Land.

Machados afrikanische Wurzeln waren ein wunder Punkt in seinem Leben oder vielmehr in der Gesellschaft seines Landes. Manche Kritiker hielten ihm vor, sich für die Sklaven, seine »Hautfarbenbrüder«, nicht genügend eingesetzt zu haben – ein unberechtigter Vorwurf, insbesondere dann, wenn man nicht nur sein belletristisches, sondern auch sein journalistisches Werk und seine Amtstätigkeit in Betracht zieht. Begonnen hatte Machado als das, was man seit Sartre einen engagierten Schriftsteller nennt; mit zwanzig Jahren schrieb er: »Ich bin so unsäglich monoman, daß ich die Kunst nicht um der Kunst willen betreibe, sondern so, wie Victor Hugo sie betreibt, als gesellschaftlichen, nationalen, menschlichen Auftrag.« Als junger Mann setzte er sich für die Menschen- und Bürgerrechte ein, und seinen Gesinnungen ist er treu geblieben, auch wenn er sich später als Schriftsteller nicht mehr unmittelbar zu politischen Fragen äußerte. Zur Abolition verhielt sich der Staatsbürger Machado de Assis weit entschiedener als sein literarisches Geschöpf, der Geheimrat Aires. Anders als dieser hat er an der Kundgebung zur Feier der Sklavenbefreiung am 13. Mai 1888 sehr wohl teilgenommen. Und als Beamter im Landwirtschaftsministerium hat er sich nachdrücklich dafür eingesetzt, daß das »Gesetz des freien Bauches« von 1871, das allen Kindern von Sklavinnen die Freiheit gab, im ländlichen Raum tatsächlich angewendet wurde.

Wie heikel andererseits die Stellung der freien Nichtweißen war, zeigt der Nachruf, den José Veríssimo auf seinen Freund Machado schrieb: Dieser Mulatte sei eigentlich ein Grieche des klassischen Zeitalters gewesen. Eine solche Formulierung bestätigte rassistische Vorurteile und stellte sie zugleich in Frage, indem sie auf die in Brasilien bestehende Möglichkeit anspielte, den »Makel« der nichtweißen Hautfarbe durch Bildungsanstrengung und Aneignung der europäischen Hochkultur – weitestgehend – zu kompensieren. Ebenso aufschlußreich und fragwürdig wie dieses Lob war der Einspruch eines anderen gemeinsamen Freundes, des Politikers und Schriftstellers Joaquim Nabuco: »Ich hätte Machado nicht einen Mulatten genannt, und ich meine, nichts hätte ihn mehr geschmerzt als diese Bezeichnung. [...] Für mich war Machado ein Weißer, und ich glaube, auch er hielt sich für einen solchen.« Wenn die Hochbegabten und Ehrgeizigen unter den Benachteiligten sich so verhielten, als wären sie nicht benachteiligt, konnten sie von der weißen – oder als weiß geltenden – Elite kooptiert werden, was im brasilianischen Kaiserreich (1822–89) wie auch in der Alten Republik (1889–1930) nicht selten geschah. Militanz aber war verpönt, und daran hielt sich Machado.

Wie zentral das Thema der Sklaverei im *Tagebuch des Abschieds* ist, läßt sich daraus ersehen, daß der Geheimrat Aires zwar viele Jahre lang tägliche Aufzeichnungen machte, der Herausgeber M. d. A., das Alter ego des Autors, jedoch diejenigen zur Veröffentlichung ausgewählt hat, die aus den Monaten vor und nach der Sklavenbefreiung stammten. Tatsächlich bildeten die Jahre 1888–89 in mehrfacher Hinsicht eine Epochenschwelle: die Sklavenbefreiung führte zur Republik, welche die Modernisierung vieler Lebensbereiche beschleunigte und das Stadtbild im Sinne der bewunderten europäischen Belle Epoque tiefgreifend veränderte, was Machado zum Teil mit nostalgischer Kritik begleitete: Sanierungs- und Urbanisierungsmaßnahmen, Beschleunigung des Verkehrs, Industrialisierung, Einwanderung, Landflucht, Börsenspekulation, Proletarisierung, Entstehung der ersten Favelas. Nicht modernisiert im Sinne einer demokratischen, bürgerschaftlichen Nation wurde dagegen die politische Ordnung der Gesellschaft. So ist der Roman auch lesbar als Ausdruck der Enttäuschung über eine Republik, die in fast zwanzig Jahren nicht imstande und vielleicht nicht einmal willens war, die ehemaligen Sklaven zu integrieren, die Herrschaft der Kaffeeoligarchie und anderer Oligarchien zu erschüttern, die republikanischen Versprechen der Freiheit, der Gleichheit, des Rechtsstaats einer Verwirklichung entscheidend näher zu bringen. Brasilien erscheint, im Gegensatz zu dem idealisierten Bild, das Stefan Zweig etwa drei Jahrzehnte später entwerfen sollte, beinahe als ein Land ohne Zukunft.

Wenn auf einige der Romanfiguren, neben vielem Licht auch einige moralische Schatten fallen, so hat dies auch mit der Widersprüchlichkeit und Unvollkommenheit der Abolition zu tun. Fidélia überläßt zwar großzügig ihre Ländereien den ehemaligen Sklaven, diese aber auch ihrem Schicksal und macht sich keinerlei Gedanken darüber, wie die so Beschenkten ohne Kapital, ohne Ausbildung, ohne Beratung erfolgreich wirtschaften könnten. Ihr übriges Vermögen, das nichts anderes ist als kapitalisiertes Sklavenblut, behält sie ganz selbstverständlich für sich. Natürlich wäre es völlig unrealistisch, von ihr eine weitere Unterstützung der Freigelassenen zu erwarten; schon die Schenkung des Landguts ist ein beinahe märchenhafter Zug. Fidélias Verhalten illustriert jedoch, daß selbst die Wohlmeinenden unter den Oberschichtsangehörigen ratlos und tatlos waren, was die Zukunft der mit so großem Pomp befreiten Sklaven betraf, die nun brasilianische Bürger waren, de facto aber Ausgeschlossene blieben. Ihr Weg ins städtische Subproletariat und in die Favelas war unausweichlich.

Die Sklaverei ist die ökonomische Grundlage für die allseitige Bildung der jungen Witwe zu einer selbstbewußten, taktvollen, weltläufigen Frau, für ihre Entwicklung zur dreifachen Künstlerin – als Musikerin, Malerin, Briefautorin –, mit der man als Leser sogleich sympathisiert. Das gilt auch für ihre wichtigste, vom Erzähler immer wieder hervorgehobene, vielschillernde Eigenschaft: *graça*, also Anmut, Grazie, Reiz, Liebreiz, Charme, Wohlgefälligkeit, Eleganz, Stil, Geist, Witz, Esprit, Gunst, Gewogenheit, Wohlwollen, Dankbarkeit, auch Gnade. Ihre Anmut, ohne die ihre Schönheit keine Liebe einflößen könnte, offenbart sich in Rede, Gestik und Mimik, beim Musizieren, Malen und vor allem beim Gehen, wenn sie über die Straße schwebt, denn Anmut ist, wie wir mit Schiller wissen, Schönheit in Bewegung. Künstlertum und Anmut dieser schönen Seele, in welcher Sinnlichkeit und Vernunft, Schönheit und Sittlichkeit verschmelzen, sind jedoch, um ein Wort Adornos zu variieren, eine abgedungene Untat.

Andererseits: würde man auf Kunst und Kultur verzichten, so würde die Untat, der sie sich – auch – verdanken, keineswegs verschwinden; es entstünde keinerlei Nutzen, vielmehr großer Schaden. Denn die Poesie ist imstande, wie der Geheimrat Aires sagt, den Sitten Anmut zu verleihen, aber auch, wie das ganze Werk Machados zeigt, den Menschen zu helfen, sich und die Gesellschaft und die letzten Dinge zu befragen. Ein Zweifler und Spötter war der Autor gerade deshalb, weil er ein – wenn auch wenig optimistischer – Wahrheitssucher war. Darauf weist Drummond, der große brasilianische Lyriker des 20. Jahrhunderts, in einem längeren Gedicht, dessen zwei letzte Strophen diese Betrachtungen abschließen mögen:

An einen Zauberer, mit Liebe

[…]
Alle Friedhöfe gleichen sich
auf keinem läßt du dich nieder, vielmehr wo der Zweifel
den Marmor der Wahrheit befühlt, um zu entdecken
den notwendigen Spalt;
wo der Teufel mit dem Schicksal Dame spielt,
bist immer du da, Zauberer der Anspielung und des Spottes,
lösest so viele Rätsel in mir.

Ein ferner, sanfter Ton
dringt mitten unter Embryos und Ruinen,
ewige Totenfeiern und Hallelujas der Ewigkeit,
und läßt sogar dein *pince-nez* verrutschen.
Der Stallmeister Oblivion
klopft ans Tor und ruft zum Schauspiel,
aufgeführt zu ergötzen den Planeten Saturn.
Du drehst den Schlüssel,
wickelst dich in den Umhang,
und wie ein neuer Ariel, ohne weitere Antwort,
entschwindest du durchs Fenster, lösest dich auf in der Luft.

Carlos Drummond de Andrade

Der Dank des Übersetzers für freundliche Unterstützung geht an

Dörte Felsing, Flávio Carneiro, Gracielle Farah, Gustavo de Sá, Hélio de Seixas Guimarães, Ingrid Stein-Krier, Ivo Barbieri, Jaison Crestani, João Cezar de Castro Rocha, Jobst Welge, José Luís Jobim, Kristina Michahelles, Lúcia Granja, Luiz Felipe de Seixas Corrêa, Neusa Pressler, Pedro Meira Monteiro, Marta de Senna, Sarita Brandt, Stephan Krier, Ulrike Goeldner, Vanete Santana und besonders an Ingrid Starke.

Die Übersetzung wurde aus Mitteln des Deutschen Übersetzerfonds e.V. gefördert.

Die Veröffentlichung dieses Buches erfolgte mit Unterstützung des brasilianischen Ministeriums für Auswärtige Angelegenheiten sowie der brasilianischen Botschaft in Berlin.

Einband-Entwurf: Horst Hussel

Gesetzt in der Janson-Antiqua von Harald Weller, Berlin.
Den Druck besorgte die Druckerei Conrad, Berlin,
die Buchbindearbeiten Stein & Lehmann, Berlin.
Printed in Germany ISBN 978-3-932109-55-3